Und doch wissen wir,
was dort geschah, geschieht oder einmal geschehen wird ...

Jörg Hagemann

Filip Filander und das geraubte Wissen

JÖRG HAGEMANN

FILIP FILANDER UND DAS GERAUBTE WISSEN

UEBERREUTER

Die Deutsche Bibliothek – CIP-Einheitsaufnahme

Hagemann, Jörg:
Filip Filander und das geraubte Wissen / Jörg Hagemann. – Wien :
Ueberreuter, 2001
(Die Meister der Fantasy)
ISBN 3-8000-2806-9

Für Kerstin
und alle anderen
ruhelosen Wanderer
zwischen Wissheit und Weisheit.

J 2534/1

Umschlagillustration von Rudi Schedl
Umschlaggestaltung von Zembsch' Werkstatt, München

Druck: Ueberreuter Print
7 6 5 4 3 2 1

Ueberreuter im Internet: www.ueberreuter.de

Prolog

Knoho

Mitten in Europa gibt es eine Stadt.

Oder gab es sie?

Oder wird es sie einmal geben?

Niemand weiß es. Selbst jene Menschen, die von ihr berichten, haben sie nie wirklich gesehen. Sie haben nur von ihr gehört oder gelesen. Von ihren Vätern, Großvätern und Urgroßvätern haben sie von der gläsernen Stadt gehört, die Knoho heißt. In dicken Büchern, die das Wissen der Welt sammeln, haben sie gelesen, haben selbst Bücher geschrieben über diese Stadt, der die Vergangenheit, die Gegenwart und, wer weiß, vielleicht auch erst die Zukunft gehört.

Viele Rätsel gibt es um die gläserne Stadt, die Knoho heißt. Eines dieser unerforschten Rätsel ist: Niemand weiß, wo sie sich befindet.

Manche – jene, die alles über die Vergangenheit gelesen haben – glauben, die Stadt sei längst zerstört, ihre Blütezeit liege lange zurück, jetzt müsse man ihre Ruinen auf dem Grund eines großen Sees suchen, etwa des Vänern in Schweden, des Genfer Sees in der Schweiz oder vielleicht auch des Bodensees in Deutschland.

Andere wiederum – jene, die sich tagein, tagaus mit der Gegenwart beschäftigen – meinen, Knoho gebe es noch heute. Ja, es handele sich sogar um eine ganz normale Stadt, so etwa wie Berlin, London oder Paris. Ganz Verwegene unter diesen Gegenwartsforschern sind sogar der Meinung, Knoho heiße gar nicht Knoho, sondern könne jede x-beliebige andere Stadt sein, nur dass wir es nicht merkten, dass Knoho mitten unter uns ist und unter falschem Namen längst existiert.

Wieder andere – jene, die meinen in die Zukunft sehen zu können – sind sich sicher, dass es die Stadt Knoho erst in vielen Jahren geben werde: irgendwo in Europa werde sie erbaut. Dann aber, wenn sie endlich da sei, werde man sie nicht übersehen können. Denn dann strahle der kalte Glanz dieser unglaublichen Stadt über den gesamten Kontinent, sodass niemand mehr fragen könne, wann und wo Knoho existiere.

Nur in einem sind sich die Gelehrten einig. Niemand möchte die Stadt in seiner Nähe wissen. Die Forscher aus dem Norden sagen, sie sei im Süden zu suchen. Die Weisen aus dem Westen sagen, die Spuren führen in den Osten. Und ob es Knoho nun gegeben hat, gibt oder einmal geben wird, jeder Wissenschaftler sieht sie nie im eigenen Land und möglichst weit von sich entfernt.

Das also ist die Stadt Knoho. Und während wir nicht wissen, wo sie liegt, so wissen wir doch, was dort geschah, geschieht oder einmal geschehen wird ...

1. Buch

Wissheit macht stark

Filip Filander

Weit leuchtete die gläserne Stadt Knoho.

So weit, dass selbst jenseits der riesigen Stadtmauern das Leben vom Licht der hell erleuchteten, prachtvollen Glasbauten genährt wurde.

Vor den Toren Knohos traf man sie – jene, die nicht das Glück hatten, zu den Innenseitern zu gehören. Denn während hinter den Mauern die Bewohner Knohos im Licht ihrer prachtvollen Welt lebten, wohnten draußen die Außenseiter. Ausgeschlossen vom glanzvollen Ruhm der Innenwelt, fristeten sie ihr tristes Dasein im Schatten der Stadt.

In einfachen Holzhütten hausten diese armseligen Gestalten mit ihren Familien. Kaum jemand von ihnen hatte die gläserne Stadt je von innen gesehen. Nur einmal im Jahr wurden wenige Jünglinge auserwählt, Knoho zu betreten. Und diese Auserwählten, wenn sie nach vielen Jahren als alte Männer zurück in die Schattenwelt kamen, wenn sie den Innenseitern ein Leben lang gedient hatten, berichteten den anderen vom Glanz der gläsernen Stadt.

Doch alles, was die Außenseiter vom Leben der Innenseiter erfuhren, erschien ihnen sonderbar, blieb ihnen so fern wie etwas, das auf einem anderen Stern geschieht. Dabei geschah es nur wenige Meter entfernt, hinter diesen hohen Mauern, über die man nicht hinweggucken konnte, und hinter diesen verschlossenen Toren, die niemandem Einlass gewährten, der nicht auserwählt war, eingelassen zu werden.

So lebten die Außenseiter still und leise vor sich hin.

Sie harrten aus vor der gläsernen Stadt, die ihnen fremd war, die ihnen aber immerhin so viel Licht spendete, dass sie in dieser kalten Zeit, da die Tage kurz waren und die Sonne für lange Zeit gar nicht am Himmel zu sehen war, doch etwas Wärme, doch etwas künstlichen Sonnenschein empfingen.

Einer dieser Außenseiter war Filip Filander.

Auf den ersten Blick unterschied er sich in nichts von den anderen draußen in der Schattenwelt, außer dass er von auffallend kleinem Wuchs war. Aber sonst war er genauso wie die anderen in graue Lumpen gehüllt, trug wie sie an den Füßen einfache Sandalen aus Strohgeflecht, und wenn er abends vom Feld kam, wo die Außenseiter ihr Getreide anbauten, waren seine schmalen Hände, seine dünnen Arme und Beine genauso dreckverschmiert wie die der anderen.

Erst bei längerer Betrachtung entdeckte man an Filip etwas, das hier draußen selten, ja einzig war: Sein eigentliches Tagewerk schien erst des Abends zu beginnen. Denn während die anderen, wenn die Arbeit auf dem Feld getan war, sich müde in ihre Behausungen zurückzogen, erwachte Filip erst dann so recht zum Leben: Seine tiefblauen Augen begannen unruhig in der Gegend umherzuwandern, seine zarte Gestalt richtete sich mit einer Spannkraft auf, die man bei diesem Jungen nie erwartet hätte. Die anderen mochten in ihren Hütten den Rest des Tages verschlafen, Filip wollte mehr über das Leben erfahren. Während hier draußen sich niemand mit der Vergangenheit, der Zukunft und nicht einmal der Gegenwart zu beschäftigen schien, hatte Filip versucht, alles über Knoho und die Schattenwelt in Erfahrung zu bringen. Wie oft hatte er in Gedanken die gläserne Stadt schon umwandert und sich ausgemalt, wie das Leben darinnen sein musste. Wie oft hatte er die Heimkehrer schon befragt – doch wie oft war er, immer wenn es interessant zu werden schien, einer Mauer des Schweigens begegnet, die mindestens genauso hoch war wie der mächtige Schutzwall von Knoho.

So hatte er schon einiges über das Leben in Knoho gehört, als sein Großvater eines Morgens aus der gläsernen Stadt zurückkam. Der Großvater war einmal selbst einer jener Auserwählten gewesen, die Knoho betreten durften. Mehr als fünfzig Jahre hatte er in der Stadt gearbeitet, hatte den Innenseitern gedient. Jetzt, da er alt geworden war und seine Kräfte nachgelassen hatten, war er zurückgekommen.

An einem kalten Morgen hatten ihn die Innenseiter aus der Stadt verstoßen. So wie sie es immer taten – mit denen, die ausgedient hatten. Und so, als wäre er nie weg gewesen, hatte der Großvater wieder zurück in den Kreis seiner Familie gefunden.

Vor der ärmlichen Holzbehausung hatten ihn seine Frau, seine Kinder und Kindeskinder empfangen. Er hatte sich nur stumm umgeschaut, hatte gesehen, dass seine Eltern wohl längst gestorben sein mussten. Gern hätte er gewusst, wann und unter welchen Umständen sie diese Welt verlassen hatten. Aber er fragte nicht. An eines erinnerte er sich noch zu genau: Hier draußen fragte nie jemand. Ändern konnte man doch nichts.

Nur als er Filip sah, blieb der Großvater stehen. Er musterte die zierliche, aufrechte Gestalt des Jungen von oben bis unten, schaute ihm tief in die dunkelblauen Augen und sprach:

»Du warst noch nicht da, als ich gegangen bin!«

Filip freute sich über diese Anerkennung, er spürte die Ehre, dass der Großvater ausgerechnet ihn angesprochen hatte.

Und er bemühte sich den Alten zufrieden zu stellen.

»Es liegt daran«, erklärte er bereitwillig, »dass ich erst sechzehn bin! Und du bist doch vor genau fünfzig Jahren gegangen.«

Da blitzte es für einen Moment in den müden Augen des Greises auf.

»Was du nicht alles weißt!«, schüttelte er den Kopf. »Es ist gefährlich, wenn man zu viel weiß. Weißt du das?«

»Es ist gefährlich, wenn man zu wenig weiß!«, antwortete Filip.

»So, so!«, murmelte der Alte zerknirscht.

»Und ich will alles über Knoho wissen!«, setzte Filip hinzu.

»So, so!«, wiederholte der Großvater. Doch jetzt lächelte er dabei. Denn Filip erinnerte ihn an seine eigene Jugend, als auch sein Wissensdurst nie gestillt werden konnte, als er selbst anders gewesen war als die meisten derer, die vor den Toren der Stadt Knoho hausten und nie fragten, nie mehr wissen wollten, als zum Leben gerade nötig war.

Der Großvater legte Filip die Hand auf die Schulter und sprach:

»Wenn du sechzehn bist, dann wird es höchste Zeit, dass du mehr vom Leben in der Stadt erfährst! Allerhöchste Zeit!«

»Warum denn?«, erkundigte sich Filip.

Der Großvater lächelte.

»Das sollst du bald erfahren.«

Mit diesen Worten nahm er Filip beiseite. In die hinterste Ecke der Hütte verkrochen sich der Alte und der Junge. Und der Greis erzählte Filip von der Welt in der gläsernen Stadt. Er berichtete über die durchsichtigen Häuser und die durchsichtigen Straßen. Er schilderte Filip, wie die Innenseiter in Knoho lebten, wie sie daran arbeiteten, dass der Glanz der gläsernen Stadt gemehrt und das Leben darin noch prachtvoller wurde.

Als der Großvater fürs Erste genug erzählt hatte von dem, was er erlebt, erfahren und gesehen hatte, fragte Filip:

»Aber warum leben die Innenseiter drinnen und wir draußen?«

Der Großvater schnaufte tief und sah seinen Enkel besorgt an. Er hatte gewusst, dass diese Frage kommen würde, kommen musste, wenn Filip nur halb so klug war, wie er dachte.

»Du bist nicht dumm für einen von hier draußen«, fing der Großvater zu erklären an.

»Das ist nicht weiter schwer!«, unterbrach ihn Filip trotzig.

»Höre!«, ermahnte ihn der Großvater streng. »Höre! Bilde dir nicht zu viel ein auf dein jämmerliches bisschen, was du hier gelernt hast. Es ist nichts. Ich sage dir, es ist nichts gegen all das, was die Innenseiter wissen. Sie wissen, wie man aus Wind und Wasser Licht macht, wie aus Licht Wärme entsteht und aus Wärme Energie und wie man Energie zu Geld macht und Geld zu Gütern, Güter zu Geld, Geld zu Licht und immer so fort. Ich habe es nie begriffen und ich sage dir, ich war genauso schlau wie du, aber was die Innenseiter wissen, ist so viel, so unermesslich viel, dass niemand, ich sage dir niemand von uns hier draußen jemals auch nur ein Tausendstel davon erfahren wird.«

So hatte es sich ereignet, als der Großvater heimgekehrt war aus der gläsernen Stadt Knoho.

Noch viele Wochen hatte er Filip über das Leben in der Stadt berichtet.

So kam es, dass Filip, als er siebzehn Jahre alt wurde, so viel über Knoho erfahren hatte, wie sonst nie zuvor ein Außenseiter, der nicht auserwählt worden war, Knoho mit eigenen Augen kennen zu lernen.

An einem der letzten Tage, als er wieder einmal mit seinem Großvater zusammen saß, sprachen sie darüber, wie es gewesen war, damals vor fünfzig Jahren, als ihn die Innenseiter geholt hatten.

Wie immer hörte Filip aufmerksam zu, dann fragte er vorsichtig:

»Wie alt bist du eigentlich, Großvater?«

Der Alte schaute seinem Enkel tief in die Augen und antwortete leise:

»Siebenundsechzig Jahre.«

Filip dachte nur kurz nach und erwiderte:

»Dann ist es also bald so weit!«

Der Großvater nickte.

Filip aber sprach:

»Es ist also doch gut, dass ich nicht zu wenig weiß!«

Der ehemalige Stadtdiener nickte abermals, dann entgegnete er besorgt:

»Ich habe nur Angst, es ist zu viel!«

Und ab diesem Tag redete er kein Wort mehr über Knoho.

Zwei Wochen später kamen sie.

Die Auserwählung

In der Schattenwelt schien es nur ein weiterer trüber Herbstmorgen zu werden. Die Sonne war wieder einmal nicht am Himmel erschienen. Die Holzhütten wurden von flackerndem Kerzenschein erleuchtet. In den Kaminen knisterte das Feuer. Der Rauch stieg langsam die Schornsteine hoch und begrüßte draußen einen neuen, feuchtkalten Tag.

Filip hatte sich mühsam aus dem Bett gequält. Wieder einmal hatte er des Abends schlecht einschlafen können. Wieder hatte er erst alle unbeantworteten Fragen des Tages niederkämpfen müssen, bevor sein lebhafter Geist in einen traumbewegten Schlaf gesunken war. So war der Morgen alles andere als Filips beste Tageszeit. Und auch heute war er sicher wieder viel zu spät dran. Hastig zog er seine Sachen an, schnappte sich auf seinem Weg durch die Küche schnell ein Butterbrot und wollte gerade aus dem Haus eilen, als ihn sein Großvater am Arm packte.

»Heute musst du nicht hinaus aufs Feld«, sagte der Alte und sah seinen Enkel besorgt an.

Filip holte tief Luft.

Warum nicht?, wollte er fragen. Aber er fragte nicht. Er hatte auch so verstanden.

»Sie sind da!?«, sagte er nur.

Der Großvater nickte.

»Höre!«, mahnte er. »Wir haben oft darüber gesprochen: Du musst nicht mit ihnen gehen. Sie werden dich nicht haben wollen. Du bist ihnen zu klein und schmächtig.«

Doch Filip schüttelte entschieden den Kopf.

Der Großvater sprach weiter:

»Also gut, wenn du es unbedingt so willst! Du weißt ja, was du zu tun hast.«

Diesmal nickte Filip.

»Nun denn«, meinte der Alte und atmete schwer, »dann werden wir uns wohl nie mehr wieder sehen. Wenn sie dich entlassen, werde ich längst unter der Erde liegen. Und du wirst ebenso alt und grau geworden sein wie ich.«

Filip sah seinen Großvater etwas verlegen an:

»Wer weiß. Man kann nie wissen!«, wich er den nachdenklichen Worten des Alten aus.

Dann gaben sie sich die Hand. Filip war es etwas unangenehm, in die Augen des Mannes zu schauen, dessen Blick von Tränen getrübt war. Denn der Großvater wusste, was es hieß, einen Menschen zu verlieren. Und Filip wusste es nicht, konnte es sich nicht einmal vorstellen. Oder er wollte es einfach nicht. Entschlossen löste er seine Hand aus dem zärtlichen Griff des Greises und trat nach draußen.

Der Großvater sah ihm traurig nach und nahm in Gedanken Abschied von seinem Enkel, der ihm so ähnlich war und mit dem er nur eine so kurze Zeit hatte verbringen dürfen. Sein Herz wurde ihm schwer, wenn er daran dachte, dass er Filip jetzt schon wieder verlieren sollte. Und er ertappte sich dabei, wie er zu hoffen begann, dass es Filip nicht gelingen würde, die Innenseiter bei der großen Auserwählung zu überlisten. Dass sein Enkel nicht als einer der zwölf Auserwählten dieses Jahrgangs in die Stadt Knoho einziehen würde.

Mit sorgenvoller Miene trat er ans Fenster und schaute hinaus. Denn bald musste die Zeremonie beginnen.

Als Filip vor die Tür trat, wurde er wie jeden Morgen zu dieser Jahreszeit von einer kalten, feuchtschweren Luft begrüßt. Die schmutzigen Gassen der Schattenwelt wurden vom Lichtkegel der gläsernen Stadt erleuchtet. Es war einer jener Tage, an dem es im Schatten der Stadt heller war als außerhalb. Filip ging in Richtung Versammlungsplatz. Je näher er kam, umso heller wurde es. Als er schließlich angekommen war, lag der Platz in grellem Licht: Denn hier war der einzige Ort der Schattenwelt, an dem es immer hell war. Durch einen schmalen Spalt im Mauerwerk des Stadtwalls strömte, wie von einem mächtigen Scheinwerfer ausgestrahlt, gleißendes Licht nach draußen und erhellte den Platz. Filip dachte an die Worte des Großvaters, dass dies keineswegs ein Zufall war, etwa ein unbemerkter Bruch in den Mauern oder ein nicht verschlossener Schießschacht, sondern dass es bloße Berechnung der Innenseiter war, den Versammlungsplatz zu beleuchten. Doch hier in der Schattenwelt fragte niemand danach, weshalb dieses Licht da war, Hauptsache, dass es da war.

Filip sah sich auf dem Platz um. Da waren viele Jungen, die er von der Arbeit auf dem Feld kannte. Wie eine zusammengerottete Herde standen sie da und warteten. Filip musterte einen nach dem anderen. Und was er längst schon geahnt hatte, sah er jetzt bestätigt: Nur jene waren nicht mit hinaus aufs Feld gezogen, die genauso alt waren wie er. Siebzehn Jahre war das Alter, mit dem der Großvater ausgewählt worden war. Und siebzehn würde das Alter sein, mit dem sie ihn auswählen würden. Aber nur, wenn er sich geschickt genug anstellte.

Sie mussten nicht lange warten. Kaum waren fünf Minuten verstrichen, da setzte unvermittelt das Heulen einer Sirene ein. Die anderen zuckten verängstigt zusammen. Nur Filip wusste, dass die Sirene immer zur Warnung ertönte, wenn das Stadtportal seine übergroßen Flügeltüren öffnete.

Gebannt schweifte sein Blick zum Stadttor hinüber, dessen riesige Ausmaße auch aus der Ferne noch mächtig genug wirkten. Schon hatten sich die Flügeltüren ganz geöffnet. Es war das erste Mal, dass sich für Filip eine Möglichkeit bot, in die Stadt hineinzuspähen. Er reckte den Hals und versuchte zwischen den geöffneten Flügeltüren hindurchzuschauen. Sogleich musste er die Augen zusammenkneifen. Obwohl das Tor weit entfernt war, schien es ihm, als würde er in einen grellen, immer leuchtenden Blitz blicken. Nur langsam gewöhnten sich seine Augen an die Helligkeit. Dann sah er, wie sich vor dem Blitz dreizehn Punkte abhoben, die das Tor passiert hatten und langsam zu schemenhaften Gestalten anwuchsen, die mit gemessenen Schritten auf sie zukamen. Den Gestalten voran, die allesamt in weiße Gewänder gekleidet waren, erkannte Filip einen kleinen, zierlichen Mann, hinter dem in Zweierreihen die anderen zwölf folgten.

Filip wusste sofort Bescheid: Vorne, das musste der Wahlvater sein, von dem der Großvater ihm so oft berichtet hatte. Der Wahlvater entschied über die

Auserwählung. Ihn galt es zu gewinnen. Sein Wort war Beschluss. Die anderen waren nur die Wahlhelfer. Sie führten die Auserwählten in die Stadt Knoho und überwachten, dass keiner der neu rekrutierten Stadtdiener entkam. Denn auch das war Filip bis dahin völlig unverständlich geblieben: Kaum einer der Außenseiter freute sich darauf, auserwählt zu werden. Die meisten fürchteten sich davor und hätten alles dafür gegeben, hier draußen im Schatten der Stadt weiter vor sich hin leben zu können.

Die Sirene war verklungen, die mächtigen Flügeltore hatten sich wieder geschlossen. Es dauerte jedoch eine Weile, bis die Delegation der Innenseiter ihr Ziel erreicht hatte. Endlich betrat der Wahlvater den Versammlungsplatz und schritt vor den Jünglingen auf und ab. Während er den neuen Jahrgang künftiger Stadtdiener musterte, hatte auch Filip Zeit, den Wahlvater zu betrachten.

Er war ein kleiner Mann mit strohblondem Schopf. Die resolute, gebieterische Ausstrahlung, der sich Filip nicht entziehen konnte, die ihn wie ein Bann gefangen nahm, stand in auffälligem Gegensatz zur Statur des Mannes. Die zierliche, fast zerbrechliche Gestalt steckte in einem weißen Gewand, durch das man die Haut schimmern sah. Filip wagte kaum hinzuschauen: Die Haut des Mannes schien so fein, so zart, als ob selbst Blicke sie zerstören konnten. Er hatte einen solch sonderbaren Menschen noch nie gesehen. Während hier draußen in der Schattenwelt die Menschen gezeichnet waren von der harten Arbeit auf dem Feld, schien der Mann noch mit keiner körperlichen Arbeit, keinem Wind, keinem Wetter in Berührung gekommen zu sein.

Seine Haut war so hell wie ein Stück Pergamentpapier und fast ebenso durchsichtig: Filip sah die Adern und die feinen Muskelstränge des Mannes hindurchschimmern, der sich jetzt leicht räusperte und mit tonloser Stimme leise zu sprechen, eigentlich mehr zu hauchen begann:

»Mein Name ist Janus 3/12. Ich bin euer Wahlvater. Ich wünsche einen guten Tag.«

Die Antwort war nur ungläubiges Schauen. Schweigen.

»Ich sagte: Guten Tag!«

Die Stimme von Janus 3/12 hatte sich nur um eine Nuance gehoben.

Aber es reichte.

Mit einem undefinierbaren Durcheinandergebrabbel erwiderten die Jünglinge den Gruß des Wahlvaters.

Janus nickte mechanisch. Dann hauchte er mit seiner dünnen Stimme in die Runde:

»In Reih und Glied. Wenn ich bitten darf!«

Kaum hatte er diese Worte gesprochen, kamen, wie auf einen donnernden Befehl, die Wahlhelfer herbei, packten die Jünglinge bei Ärmeln und Kragen und stellten sie in einer langen Reihe auf.

Der Wahlhelfer begann vorzulesen:

»Ansgar Asmussen.«

Keine Antwort.

Janus hob für einen Hauch die Stimme:

»Ansgar Asmussen.«

Aus der Reihe kam ein zögerliches: »Hier.«

Janus nickte und fuhr fort:

»Bert Bertold«

»Hier.«

Nicken.

»Claus Clausen.«

»Hier.«

So ging es weiter, bis der Wahlvater alle Namen vergelesen hatte. Es waren siebenundfünfzig an der Zahl. Sechsundfünfzig Konkurrenten um einen der zwölf Plätze in Knoho, dachte Filip. Und alle waren sie fast einen Kopf größer als er. Er spürte, wie klein er in dieser Reihe von Hünen wirken musste. Was konnte er nur tun, um sich beim Wahlvater vorzudrängen? Sicher, größer waren die anderen. Aber er war klüger. Nur Klugheit konnte man nicht sehen, Klugheit musste man beweisen. Und wenn er nicht die kleinste Möglichkeit dazu nutzte, würde er für immer in der Schattenwelt bleiben. So lauerte er ungeduldig auf die beste Gelegenheit, beim Wahlvater ein Achtungszeichen zu setzen.

Inzwischen hatten die Wahlhelfer angefangen, einen Jüngling nach dem anderen zu vermessen. Mit einer Apparatur, die an einen Galgen erinnerte, deren Kreuz aber in der Höhe verstellbar war, ermittelten sie die Größe und gleichzeitig das Gewicht, den Brust-, Bein- und Armumfang. Auf einer Skala lasen sie die Werte ab und notierten sie fein säuberlich. Dann gingen sie mit ihrem Messgalgen einen Jüngling weiter und stellten ihn ebenfalls unter das Gerät.

Einen um den anderen nahmen sie sich vor. Unterdessen schritt Janus, der Wahlvater, unaufhörlich die Reihen auf und ab.

Nicht ein einziges Mal würdigte er Filip auch nur eines Blickes.

Die Wahlhelfer vermaßen akribisch jeden Jüngling

von Kopf bis Fuß. Dabei wanderte das Galgenkreuz munter auf und ab. Nie aber erreichte es solch einen Tiefstand wie bei Filip. Obwohl er versuchte, sich leicht auf die Zehenspitzen zu stellen, obwohl er tief einatmete und die Muskeln anspannte, stand eines schon von vornherein fest: Der Großvater würde Recht behalten, wenn er sagte, dass die Innenseiter Filip wegen seines kleinen Wuchses nicht auserwählen würden, mit in die gläserne Stadt zu kommen.

Als die Vermessung endlich abgeschlossen war, als die Wahlhelfer dem Wahlvater die Ergebnisse mitgeteilt hatten, stellte sich Janus vor den Jünglingen auf und verkündete mit tonloser, aber sehr bestimmter Stimme:

»Die Würfel sind gefallen. Zwölf von euch werden uns jetzt begleiten. Es ist ein großes Glück für die Auserwählten. Also bitte keine Klagen. Fliehen ist zwecklos. Am Ende kriegen wir euch immer.«

Die Jünglinge harrten ängstlich auf das Urteil, das jetzt verkündet werden musste.

Der Wahlvater las die Namen der Auserwählten vor.

»Bert Bertold, Dirk Dirksen, Knud Knudsen ...«

Er hatte kaum angefangen zu lesen, da ging ein Zittern, ein Klagen durch die Reihen der Jünglinge. Die Auserwählten schlugen die Hände vors Gesicht, sanken auf die Knie und begannen verzweifelt vor sich hin zu schluchzen. Jene aber, deren Name die alphabetische Auflistung ausgelassen hatte, stöhnten befreit auf und ballten vor Freude die Hände. Nur einer blieb enttäuscht stehen, obwohl sein Name nicht gefallen war: Filip Filander.

Inzwischen zählte Janus mit monotoner Stimme weiter die Namen der Auserwählten auf:

»Rudger Ruland, Viktor Viklund, Zacharias Zachanassian«, schloss er seine Auflistung ab.

Dann winkte er teilnahmslos ab und sagte:

»Diese zwölf kommen mit mir. Die anderen können gehen.«

Er wollte sich gerade wegdrehen – für ihn war die Zeremonie der Auserwählung beendet –, da musste er eine laute Stimme vernehmen:

»Halt! Die Vermessung ist ungültig!«

Für einen Augenblick huschte eine Spur des Erstaunens über das sonst so regungslose Gesicht des Wahlvaters. Dann hatte er den Störenfried gefunden. Mit eiskaltem Blick schaute er Filip ins Gesicht und fragte gedehnt:

»Jaaa, biiiitteee?«

Filip spürte, wie der Blick des Wahlvaters sich in seine Augen bohrte, durch sie hindurchdrang und auf das Innerste seiner Seele schaute. Filip merkte, wie dieser Blick an seinen Kräften zehrte. Dunkel ahnte er, was ihm der Großvater angedroht hatte: dass es töricht war, einem Wahlvater zu widersprechen. Er laugt dich aus, er nimmt dir jedes Fünkchen Verstand, hatte der Großvater gesagt. Und jetzt musste es Filip am eigenen Leib erfahren. Mit kaltem Schaudern stand er Janus gegenüber, seine Hände, Beine und Füße wurden klamm und auf seinen Wangen schien der Reif des Morgens zu kleinen Kristallen zu gefrieren.

Wie in einem bösen Traum stammelte er:

»Ihr habt nicht alles vermessen, was wichtig ist.« Und mit schon etwas festerer Stimme setzte er hinzu: »Ihr habt etwas ganz Entscheidendes vergessen!«

Der Wahlvater sah die Wahlhelfer fragend an. Die

Zwölf zuckten ratlos die Schultern. Hatten sie nicht genauso vermessen wie sonst auch immer?

Filip aber fuhr fort:

»Wie könnt Ihr eine Auswahl treffen, wenn Ihr gar nicht genug wisst, um eine Entscheidung fällen zu können!«

Der Wahlvater machte ein paar Schritte auf Filip zu. Er kam so nahe, dass beider Nasenspitzen sich fast berührten. Flüsternd sprach er:

»Willst du etwa behaupten, wir in Knoho wüssten nicht genug?«

Der Ton, so leise er auch war, hatte etwas Schneidendes, etwas Bedrohliches. Doch Filip ließ sich nicht beirren.

»Nicht genug, um eine Wahl zu treffen.«

Die Miene des Wahlvaters blieb ausdruckslos. Aber unter seiner Pergamenthaut begannen die Adern zu schwellen, der Puls pochte an den durchsichtigen Schläfen. Trotzdem sagte er so tonlos wie möglich:

»Höre, Freundchen, höre genau zu: Wir in Knoho wissen, dass wir alles wissen. Wir haben alle Fächer dieser Welt studiert, es gibt keinen Fakt, den wir nicht kennen, keine Antwort auf eine noch so schwierige Frage, die wir nicht gefunden haben. Wir haben die gesamte Wissheit der Welt gesammelt. Also sage mir nicht, wir wüssten zu wenig, um zwölf jämmerliche Gestalten unter euch für unsere Dienste auszuwählen.«

Es war das erste Mal, dass Filip das Wort Wissheit hörte. Noch wusste er nicht, was sich dahinter verbarg. Der Großvater hatte es nicht erwähnt. Trotzdem bemühte er sich es so zu benutzen, als wäre es ihm seit langer Zeit geläufig:

»Dann ist eurer Wissheit aber etwas Wichtiges entgangen!«

Janus atmete tief durch. Er, der sonst so Besonnene, musste sich anstrengen die Ruhe zu bewahren. Es war unglaublich: Ein dahergelaufener Außenseiter sprach ihm ab, über genug Wissheit zu verfügen. Mit tonlos zitternder Stimme sprach er:

»Und worum handelt es sich dabei deiner Meinung nach?«

Filip schaute Janus mitten ins Gesicht. Sah er richtig? Auf der Stirn des Wahlvaters hatten sich zarte Zornesfalten gebildet. Filip erinnerte sich an die Worte des Großvaters. Er hatte eine Regung des Wahlvaters herbeigeführt. Er musste ihn an seinem empfindlichen Punkt getroffen haben. Mutig sprach Filip weiter:

»Ihr habt nicht die zwölf Besten ausgewählt. Ihr habt übersehen, dass es einen Fakt gibt, der jeden anderen hier besser geeignet erscheinen lässt als einen dieser zwölf Auserwählten.«

Zähneknirschend fragte der Wahlvater:

»So, bitte, welches wäre dieser, wie du sagst, Fakt?«

Filip sah ihn nur wortlos an.

»Nun!«, drängte Janus.

»Wenn ich euch den Fakt nenne, habe ich dann eine Bitte frei?«

Der sonst so besonnene Wahlvater überlegte keine Sekunde:

»Jaaa doooch!«, sagte er gedehnt.

Filip atmete noch einmal tief durch, dann stellte er die entscheidende Frage:

»Werde ich an die Stelle desjenigen treten, den ich Euch gleich nennen werde?«

»Duuuu?«, zischte Janus und schaute Filip ungläubig an. Es war das erste Mal, dass ein Außenseiter ihn darum ersuchte, mit in die gläserne Stadt einziehen zu dürfen. Er wusste nicht, wie er darauf reagieren sollte. Und dass er es nicht wusste, machte ihn, der sonst alles zu wissen glaubte, unsicher. Aber er musste in Erfahrung bringen, welchen Fakt Filip meinte. Er konnte nicht nach Knoho zurückkehren ohne es zu wissen. Er konnte es einfach nicht. Deshalb sagte er leise:

»So sei es. Wenn du mir beweisen kannst, dass da etwas ist, das ich nicht weiß, sollst du zu den Auserwählten zählen. Aber nun endlich, ich höre!«

Der Moment der Entscheidung war gekommen. Filip sah sich unter seinen Altersgenossen um. Welcher von ihnen schien am unglücklichsten, die Außenwelt verlassen zu müssen? Rudger Ruland schien es besonders hart getroffen zu haben. Er war zu Boden gesunken, hatte das Gesicht in den Händen vergraben und sein massiger Körper wurde von einer Woge der Verzweiflung nach der anderen geschüttelt.

Filip besann sich nicht lange:

»Der dort!«, sagte er und zeigte auf Rudger. »Der dort ist bei weitem schlechter geeignet als ich, obwohl er viel größer und kräftiger ist.«

»Ich höre«, wiederholte der Wahlvater.

»Es gibt da einen Fakt, den ihr mit euren Geräten nicht messen konntet. Weil ihr gar nicht wisst, dass es so etwas überhaupt gibt.«

»Ich höre.«

»Rudger hat Hellophobie. Es ist eine Krankheit, die es bei euch nicht gibt. Er kann sich nicht länger als eine Stunde in hellem Licht aufhalten.«

Die Augen des Wahlvaters blitzten für einen Sekundenbruchteil auf. Dann schaute er zu Boden und atmete mehrmals tief durch. Die Falten auf seiner Stirn waren tiefer geworden. Wer jedoch genau hingesehen hätte, dem wäre aufgefallen, dass es keine Zornesfalten mehr waren, sondern dass Janus in ein tiefes Grübeln versunken war.

Während alledem stand Filip neben dem Wahlvater, als würde er auf ein Urteil warten, das er nun nicht mehr beeinflussen konnte.

Schließlich schaute Janus auf und hauchte:

»So etwas gibt es nicht!«

Doch Filip fuhr unbeirrt fort:

»Und ob es das gibt! Ihr tut ja auch alles, um die Dunkelheit zu meiden. Deshalb beleuchtet ihr doch diesen Platz hier. Nur um zu verbergen, dass ihr es in der Dunkelheit bei uns nicht aushaltet.«

Filip meinte ganz deutlich zu erkennen, wie Janus zusammenfuhr.

»Woher weißt du?«, zischte er.

Filip zuckte nur mit den Schultern.

Janus warf ihm einen durchdringenden Blick zu. Lange, eine kleine Ewigkeit, fixierte er Filip mit seinen stechenden, auf das Tiefste der Seele schauenden Augen. Aber sosehr er sich mühte, diesmal konnte er ihn nicht einschüchtern.

Janus atmete schwer.

»Woher weißt du das alles?«, wiederholte er.

Doch Filip antwortete standhaft:

»Das ist egal. Aber wusstest du es? Wusstest du, dass Rudger Hellophobie hat, oder nicht?«

Wieder schaute Janus nachdenklich zu Boden.

Aber Filip ließ nicht mehr locker.

»Ja oder nein?«, bekräftigte er.

Für einen Moment wurde es still auf dem Versammlungsplatz. Die Auserwählten, die Wahlhelfer – alle standen sie wie angewurzelt da und warteten auf das Urteil des Wahlvaters.

Dann geschah das Unfassbare: Janus schüttelte, als wäre er geschlagen, den Kopf.

Ohne Filips Frage direkt zu beantworten, sagte er tonlos:

»In der Tat. Du bist besser geeignet als jener dort.« Und er zeigte auf den noch immer am Boden kauernden Rudger. Zu seinen Helfern aber fügte er hinzu: »Lasst den da laufen, wir nehmen diesen hier.«

Und dabei beschrieb sein ausgestreckter Arm einen Schwenk und zeigte auf Filip.

An einem Fenster der ärmlichen Behausungen aber stand ein alter Mann und sah Filip traurig nach. Doch in seine Traurigkeit mischte sich ein wenig Stolz über die Klugheit seines Enkels. Vielleicht würde es Filip in der gläsernen Stadt ja besser ergehen als ihm, dem Großvater. Und vielleicht, er wagte gar nicht daran zu denken, würde er Filip eines Tages doch noch wieder sehen.

Wissheit macht stark!

Die Wahlhelfer trieben die Auserwählten der gläsernen Stadt entgegen. Mit hängenden Köpfen folgten ihnen die Jünglinge, ohne auch nur einmal aufzuschauen. Je weiter sie sich von den heimischen Hütten entfernten, umso mehr schien ihre Verzweiflung betäubt, der sie bei der großen Auserwählung noch freien Lauf gelassen hatten. Je näher sie der Stadt kamen, umso mehr ergaben sie sich ihrem Schicksal, wollten nicht sehen, nicht hören, wie sie ihrer Heimat für immer den Rücken kehrten und in eine Welt geführt wurden, die ihnen fremd war.

Als Einziger unter ihnen trat Filip den Weg in die neue Welt erhobenen Hauptes an. Zu lange hatte er auf diesen Augenblick gewartet, als dass er sich jetzt auch nur irgendein noch so winziges Detail entgehen lassen wollte.

Es war merkwürdig zu beobachten: Zwölf Jünglinge, die aus derselben Schattenwelt stammten, näherten sich der gläsernen Stadt Knoho. Sie gingen denselben Weg, zur selben Zeit, geführt von denselben Innenseitern – und doch war es für elf von ihnen ein wahr gewordener Albtraum, ein Horrortrip, der ihr Leben zerstörte. Nur einer erlebte alles anders. Für ihn war es die Erfüllung aller Wünsche, der Aufbruch in ein von vielen Hoffnungen begleitetes neues Leben. Und wie so oft waren es auch hier nicht die Dinge selbst, die einen Menschen quälen oder freuen konnten, sondern die Vorstellungen, die man davon entwickelt. Und die Vorstellungen der elf anderen waren düster, Filips jedoch waren geprägt von großer Zuversicht und Vorfreude.

Nur welche Vorstellungen waren richtig? Was erwartete die zwölf Außenseiter in Knoho? War wirklich alles so ungetrübt positiv, wie es Filip erlebte? Oder trogen die Ängste der elf anderen nicht und Filip war nur gefährlich gut gestimmt? Denn eines zeigte die Erfahrung: Zwischen himmelhoch jauchzend und zu Tode betrübt lag die Wahrheit meistens irgendwo in der Mitte. Und der Großvater hatte ihn schließlich gewarnt.

Filip spürte eine Erregung in sich aufsteigen, die er in seinem ganzen Leben noch nie erlebt hatte. Zu eintönig und trostlos war das Leben in der Schattenwelt gewesen. Jetzt aber klopfte sein Herz munter vor sich hin, er spürte eine Spannkraft in seinen Muskeln, eine Wachheit des Geistes, die ihn beflügelte. Ohne es zu merken, beschleunigte er seinen Schritt, ging schneller als die dahintrottende Horde und schloss zu Janus auf, der den Tross anführte.

Ein Wahlhelfer wollte Filip am Arm zurück ins Glied ziehen. Doch Janus winkte ab. Er konnte sich sicher sein, dass dieser Junge nicht fliehen würde. Deshalb musterte er Filip nur mit seinem durchdringenden Blick, versuchte in ihm zu lesen, zu begreifen, weshalb dieser Jüngling anders war als all die anderen zuvor, die aus der Schattenwelt ins Licht getreten waren. Aber sosehr sich Janus auch bemühte, so verschlossen blieb ihm das Wesen des anderen. Und während sich der Wahlvater dessen bewusst wurde, bemerkte er noch etwas: Filip war der Erste unter den Auserwählten der letzten Jahre, auf den er mehr Gedanken verschwendet hatte, als sich in Körpergröße, Brustumfang und

Gewicht ausdrücken ließ. Filip beschäftigte ihn, gab ihm, der alles zu wissen glaubte, Rätsel auf. Und er beschloss, auf diesen Jungen auch weiterhin ein Auge zu haben.

So erreichten sie das riesige Stadttor. Es war das erste Mal, dass Filip es aus nächster Nähe sah. Er hatte zwar oft davon geträumt, sich aber nie getraut, bis auf so wenige Meter an den Schutzwall der Stadt heranzutreten. Jetzt wanderte sein Blick ehrfürchtig das Tor hinauf. Und während der Wahlvater einem unsichtbaren Pförtner ein Zeichen gab, während die Sirene ertönte und sich die mächtigen Flügel zu öffnen begannen, bemerkte Filip ein über dem Tor angebrachtes Glasschild, in dem in durchsichtiger Spektralfarbenschrift die Worte zu lesen waren:

WISSHEIT MACHT STARK!

Filip war fasziniert von dem wundersamen Spiel der farbig schimmernden Schrift. Und er hätte sicher noch länger hingeschaut, wenn er nicht sogleich geblendet worden wäre von dem Licht, das durch das geöffnete Tor nach außen brach. Er rieb sich die Augen und blinzelte durch die halb geschlossenen Lider nach oben. Die Konturen des gläsernen Schildes hatten sich im gleißenden Licht verloren. Nur die Worte standen wie in ein helles Nichts hineingeschrieben da: Wissheit macht stark! Wissheit macht stark! Und während er fast blind von dieser ihm entgegenströmenden Helligkeit weiterging und die gläserne Stadt betrat, versuchte er sich die Worte einzuprägen, die er soeben gelesen hatte.

Doch wieder wurden seine Sinne abgelenkt. Kaum hatte er das Tor durchschritten, schien es ihm, als würde ihm der Boden unter den Füßen weggezogen. Auch wenn er um sich herum kaum mehr wahrnahm als von diesem Dauerblitz geschluckte Luftspiegelungen, so glaubte er zu spüren, wie er ins Wanken kam und die Orientierung verlor für das, was oben, was unten, links und rechts war. Torkelnd betrat er Knoho.

So muss es sein, wenn man aus einer düsteren Höhle nach draußen ans Tageslicht tritt, dachte er. Und erst als hinter ihm die Flügel des Stadttores zufielen, als der blecherne Klang der Sirene verebbte, ahnte er, dass er nicht aus einer Höhle hinaus-, sondern in eine Höhle eingetreten war. Nur dass es die Höhle war, die in hellem Licht stand, während draußen die Nacht regierte.

Langsam gewöhnten sich seine Augen ans Licht. Allmählich nahm er schemenhaft erste Konturen wahr und fand das Gleichgewicht wieder. Links, rechts und vor ihm bildeten sich aus dem abebbenden Blitz steile Fassaden heraus und er erkannte, wie die Hochhäuser der Stadt in den Himmel emporragten. Was er von außen nur erahnt hatte, jetzt sah er es aus nächster Nähe: die Wolkenkratzer Knohos waren aus purem Glas. Durch jedes Gebäude konnte man hindurchsehen. Man schaute durch ein Zimmer hindurch in das nächste und wieder in das nächstc, bis der Blick das ganze Haus durchdrungen hatte. Dann sah man in das Nachbarhaus hinein, durch es hindurch und immer so weiter. Überall war alles hell erleuchtet. Nichts blieb im Verborgenen. Keine Gardine, kein Vorhang versperrte den Blick. Menschen arbeiteten Angesicht zu Angesicht in verschiedenen Zimmern, verschiedenen Trakten, Gebäuden, und je tiefer Filips Blick in die Stadt eindrang, durch je mehr Häuser er hindurchsah, umso mehr kam ihm alles vor wie ein riesiger, lichtdurchfluteter durchsichtiger Ameisenhaufen, in den er eingedrungen und von dem auch er, seit sich das Tor geschlossen hatte, ein Teil geworden war.

Seine Augen hatten sich jetzt voll und ganz auf die Grelle eingestellt. Geblieben war jedoch dieses Gefühl, keinen Boden unter den Füßen zu haben, wie über ein haltloses Nichts zu wandeln. Mit einem mulmigen Grimmen im Bauch senkte Filip den Blick nach unten. Schon begann wieder alles um ihn herum zu wanken, alles drehte sich und er stellte sich breitbeinig auf um nicht umzufallen. Dann erst verarbeitete sein Kopf das Unglaubliche, das die Augen gesehen hatten: Zuerst war es nur ein durchsichtiges Nichts gewesen, auf dem er zu stehen schien, dann hatte er bemerkt, dass direkt unter ihm Menschen gingen und darunter wieder Menschen und immer so fort.

Als würde er in Zeitlupe denken, wurde ihm klar, dass unter ihm mehrere Straßen verliefen, dass es unterirdische Kanäle sein mussten, die alle, wie die Häuser der Stadt, aus Glas erbaut waren. Und erst als sein Kopf begriffen hatte, dass er auf einer gläsernen Straße stand, hörte der Schwindel auf, fühlte er sich sicher und gewann Halt in der durchsichtigen Stadt Knoho.

Er wollte gerade tief durchatmen, da bemerkte er, dass er beobachtet wurde.

Die Augen des Wahlvaters waren starr auf ihn gerichtet. Filip fragte sich, wie lange er hier auf dieser

Stelle mit sich gerungen hatte, endlich sein Gleichgewicht zu finden.

Filip schaute sich um. Den anderen musste es noch viel schlimmer ergangen sein. Alle elf Jünglinge wälzten sich auf dem Boden, hielten sich geblendet die Hände vor die Augen und wimmerten ängstlich vor sich hin.

Nur Filip war standfest geblieben.

Mehr um seine Unsicherheit zu verbergen als aus echter Neugier, schritt er auf eines der Gebäude zu und schaute hinein. Drinnen saß ein Mann an einem Schreibtisch. Er tippte auf einer Tastatur herum und beobachtete das Ergebnis in einem Monitor. Filip sah sich den Mann genau an. Er war ebenso hellhäutig wie Janus, nur dass er schwarze Haare hatte. Ansonsten waren seine Gestalt, seine Gliedmaßen ebenso zierlich wie die des Wahlvaters.

Der Mann reagierte mit keinem noch so kleinen Anzeichen darauf, dass Filip ihn so unverhohlen fixierte.

Kopfschüttelnd wandte sich Filip ab und ging zu den anderen zurück. Seine Gefährten hatten sich noch immer nicht vom Boden erhoben.

Fragend schaute er Janus an.

»Sie werden noch ein wenig brauchen, sich an das Licht und alles andere zu gewöhnen«, erklärte der Wahlvater tonlos. Dann hauchte er hinzu: »Du hast keine Schwierigkeiten gehabt?«

Filip schüttelte den Kopf. Seine kurze Schwäche war Janus offenbar völlig entgangen. Und natürlich sah Filip keinen Grund, den Wahlvater nachträglich darauf aufmerksam zu machen.

Jetzt war es an Janus, den Kopf zu schütteln.

»Sonderbar, höchst sonderbar«, stellte er nüchtern fest. Dann verschränkte er auf eigentümliche Art und Weise die Arme auf dem Rücken und schritt gedankenvoll von dannen.

Und während ihm Filip auf dem Fuße folgte, hievten die Wahlhelfer die anderen Jünglinge auf die Beine und führten sie ab – immer Janus und Filip hinterher.

Meter um Meter drang der Tross der Auserwählten in die gläserne Stadt ein. Sie kamen durch Straßen, von denen eine aussah wie die andere. Sie überschritten Kreuzungen, von denen Filip gedacht hätte, dass er sie eben gerade erst passiert hätte, wenn sie nicht ständig nur geradeaus gelaufen wären.

Je länger sie gingen, umso dichter wurde das Treiben auf den Straßen, immer mehr blasshäutige, zierliche Menschen liefen geschäftig vorüber. Doch je tiefer sie in die Stadt eindrangen, umso öfter entdeckte Filip auch etwas anderes: An den Glasfronten – ob an den Fassaden oder auf den durchsichtigen Straßen – waren die Arbeiter von Putzkolonnen damit beschäftigt, alles spiegelblank und blitzsauber zu halten.

Die Putzmänner unterschieden sich auffallend von den feingliedrigen pergamenthäutigen Passanten. Allesamt waren es grobschlächtige Gestalten, die da an den Hausfassaden hingen oder über die Straßenböden rutschten. Und während die Passanten immerfort und in alle Richtungen ihre Blicke lenkten, so als hätten sie Angst, dass ihnen auch nur irgendetwas entgehen könnte, waren die kräftigen Burschen der Putzkolonne einzig und allein in ihre Arbeit vertieft, hatten den

Blick immerfort auf einen Fleck gerichtet und schienen die Welt um sich herum vergessen zu haben.

Je länger Filip ihnen bei ihrer Arbeit zuschaute, je öfter er sie mit den Passanten verglich, umso sicherer fand er die Worte des Großvaters bestätigt: Die Außenseiter waren nur deshalb auserwählt worden, um den Glanz der gläsernen Stadt zu wahren und die Durchsichtigkeit der mächtigen Gebäude zu sichern. Welch ein Werk in dieser Stadt aus Glas! Welch eine ewig währende, nie zu lösende Aufgabe musste es sein, diese mächtigen Glasflächen klar und rein zu halten!

Filip schauderte bei dem Gedanken, dass diese Arbeit auch auf ihn zukommen würde.

Noch mehr aber schauderte ihm vor der Vorstellung, in Zukunft nur noch unter diesen stupiden, von der Einfachheit ihrer Arbeit abgestumpften Gesellen zu weilen. Zu wienern und zu wischen, bis er grau und alt würde. Und all das, wo das Leben um ihn herum tobte, an ihm vorbeilief, bis er irgendwann einmal aus der Stadt verstoßen würde.

Entsetzt sah er sich um, wollte seine Altersgenossen mit den Putzmännern vergleichen. Doch was er sah, ließ ihn nur noch mehr schaudern. Seine Gefährten hielten noch immer die Hände schützend vors Gesicht und folgten zitternd, wankend den Wahlhelfern, die größte Mühe hatten, die kräftigen Kolosse zu stützen und sicher über die Straße zu geleiten.

»Was haben sie?«, entfuhr es Filip.

Ohne es zu merken, hatte er den Wahlvater am Arm gezogen.

Erschrocken über seine eigene Forschheit fuhr er zurück.

Janus blieb völlig ungerührt stehen. Er verzog keine Miene, als er leise, wie selbstverständlich antwortete:

»Grellophobie.«

Filip glaubte sich verhört zu haben.

Mit kalter Stimme fuhr der Wahlvater fort:

»Grellophobie ist schlimmer als jene Hellophobie, die du vorhin so geistreich glaubtest erfunden zu haben um mich zu täuschen. Während es bei euch in der Schattenwelt bloß die Angst vor der Helligkeit ist, wird in Knoho die Angst zur echten Gefahr. Die Helligkeit wird zur Grelligkeit. Kein Außenseiter darf sich ihr länger als ein paar Stunden am Tag aussetzen. Jeder deiner Gesellen leidet von Geburt an Hellophobie, hier jedoch, in Knoho, wird für deinesgleichen die Furcht zur tödlichen Bedrohung, zur Grellophobie. Sieh nur!«

Filip aber hatte keine Augen für seine Gefährten, die geblendet durch die Grelligkeit tappten. Entgeistert sah er Janus an, dessen maskenhaftes Gesicht völlig regungslos zu bleiben schien. Für Filip hatte die erstarrte Miene des Wahlvaters etwas Gespenstisches. Ein tief verborgener hämischer Blick blitzte aus den Pupillen des Mannes hervor und traf Filip, der getroffen und betroffen zugleich hervorstieß:

»Ihr wusstet ...?«

»Ich wusste.«

»Aber warum habt Ihr dann nachgegeben? Vorhin, draußen. Auf dem Versammlungsplatz?«

»Wer sagt denn, dass ich nachgegeben habe?«

»Aber ich dachte ...«

»Du dachtest. Aber du wusstest nicht.«

Filip rang nach Luft. Doch Janus sprach unerbittlich weiter:

»Ich jedoch wusste, was ich wusste. Nur eines wusste ich nicht: Woher du wusstest, dass wir den Schatten meiden. Und weshalb du unbedingt hierher kommen wolltest. Das musste ich herausfinden.«

Nur langsam gewann Filip seine Fassung wieder. Und Janus wollte sich schon zum Weitergehen wenden, da sprach Filip leise vor sich hin:

»Ach so ist das, verstehe. Wissheit macht stark!«

Janus verharrte mitten in der Bewegung. Mit einer abgehackten Bewegung drehte er den Kopf zurück in Filips Richtung. Und dieser Kopf thronte wie losgelöst vom restlichen Körper übergroß auf seinen schmächtigen Schultern, als er sprach:

»Wissheit macht stark! Das wirst du früh genug lernen. Es ist das einzige Gesetz hier in Knoho.«

»Und wer es bricht?«

»Es zu brechen ist Strafe genug«, erwiderte Janus knapp und setzte endlich seinen Gang fort.

Filip aber bemühte sich ihn einzuholen.

»Eine Frage noch!«, rief er dem Wahlvater hinterher. »Warum sagt Ihr immer Wissheit. Ich kenne dieses Wort nicht. Warum sagt Ihr nicht einfach Wissen wie bei uns?«

Noch einmal blieb Janus stehen. Und Filip meinte eine angespannte Erregung in Janus' Stimme zu vernehmen:

»Weil es nicht dasselbe ist! Es gibt da einen immensen Unterschied zwischen eurem so genannten Wissen und unserer Wissheit!«

»Welchen denn?«

Schon wollte Janus antworten.

Doch wie jemand, der sich im letzten Moment besann, dass er schon zu viel gesagt hatte, nahm er sich zurück, holte tief Luft und hauchte so tonlos wie immer:

»Du musst nicht alles am ersten Tag erfahren.«

Darauf blieb er still.

Und Filip getraute sich nicht, auch nur einen einzigen weiteren Ton zu sagen.

Wortlos schritten sie nebeneinander durch die durchsichtigen Straßen von Knoho. Und Filip musste sich mit dem begnügen, was er sah.

Doch was er sah, war nur der Anfang von allem.

Die Verberge

Längst hatte Filip die Orientierung verloren.

Die Straßen von Knoho schienen ihm wie die verwirrenden Gänge eines riesigen Labyrinths. Oft glaubte er an der einen oder anderen Stelle schon zum zweiten oder dritten Mal vorbeigekommen zu sein. Und er fragte sich, ob Janus sie vielleicht irreführen wollte. Genauso gut aber konnte sich Filip auch täuschen, denn in Knoho sahen alle Häuser nahezu gleich aus, kaum einmal gab irgendein eigenwilliger Bau einen Anhaltspunkt, den man sich hätte merken können.

Mit verbundenen Augen könnte ich mich nicht schlechter zurechtfinden, dachte Filip und trottete hinter Janus her, der den Tross mit sicheren Schritten durch die gläserne Stadt geleitete.

Seit einiger Zeit hatte Filip schon bemerkt, dass immer weniger Innenseiter ihren Weg kreuzten. Die Straßen waren wie leer gefegt. Und wie sich schon in der Nähe des Stadttores nur wenige Passanten aufgehalten hatten, so schienen sie auch jetzt wieder in einen Stadtteil zu kommen, der von den Einwohnern Knohos gemieden wurde.

Während Filip noch über den Grund dafür nachdachte, sah er durch die gläsernen Häuserfronten etwas Dunkles hindurchschimmern. Noch konnte er nicht genau erkennen, worum es sich handelte. Je weiter sie jedoch gingen, umso deutlicher zeichneten sich die Umrisse des mächtigen Schutzwalls ab.

Sie waren also wieder an der Grenze der Stadt angelangt. Sollte sie Janus einmal im Kreis geführt haben?

Doch gleich sollte Filip bemerken, dass sie keineswegs wieder am Ausgangspunkt ihres Wegs angekommen waren. Denn dort, wo sich das Stadttor hätte befinden müssen, war ein dunkler Bau an dem Wall errichtet worden. Der düstere, abweisende Bunker hatte keine Fenster und schien das einzige Gebäude Knohos zu sein, das nicht aus Glas war.

Kaum hatten sie den sonderbaren Betonquader erreicht, geschah etwas, das Filip den Atem stocken ließ:

Die Auserwählten, die den Weg bis hierher nur unter Wimmern und Wehklagen überwunden hatten, rissen sich von ihren Bewachern los und stürzten wankend auf den Bunker zu. Manche von ihnen strauchelten, stürzten, rappelten sich wieder auf, krabbelten und krochen in die schützende Zuflucht, in die das gleißende Licht nicht eindringen konnte.

All dies war schneller geschehen, als man es berichten kann. Filip war als einziger Auserwählter auf dem Vorplatz des Bunkers stehen geblieben. Entgeistert schaute er seinen künftigen Kameraden hinterher. Er war sich nicht sicher, ob er ebenfalls diesen dunklen Ort betreten sollte.

Janus schien seine Gedanken gelesen zu haben. Denn er sagte mit seiner dünnen Stimme:

»Dies also wird eure Unterkunft sein. Deinesgleichen nennt sie die Verberge. Hier werdet ihr wohnen. Wenn ihr nicht gerade arbeitet. Aber das wird nur sechs Stunden am Tag der Fall sein. Also richte dich häuslich ein, Filip Filander. Denn nur hier findet ihr Schutz vor dem immer leuchtenden Licht der gläsernen Stadt.«

»Wenn ich diesen Schutz aber gar nicht will?«, fragte Filip ängstlich.

Doch Janus antwortete nicht.

Er wiegte nur seinen Kopf auf den zierlichen Schultern, kehrte um und schritt von dannen.

Als hätte er seinen Dienern damit ein Zeichen gegeben, packten zwei Wahlhelfer Filip am Arm und schoben ihn zur Verberge hinüber.

»Wenn ich aber gar nicht will?«, schrie Filip verzweifelt.

Doch wie von einem Windhauch getragen vernahm er die ferne Stimme des Wahlvaters:

»Du hast es so gewollt. Ab jetzt hast du nichts mehr zu wollen!«

Mit einem unsanften Stoß wurde er durch den Eingang des Betonbunkers gestoßen und landete auf dem kalten, harten Boden des absonderlichen Baus, den sie hier nur »die Verberge« nannten.

Sogleich hatte ihn die Dunkelheit wieder! Und auch wenn er genau vor den Füßen der anderen Auserwählten landete, auch wenn die anderen hämisch grinsend auf ihn herunterschauten, auch wenn er das Tuscheln ihrer Stimmen hörte – und selbst als ihn einer von den grobschlächtigen Gesellen unsanft mit der Fußspitze in die Seite stieß: Das Schlimmste war dieser eklige, stickige Gestank, der ihm in die Nase drang und ihm die Kehle zuschnürte.

Er musste husten, rang nach Luft, doch ihm blieb kaum Zeit, sich zu erholen.

»Zu die Tür!«, hörte er eine grobe Stimme rufen.

Ehe er feststellen konnte, von wem sie kam, wurde er mit einem Tritt zurück in Richtung Eingang gestoßen, stand langsam wieder vom Boden auf und zog mühevoll die Tür hinter sich zu.

Ihm schwindelte. Die Luft in der Verberge war mindestens schon zwanzigmal geatmet worden, es roch nach Schweiß, Dreck und Essensresten. Seine Augen mussten sich erst an die Dunkelheit gewöhnen. Nur langsam nahm er die Umrisse der Gestalten wahr, die auf ihn herniederschauten. Es waren allesamt raue Gesellen, Kolosse wie jene, die mit ihm die Reise hierher angetreten hatten.

Ein grauer Hüne baute sich nun vor ihm auf und sprach:

»Was denn bist du für einer, Kleiner?«

Filip erkannte die Stimme wieder. Es war jene, die ihm eben geboten hatte die Türe zu schließen. Als hätte der Hüne einen guten Scherz gemacht, lachte der ganze Saal.

Obwohl es ihm in der Lunge stach, holte Filip tief Luft und antwortete mit so fester Stimme, wie er nur konnte:

»Filip Filander heiße ich. Und ich habe mich nicht auserwählen lassen. Ich bin freiwillig hier!«

Ein Raunen ging durch die Menge.

Nur der graue Hüne behielt die Ruhe.

»Freiwillig?«, wiederholte er ungerührt. »Na, kannst du dann ja auch freiwillig die Nachtschicht übernehmen!«

Die anderen klatschten in die Hände.

»Ja genau, Gromek. Das kann er.«

Der Hüne, der offensichtlich Gromek hieß, schaute abfällig auf Filip hernieder.

»Du hast gehört? Hier ich bin der Boss. Und am besten ist, du tust, was ich dir sage!«

Filip nickte.

»Verstanden?«, tönte Gromek.

Filip nickte.

Doch Gromek gab sich nicht zufrieden.

»Verstanden?!«, wiederholte er ungeduldig.

»Ja, ich habe verstanden!«, antwortete Filip leise.

»Also wer ich bin?«

Filip zuckte ratlos die Schultern.

»Also wer ich bin?«, wiederholte der Hüne hartnäckig.

»Gromek?«, erwiderte Filip fragend.

»Grooomeeekkk!«, donnerte der Saal.

»Und waaas ich bin?«, prahlte Gromek.

Filip wusste immer noch nicht genau, was der Hüne wollte.

Er musste raten.

»Der Boss?«, fragte er zaghaft.

Wieder donnerte der Saal:

»Grooomeeekkk, der Booooossss!«

»Na also!«, sagte Gromek nur und drehte sich ab. Dann verzog er sich in die hinteren Räume der Verberge.

Filip aber blieb allein stehen und versuchte zu begreifen, was ihm eben widerfahren war.

Wo war er hier nur gelandet?

Was waren das für Gesellen?

Und wer war Gromek?

Filip war kaum fünf Minuten hier in der Verberge, da bereute er es fast, freiweillig nach Knoho gekommen zu sein.

Hoffentlich kam Janus bald wieder und übernahm das Kommando.

Aber Janus kam nicht.

Er kam den nächsten Morgen nicht und auch nicht den übernächsten.

Nie betrat ein Innenseiter die Dunkelheit der Verberge.

Filip war ganz auf sich allein gestellt.

Niedergeschlagen folgte er den anderen in die hinteren Räume der Verberge. Die Einrichtung war spärlich – kaum einmal gab es da einen Tisch oder eine Gelegenheit zum Sitzen. Die Räume waren gefüllt mit einfachen Etagenbetten, von denen jeweils zwei Seite an Seite standen. Dann folgte ein schmaler Durchgang, darauf wieder ein Doppeletagenbett und wieder ein Durchgang und immer so weiter. Von diesen Reihen, die sich unendlich fortzusetzen schienen, gab es unzählige in der Verberge. Doch fast alle Betten waren belegt, ein tiefes Atmen aus Hunderten von Kehlen, ein dumpfes Schnarchen erfüllte den Raum, in dem diese düsteren Gesellen ihre Zeit verbrachten, wenn sie nicht gerade Schichtdienst hatten.

Die Unterkunft war größer, als Filip von draußen gedacht hatte. Suchend wanderte er durch die Reihen.

Doch immer wenn er einmal ein leeres Lager gefunden hatte, wälzte sich eine graue Gestalt im Nachbarbett unter seiner Decke hervor und fuhr ihn an:

»Besetzt! Zieh Leine!«

So kam es, dass Filip immer tiefer in die Verberge eindringen musste. Die Luft war hier noch um ein Vielfaches schlechter als am Eingang. Unsicher tastete er sich durch den fast stockdunklen Raum, nahm nur noch schemenhaft Konturen wahr, immer aber hörte er nur die gleichen Worte:

»Besetzt! Hier ist kein Platz mehr!«

Langsam bekam er es mit der Angst zu tun, dass überhaupt kein Lager für ihn mehr frei war. Und wenn er sich vor wenigen Minuten noch nicht hatte vorstellen können, sich neben einen der grobschlächtigen Kerle zu legen – jetzt wäre er froh gewesen, aufgenommen zu werden, nicht ein Ausgesonderter, Abgewiesener zu sein.

Die hinterste Ecke des Raumes war erreicht. Mit fast schon erstickter Hoffnung trottete Filip weiter. Er war der Einzige der Neuankömmlinge, der noch keinen Platz gefunden hatte. Er musste sich wohl oder übel damit abfinden, dass ihn keiner als Bettnachbarn wollte. Schon begann er zu grübeln, was er nur tun sollte, falls unter den nächsten Ruhestätten auch kein Platz für ihn frei war, da vernahm er hinter sich eine leise, gedämpfte Stimme:

»Du bist also der Freiwillige.«

Filip stutzte. Trotzdem alle zu schlafen schienen, musste sich die Nachricht von seiner freiwilligen Anwesenheit hier in Knoho wie eine Lauffeuer durch die Verberge verbreitet haben.

Er suchte in der Dunkelheit. Dann sah er einen alten, grauhaarigen Mann, der unter einer schäbigen Bettdecke hervorlugte und ihm tief in die Augen schaute.

Filip nickte überrascht.

»Du solltest dir endlich ein Lager nehmen!«, raunte der Alte und wies auf das Bett neben ihm. »In wenigen Stunden wirst du zur Nachtschicht gerufen.«

Filip nickte abermals. Doch diesmal war es ein erleichtertes Nicken. Dankbar setzte er sich auf die Bettkante.

Über ihnen raunte jemand:

»Ruhe!«

Dann war es still.

Filip streckte sich auf dem muffigen Lager aus.

Gerne hätte er mit dem Fremden, der fortan sein Nachbar war, gesprochen, aber er traute sich nicht, den Gesellen über ihnen in seiner Ruhe zu stören.

Außerdem forderten die Aufregung des Tages, die schwere Luft und die Erschöpfung ihren Tribut. Nur wenige Minuten später war er fest eingeschlafen.

Der Alte aber, dessen Augen bald fünfzig Jahre Zeit gehabt hatten, sich an die Dunkelheit in der Verberge zu gewöhnen, lehnte sich zur Seite und schaute Filip lange an.

»Fürwahr«, sagte er endlich, »Filip Filander, du bist es. Gut, dass du gekommen bist!«

Dann drehte er sich zur Seite und schlief weiter.

Zum ersten Mal seit vielen Wochen tat er es wieder mit dem sicheren Gefühl, dass nicht alle Hoffnung vergebens gewesen war.

Nachtschicht

Der Großvater legte Filip den Arm um die Schultern.

Dann deutete er mit einem leichten Kopfnicken zum Horizont.

»Sieh nur!«, sagte er.

Hinten, ganz weit hinten, dort, wo die Ebene an den Himmel stieß, war eine leichte Rötung zu erkennen. Das Rot wurde stärker und mit großen Augen beobachteten der Alte und der Junge, wie seit Jahren zum ersten Mal wieder die Sonne aufging, wie zum ersten Mal wieder der goldgelbe Ball nicht von einer trüben Dunstglocke verdeckt wurde.

Majestätisch erhob sich die Sonne über das grüne Land und erhellte mit ihren wärmenden Strahlen die Weiden und Wiesen, die Wälder und Felder. Die Erde schien zu dampfen und alles roch frisch und saftig.

»Psssst!«

Noch war der Himmel wie in tiefes Azur getaucht. Doch schon stieg der Bodennebel auf ...

»Psssst!«

... und verschleierte das Blau, bedeckte die Sonne ...

»Psssst!«

... und ließ keine Strahlen mehr auf die Erde hindurch. Die Luft, die eben noch rein und klar gewesen war, jetzt roch sie wie der feuchte, kalte Rauch eines erstickten Feuers.

Der Großvater packte Filip bei den Schultern und rüttelte ihn.

»Wach auf!«

Filip versuchte sich dem Zwang der Aufforderung zu

widersetzen. Er warf den Kopf zur Seite, vergrub das Gesicht in den Händen. Doch es nützte ihm nichts.

»Wach auf!«

Das Rütteln wurde stärker.

Schweißgebadet fuhr Filip aus seinem Bett hoch.

Voller Angst riss er die Augen auf. Doch da war es endgültig vorbei mit Sonne, blauem Himmel und saftig duftenden Wiesen.

Er blickte nur in ein dunkles, stinkendes Nichts.

Nur langsam, ganz langsam drang ihm ins Bewusstsein, wo er war. Er rang nach Luft, spürte ein taubes Gefühl von Verzweiflung in seinen Knochen, das ihn schwächte, lähmte, sodass er für Sekunden nur regungslos dasaß, gefangen von der Finsternis der Verberge, allein gelassen, einsam und verloren.

Erst jetzt vernahm er die Stimme, die immer wieder leise wiederholend vor sich hin sprach:

»Ruhig, ganz ruhig.«

Eine fremde Hand tupfte ihm den Schweiß von der Stirn, strich ihm beruhigend über den Schopf.

Erschrocken griff Filip nach der Hand und hielt sie fest umklammert.

»Wer bist du?«, stammelte er.

Dann sah er in das Gesicht des alten Mannes, der ihm vorhin das Bett zugewiesen hatte.

Das Gesicht lächelte gutmütig und schwieg.

Filip lockerte den Griff und ließ die faltige, gebrechliche Hand des Greises los.

»Ich bin Gunde. Der alte Gunde.«

Filip war es unangenehm, dass er den Mann so grob angefasst hatte. Verlegen sagte er:

»Und ich bin Filip. Filip Filander.«

Der Greis lächelte abermals:

»Ich weiß«, entgegnete er. Dann kletterte er aus seinem Bett.

»Wir müssen uns beeilen. Die Nachtschicht beginnt in wenigen Minuten.«

Ohne eine Antwort abzuwarten, nahm er Filip beim Arm. Mit sicherem Gang, den ihm Filip gar nicht zugetraut hätte, bahnte er sich seinen Weg zwischen den Bettreihen hindurch bis in die vorderen Räumlichkeiten der Verberge, wo die anderen, die ebenfalls Nachtschicht hatten, schon missmutig vor der verschlossenen Tür warteten, die nur von außen zu öffnen war.

Gromek war bereits da.

»Da endlich ihr ja seid!«, schalt er.

Es war höchste Zeit. Von draußen wurde eine Klinke gedrückt, mit einem metallenen Knarren sprang die Tür auf und das grelle Licht drang nach innen.

Gromek stellte sich in den Türrahmen und schickte die Arbeiter der Nachtschicht an sich vorbei nach draußen.

Als Filip an ihm vorüberkam, grinste er nur:

»Freiwillig. Paah! Dass ich lache nicht!«

Mit einem groben Schlag ins Kreuz stieß er Filip nach draußen.

Gromek selbst aber hütete sich vor die Tür zu treten. Denn er hatte keine Nachtschicht. Die wurde nur jenen Gesellen zugeteilt, die am schwächsten waren und sich nicht zur Wehr setzen konnten. Brummend begab er sich zurück auf sein Lager. Und noch ehe sein Kopf in das Kissen sank, konnte man sein tiefes, zufriedenes Schnarchen hören.

Geblendet hielt sich Filip die Hände vor die Augen.

Wieder brauchte es einige Zeit, bis er sich an das helle, gleißende Licht in den Straßen von Knoho gewöhnt hatte. Er hatte ganz vergessen, dass ihm der Großvater berichtet hatte, dass das Licht Knohos immer schien, dass es keinen Unterschied zwischen Tag und Nacht gab, dass niemals auch nur ein Innenseiter der allgegenwärtigen Durchsichtigkeit des Lebens hier entfliehen konnte.

Und während sich Filip bewusst wurde, dass es keinen sichtbaren Unterschied zwischen den einzelnen Schichtdiensten gab, fragte er sich, weshalb keiner der Gesellen die Nachtschicht übernehmen wollte. Erst langsam sollte er lernen, dass die Erinnerung an den Wechsel von Tag und Nacht das Einzige bleiben sollte, was die Auserwählten noch mit der Außenwelt verband.

Wie immer waren es einhundertvierundvierzig Gesellen, die sich zu einer Schicht, zur Nachtschicht, zusammengefunden hatten. Während mehrere Aufpasser die Horde der Arbeiter in zwölf Trupps unterteilten, während also aus einhundertvierundvierzig Gesellen zwölf zwölfmannstarke Putzkolonnen wurden, die für die nächsten sechs Stunden eigene Wege gehen sollten, während alledem stellte Filip erstaunt fest, dass diese baumgroßen Kerle, die schon so lange in Knoho zu arbeiten schienen, noch mehr Mühe mit der Grelligkeit hatten als er. Mit zusammengekniffenen Augen machten sie sich auf, schwankend und schweigend durch die gläsernen Straßen zu trotten. Der kleine Tross, dem Filip zugeteilt worden war, wurde angeführt von zwei Knohonen, die den Stadtdienern den

Weg wiesen. Denn ohne die Hilfe eines Innenseiters wäre jeder einstige Außenseiter im Labyrinth Knohos hoffnungslos verloren gewesen. Nie hätte auch nur einer der Putzmänner von allein seinen Weg aus diesem Wirrwarr heraus gefunden.

Der alte Gunde war Filips Kolonne zugeteilt worden. Er schritt scheinbar gleichgültig neben dem Jungen her.

Doch ab und zu beobachtete er Filip unauffällig aus den Augenwinkeln heraus. Und was er sah, erfüllte ihn mit Genugtuung. Anders als die anderen trottete der Junge nicht mit gesenktem Kopf durch die Straßen. Filips Blick wanderte neugierig hin und her, auf und ab, als würde er nach etwas suchen, ohne genau zu wissen, wonach er eigentlich Ausschau hielt.

Der Alte ließ Filip gewähren. Er kannte diesen unruhigen Blick zu gut. Nur wenige Auserwählte zeigten dieses Interesse an der Stadt, in der sie arbeiteten. Er selbst und ein, zwei andere vielleicht. Jene aber hatten ihren Dienst bereits geleistet und waren zurückgekehrt in die Außenwelt.

Einer von ihnen war Fred Filander gewesen. Filips Großvater. Dem alten Gunde wurde es weh ums Herz, wenn er daran dachte, dass mit Fred Filander sein einziger Freund, den er in Knoho hatte, gegangen war. Denn so war es nun einmal in der Verberge unter diesen rauen, dumpfen Gesellen: Wer nachdachte, wer versuchte den Dingen auf den Grund zu gehen, hatte nicht viele Freunde.

So war es einsam um den alten Mann geworden, seit sein einziger Vertrauter nach draußen zurückgekehrt war. Dafür aber hatte der alte Filander seinen Enkel geschickt. Schon als der Name des freiwilligen Neuankömmlings wie ein Lauffeuer von Bett zu Bett getragen wurde, wusste Gunde, dass der junge Filander ein Verwandter seines einstigen Weggefährten sein musste.

Der Alte konnte nicht anders, er musste immer wieder einen Blick auf den Jüngling werfen, der seinem Großvater in so vielen Dingen ähnlich sah und vielleicht auch war, wie Gunde hoffte.

Während sich Gunde in Gedanken so mit seiner Vergangenheit, Gegenwart und auch seiner Zukunft beschäftigt hatte, war der Tross tiefer in die Stadt vorgedrungen. Längst schon war der Schutzwall durch die gläsernen Fassaden hindurch nicht mehr zu erkennen. Das Treiben in den Straßen war lebendiger geworden, denn in Knoho gab es auch für die Menschen keinen Unterschied zwischen Tag und Nacht. Das Stimmengewirr der ständig sprechenden Passanten hatte den Geräuschpegel gehoben. So musste Gunde keine Angst mehr haben, dass ein Gespräch zwischen ihnen ungewollte Mithörer fand. Leise flüsterte er Filip zu:

»Endlich können wir miteinander reden! Merke dir, am ungefährlichsten ist es hier, in aller Öffentlichkeit. Bei uns in der Verberge haben die Wände Ohren, selbst wenn die anderen schlafen. Wenn du also etwas fragen willst, nur zu!«

Filip hätte tausend Fragen gehabt. Vorerst jedoch schien ihm eines am wichtigsten zu sein, das er unbedingt herausfinden musste:

Prüfend sah er Gunde an. Der Mann mochte so alt sein wie der Großvater, er hatte ebenso schlohgraues Haar. Nur seine Augenbrauen waren noch völlig schwarz geblieben. Das Auffälligste jedoch war dieser große, gebogene Zinken, der vier Nasenlöcher zu haben schien. Filip wusste genau, woher diese Löcher kamen. Die zwei oberen rührten von einem Fluchtversuch her, bei dem Gunde vor bald zwanzig Jahren erwischt worden war. Da er auf die warnenden Rufe der Aufpasser nicht stehen geblieben war, hatte man nach ihm geschossen. Und eine Kugel der gläsernen Munition hatte ihm die Nase durchbohrt. Seither waren die Durchschüsse nie mehr verheilt.

Filip nickte beruhigt und sagte:

»Du bist also Gunde«, und halb fragend, halb feststellend fügte er hinzu: »Großvaters einziger Freund hier in Knoho. Auch du bist seit bald fünfzig Jahren hier, nicht?!«

Die Gesichtszüge des Alten hellten sich auf. Filip meinte, eine Spur von Stolz im Lächeln des Mannes zu erkennen, der jetzt mit leicht bebender Stimme sprach:

»Hat dir dein Großvater also von mir erzählt?«

»Wir hatten nur wenig Zeit«, antwortete Filip. »Denn ich war schon sechzehn, als er zurückkehrte. Er hat mir alles erzählt, was er wusste. Er hat gesagt, dass ich nach dir suchen soll. Du wärst der Einzige, dem ich hier vertrauen kann.«

»Das kannst du!«, bestätigte Gunde mit einem feierlichen Unterton in der Stimme.

Schnell reichten die beiden einander die Hände. Filip spürte den warmen Druck der großen, von harter Arbeit gezeichneten Hand des Alten. Zum ersten Mal, seit er Knoho betreten hatte, fiel ein wenig die Beklemmung von ihm ab, die ihn vorhin sogar bis in den Traum verfolgt hatte. Er konnte sich sicher sein: Er hatte einen Freund gewonnen. Und das war viel wert in einer Stadt, in der er zwischen zwei Welten wandelte – zwischen zwei Welten, von denen die eine ihm verboten war und die andere ihn wie einen Aussätzigen empfangen hatte.

Und wie sehr ihm die Welt der auserwählten Stadtdiener fremd bleiben sollte – das zu erfahren, stand ihm eher bevor, als er ahnen konnte.

Seit einiger Zeit mussten sie wieder vorsichtig sein. Denn die Aufpasser hatten dem Tross zu halten geboten.

Sie waren am Ziel.

Vor ihnen ragte die dreckverschmierte Glasfront eines Hochhauses auf. Ehrfürchtig stand Filip vor diesem mächtigen Bauwerk. Er sah die Fassade hinauf, die nach oben hin immer schmaler wurde und sich irgendwo im Dunst des Himmels verlor.

Ohne eine Anweisung der Aufpasser zu benötigen, machte sich die Putzkolonne ans Werk. Aus einem Wagen, der am Eingang des Hauses bereitstand, entnahmen sie ihre Ausrüstung, die sie zum Reinigen der Glasfläche brauchten:

Filip verfolgte mit staunendem Blick, wie die Gesellen sich je ein Paar Stiefel und ein Paar Handschuhe griffen. Er traute seinen Augen kaum, als er bemerkte, dass diese Ausrüstung aus purem Glas zu sein schien.

Fragend schaute er zu Gunde hinüber, der auch bereits am Wagen beschäftigt war. Der Alte nickte dem Jungen zu und gebot ihm, sich ebenfalls zur Arbeit bereit zu machen.

Ohne zu verstehen, was hier vorging, nahm sich

auch Filip je ein Paar Stiefel und Handschuhe und zog sie sich an. Sogleich bemerkte er, wie seine Beine schwer wurden und seine Bewegungen auf dem gläsernen Untergrund etwas Schleppendes bekamen. Befremdet blickte er auf seine Füße. Als er wieder den Kopf hob um zu schauen, ob es den anderen ebenso erging, stieß er einen Ruf des Erschreckens aus.

Einige der Gesellen hatten sich zur Glasfront begeben und begannen nun an ihr wie die Spinnen hochzuklettern. Mit Händen und Füßen an der Fassade haftend, erklommen sie Meter für Meter der senkrechten Wand, als wäre es die einfachste Übung der Welt.

Filip blieb für Sekunden wie versteinert stehen. Fassungslos starrte er die steile Wand hinauf. Erst jetzt erinnerte er sich, was er gestern schon beim Gang durch die Straßen von Knoho gesehen hatte: die an den Glaswänden hängenden und putzenden Kolosse. Und eine lähmende Angst stieg in ihm auf, ebenfalls diesen unglaublichen Weg beschreiten zu müssen.

Ihm blieb keine Zeit zum Nachdenken. Schon verspürte er einen unsanften Stoß im Rücken. Die Aufpasser drängten ihn, seinem Tagewerk nachzugehen. Ihnen schien egal zu sein, dass er den ersten Tag hier war, dass er ein Neuling war, dem diese Arbeit völlig fremd sein musste. Ungeduldig drängten sie ihn zur Wand und nötigten ihn, mit den Händen voran den Aufstieg zu beginnen.

Kaum hatte Filip mit der Hand die Fassade berührt, da gab es ein klirrendes Geräusch, als wäre Eisen auf Eisen geschlagen.

Er stieß einen Schreckensschrei aus.

Der Handschuh saugte sich an der Wand fest. Die

Aufpasser hoben Filip hoch und schon klebte er wie die anderen mit Händen und Füßen an der Wand. Doch obwohl er nur wenige Zentimeter über dem Boden hing, begann er am ganzen Leib zu schlottern, war unfähig, sich auch nur um einen Millimeter zu bewegen.

Hier konnte ihm keiner helfen. Auch Gunde nicht. Niemand.

Von oben hörte er ein grobes Lachen.

Die anderen hatten alles beobachtet.

Einige von ihnen grölten:

»Sehts nur. Filip Filander. Er is freiwillich hier. Hörts, hörts!«

Andere lachten:

»Kommsts nur, Filip. Wolln doch mal sehens, obst du auch freiwillich hier raufkommsts!«

Zorn stieg in Filip auf. Er wollte seine Angst niederkämpfen. Er wollte es den anderen zeigen. Aber die Angst war da, er konnte sie nicht so einfach besiegen. Mühevoll quälte er sich einige Meter voran. Immer wieder rief ihm Gunde zu:

»Nicht nach unten schauen, bloß nicht nach unten schauen!«

Es half nichts. Filip brauchte gar nicht erst nach unten zu schauen um sich vorstellen zu können, wie es unter ihm aussah. Am ganzen Körper zitternd kämpfte er sich nach oben. Mit jedem Griff stellte er sich vor, wie es wäre, wenn er den Halt verlor und in die Tiefe stürzte.

Gunde schien seine Gedanken erraten zu haben. Er rief:

»Du brauchst keine Angst zu haben. Die Stiefel und

Handschuhe sind magnetisch. Du kannst gar nicht fallen!«

Die Worte schienen zu wirken.

Filip hielt inne. Dann erst realisierte er, dass er wirklich mit allen vieren fest an der Wand hing.

»Sieh nur!«, rief Gunde.

Gunde zeigte ihm, dass eine Hand und ein Fuß genügten, um ihn fest an der Scheibe zu halten. Ein Bein und einen Arm weggespreizt, hing er an der Wand und lächelte Filip aufmunternd zu.

Allmählich fasste Filip Vertrauen. Und auch wenn er den ganzen Tag über die Angst nicht verlieren sollte – jetzt begann er mit mutigen Griffen den Aufstieg, folgte den anderen nach oben zum Dach des Hauses.

Als er oben ankam, warteten die anderen bereits auf ihn. Sie grinsten ihm hämisch zu. Ihnen war die Kletterpartie anscheinend nicht schwer gefallen. Filip aber rang nach Atem. Und während seine Arme und Beine eben noch vor Angst gezittert hatten, bebten sie jetzt vor Anstrengung.

Aber es gab keine Zeit für eine Pause. Kaum oben angekommen, begannen die Ersten schon wieder den Abstieg. Und der sollte nicht etwa leichter werden als der Weg nach oben. Denn nun galt es, mit gläsernen Schabern die Schmutzschicht von der Fassade zu entfernen. Seite an Seite arbeiteten die Gesellen, putzten sich Meter für Meter die Wand wieder hinunter. Als sie endlich unten angekommen waren, als die Fassade wieder in spiegelblankem Glanz erstrahlte, waren die längsten Stunden in Filips Leben vorüber.

Längst spürte er seine Knochen nicht mehr. Längst war es ihm egal geworden, ob er nun doch von der

Wand stürzte oder nicht. Der Ohnmacht nahe, hatte er es den anderen nachgetan. Oft hatte er erschöpft an der Wand gehangen, hatten seine Muskeln den Dienst versagt und die anderen ihn verhöhnt und ausgelacht.

Immer wieder hatte ihn ein unerklärlicher Wille weitergetrieben. Doch jetzt, da er wieder am Boden angekommen war, war das letzte bisschen Energie aus seinem Körper gewichen. Kraftlos sank er zu Boden.

Und nichts auf der Welt hätte ihn wieder auf die Beine gebracht.

Da half auch nicht das Mahnen, Flehen und Wachrütteln des alten Gunde.

Sosehr Filip in den letzten Stunden gekämpft, gerungen und gelitten hatte, so kurz er das Ziel vor Augen hatte: Jetzt sollte seine erste Nachtschicht doch noch ein unrühmliches Ende finden.

Tief und fest schlafend merkte er nicht mehr, wie er zurück in die Verberge getragen, unsanft aufs Bett fallen gelassen wurde und wie die anderen hämisch über ihn lachten.

Ein Auserwählter, der in seinem Dienst versagte, war hier dem Spott der anderen hilflos ausgeliefert.

Von nun an konnte sein Leben hier zur Qual werden.

Grooomeeek!

Doch die Zeiten änderten sich.

Oft ändern sie sich sogar schneller, als man denkt.

Was gestern noch größte Schmerzen bereitete, war heute schon verheilt und morgen vergessen.

Schon am nächsten Tag war Filip wieder zur Nachtschicht aufgestanden. Diesmal hatte Gunde ihn nicht wecken müssen. Ob es daran lag, dass die Arbeit an diesem Tage weniger anstrengend war, oder daran, dass das Haus nicht ganz so hoch, die Glasfläche nicht ganz so verschmiert war – oder ob Filip das Erlebnis der gestrigen Schicht schon gestählt hatte: Diesmal bewältigte er die ihm aufgetragenen Arbeiten ohne erneut Schwäche zu zeigen.

An den darauf folgenden Tagen gewöhnte sich Filip immer mehr an sein Tagewerk. Bald konnten ihm auch die höchsten Wolkenkratzer keine Angst mehr einflößen. Und während am ersten Tag noch sein zarter Wuchs ein Nachteil gewesen war, wurde er bald zum Vorteil. Seine Muskeln stählten sich und sein geringes Gewicht machte ihn geschickter und gewandter an den großen Glasflächen, wo nicht nur Kraft allein entscheidend war. So war er schon nach einigen Wochen fast immer einer der Ersten oben auf den Dächern der Stadt und genoss die Aussicht, prägte sie sich ein und speicherte sie in seinem Gedächtnis.

Nur seine grobschlächtigen Gesellen schienen die Veränderung, die in Filip vorgegangen war, nicht zu bemerken. Sie sahen in ihm noch immer den kleinen, verängstigten Jungen, belächelten und beschimpften ihn. Doch das konnte nichts daran ändern, dass Filip sich in sein Dasein hier in Knoho hineingefunden hatte. Natürlich tat es ihm weh, verletzte es ihn, dass die anderen ihn für einen Weichling hielten, der für die harte Arbeit in Knoho nicht geschaffen war. Und er war froh, dass wenigstens Gunde zu ihm hielt – dass er an manchen Tagen, an denen er sich besonders einsam fühlte, jemanden hatte, mit dem er reden konnte, jemanden, der ihn verstand, der anders war als jene, die ihn verhöhnten und verlachten.

Andererseits hatte es auch seine Vorteile, wenn die anderen ihn unterschätzten. So konnte er sich ungehindert um seine Angelegenheiten kümmern. Und je länger er in Knoho war, umso mehr machte er sich daran, diese Möglichkeit zu nutzen.

Denn auch die harte Arbeit hier in der gläsernen Stadt hatte nichts daran ändern können, dass Filip diesen Wissensdrang in sich spürte, der ihn von allen anderen Außenseitern und Auserwählten unterschied.

Als sie sich wieder eines Nachts auf den Weg gemacht hatten, als wieder das Leben in den Straßen reger, der Geräuschpegel lauter geworden war, raunte Gunde seinem Schützling zu:

»Es ist so weit. Du hast schon viel gesehen hier. Jetzt ist es an der Zeit, dass du verstehst.«

Filip sah den Alten neugierig an. Gunde fuhr fort.

»Du musst lernen, mit offenen Augen durch die Straßen zu gehen. Versuche dir alles genau einzuprägen. Nur so wirst du dich hier irgendwann einmal zurechtfinden.«

Einmal mehr schaute Filip sich um. Einmal mehr sah er nur durchsichtige Fronten, von denen eine wie die andere aussah und nie auch nur irgendeinen Anhaltspunkt gab, an dem man sich hätte orientieren können. Er hatte es ja versucht, sich Straßenzüge oder einzelne Gebäude zu merken. Doch immer wenn er gedacht hatte, dass es ihm geglückt war, immer wenn er sich sicher gewesen war, eine Stelle wieder zu erkennen, sah er sich bald schon getäuscht und fühlte sich verloren im Wirrwarr dieser Stadt.

Mutlos erwiderte er:

»Ich glaube, ich werde mich hier nie zurechtfinden.«

Gunde lächelte warmherzig:

»Nicht so ungeduldig, mein Freund. Du musst lernen. Zeit spielt hier eine ganz andere Rolle. Ich versuche es seit neunundvierzig Jahren und ich denke, dass ich schon einiges gelernt habe.«

»Aber ist es auch genug?«, zweifelte Filip.

»Es ist niemals genug. Gerade hier, wo nur das eine zählt ...«

Gunde unterbrach sich selbst, um einen forschenden Blick auf seinen Schützling zu werfen. Und das, was er sah, ließ ihn verstummen. Der Junge schien zu überlegen. Gunde ahnte, dass er ihn in seinen Gedanken nicht stören durfte.

»Wissheit macht stark«, murmelte Filip schließlich jene Worte vor sich hin, die in Spektralfarbenschrift über dem Stadttor gestanden hatten.

Gunde hatte es gehört. Erschrocken drehte er den Kopf zur Seite und sah Filip erstaunt an.

Seine Stimme bebte, als er sprach:

»Du sagst da etwas, gute Güte, du sagst da wirklich etwas, das mancher von uns sein Leben nicht erfährt. Woher weißt du das?«

»Es ist das einzige Gesetz hier in Knoho.«

Gunde schauderte. Filip sprach leise weiter:

»Und es zu brechen ist Strafe genug ...«

Es waren die Worte, die der Wahlvater am Tage von Filips Auserwählung gesprochen hatte. Wie lange war es her? Tage, Wochen? Er wusste es nicht mehr. Und er ahnte, dass Gunde Recht hatte, dass hier in Knoho Zeit keine Rolle spielte.

Gunde sah ihn nachdenklich von der Seite an. Er hatte gehofft, dass der junge Filander anders war als alle anderen. Aber dass er so anders war, dass sich sein Durst, zu lernen, so schnell zeigte und so schnell Früchte trug, das stärkte zwar Gundes Hoffnung, machte ihm aber auch Angst.

Was weiß dieser Junge noch alles?, fragte er sich. Und vor allem: Was würde Filip noch alles wissen wollen, worauf er selbst, der Ältere, der Erfahrene, nie eine Antwort finden würde?

Zunächst konnte er noch helfen, den Wissensdurst seines Schützlings zu stillen. So lehrte er Filip, wie man sich in den gläsernen Straßen Knohos zurechtfand: Er lehrte ihn, dass man nicht auf die Fassaden schauen durfte, um eine Orientierung zu erhalten, sondern auf das, was sich dahinter verbarg. Denn zwar sahen die Häuser in Knoho alle gleich aus, aber es arbeiteten immer andere Menschen darin, in anderen Zimmern mit anderer Einrichtung. Und bald schon verstand es Filip, unterschiedliche Straßenzüge, Kreuzungen oder Sackgassen an einem kleinen Detail, wie der Form eines Schreibtisches, der Farbe eines Stuhls, auseinander zu halten.

Und noch eines sei wichtig, erklärte Gunde:

»Versuche immer erst, dir feste Einrichtungsgegenstände zu merken, dann erst die Bewohner selbst. Denn die Bewohner sind beweglich. Sie sind nicht immer da, wenn du sie gerade brauchst. Nimm dir also die Menschen nur im Notfall als Anhaltspunkt. Sonst könnte dir einmal die Orientierung fehlen, wenn du sie gerade am nötigsten brauchst.«

Filip nickte geistesabwesend.

»Wozu soll ich diese Orientierung jemals brauchen? Wir werden ja ständig von Innenseitern geführt und brauchen nur hinterher zu gehen.«

Der Alte räusperte sich kurz und erwiderte:

»Das herauszufinden ist deine Sache. Und niemand wird dir dabei helfen. Denn nur für dich allein gelten hier in dieser Stadt andere Regeln. Du hast die Spektralfarbenschrift gelesen, dort, wo die anderen noch geblendet waren. Du hast die Zeichen der Wissheit erkannt, die selbst ich, der ich doch schon so lange hier bin, nur mit Müh und Not erkennen kann. Du hast Janus überlistet. Wahrlich, ich sage dir, für dich gelten andere Regeln hier in Knoho. Also wirst du auch Gromek überlisten.«

Grooomeeek!

Der ehrerbietige Ruf aus Hunderten von Gesellenkehlen drang Filip ins Gedächtnis.

An dem Anführer der Dienerschaft führte kein Weg vorbei.

Filip hatte es sich längst gedacht.

Fortan musste sein Denken nur dem einen Ziel gelten: Wie konnte er Gromek überlisten?

Missmutig kletterte Gromek aus seinem Doppelbett.

Als einziger Geselle beanspruchte er zwei Betten. Er war der Boss. Und der Boss genoss Vorteile. So einfach war das. Niemand wäre auf die wahnwitzige Idee gekommen, ihm dieses Recht streitig zu machen.

Doch alle Privilegien, die er sich in der Verberge angeeignet hatte, konnten nicht darüber hinwegtäuschen, dass er außerhalb der Unterkunft, draußen vor den Augen der Aufpasser, ein Diener war wie jeder andere. Einmal am Tag wurde auch der große Gromek zu seinem Schichtdienst gerufen. Den Aufpassern war es ganz egal, wer in der Verberge der Anführer war. Jede Schicht setzte sich nun einmal aus zwölf mal zwölf Putzmännern zusammen. Und da jeder Auserwählte sich nur sechs Stunden am Tag in der Grelligkeit der Stadt aufhalten konnte, musste die Reihe zwangsläufig auch einmal an Gromek kommen.

Wie sehr hätte er sich gewünscht, dass dieser Kelch an ihm vorübergehe! Dass er den ganzen Tag auf seinem muffigen Bett verbringen könnte. Dass er nur dann und wann einmal seiner Anführerrolle gerecht werden müsste, indem er den einen oder anderen Befehl durch die Verberge rief. Anführen und regieren, ja, das wollte er sich gefallen lassen! Aber täglich wie jeder seiner Untergebenen auf Schicht gehen, das war ihm verhasst wie kaum etwas anderes in Knoho. Noch verhasster war ihm nur, dass er nichts dagegen tun konnte. Er konnte mehr Macht bekommen, noch mehr seiner Knechte mit unsinnigen Befehlen drangsalieren, nichts, aber auch gar nichts würde ihm auch nur einen einzigen schichtfreien Tag einbringen.

So war er also schlecht gelaunt wie vor jedem Dienst aus dem Bett gestiegen, hatte auf dem Weg zum Eingang der Verberge ein oder zwei Gesellen unsanft zur Seite gerempelt, als ihm Filip in den Weg trat.

»Platz da!«, donnerte Gromek.

Doch Filip blieb mutig stehen.

Es war nicht der richtige Zeitpunkt, um Gromeks Nerven auf die Probe zu stellen. Schon ballte er die Faust, um Filip die rechte Antwort zu geben, da sprach dieser Hänfling mit sicherer Stimme zu ihm:

»Gromek. Ich muss mit dir reden!«

Gromek blieb für eine Sekunde wie versteinert stehen. Dann hatte er sich gefangen.

»Ich nicht mit dir!«, erwiderte er und wollte Filip mit einer lässigen Armbewegung zur Seite wischen.

Filip kam ihm zuvor.

»Du bist wirklich der dümmste Boss, den die Welt gesehen hat!«, versetzte er.

Mit einem Mal wurde es still im Raum. Das Flüstern der Wachen verstummte, das ständige Schnarchen der Schlafenden war wie abgeschnitten. Sogar die Schmeißfliegen, die unaufhörlich umherflogen, suchten sich, verunsichert von der abrupten Stille, einen Platz.

Das Einzige, was man hören konnte, war das schwere Atmen Gromeks.

Mit glasigem Blick schaute er auf Filip nieder. Auf seiner Stirn lagen tiefe Falten und man konnte förmlich sehen, wie er dachte – oder besser: versuchte zu denken. Denn das, was ihm Filip da gesagt hatte, schien ihm unerklärlich, einfach unbegreifbar. Fassungslos war er außerstande, mehr als nur das eine Wort auszustoßen:

»Wieee?«

Filip reichte dieser Moment des Staunens.

»Ich habe dir ein Angebot zu machen!«, erklärte er.

»Wieee?«, wiederholte Gromek, als wäre er eine mannsgroße Sprechpuppe, die nicht mehr als nur das eine Wort sagen konnte.

Entschlossen fuhr Filip fort:

»Ein Angebot, wie du der mächtigste Boss aller Zeiten werden kannst. Hör zu ...«

Filip unterbrach sich selbst. Konnte Gromek ihm überhaupt folgen? Der grobschlächtige Anführer glotzte ihn aus hohlen Augen an und murmelte ungläubig vor sich hin:

»Der dümmste Boss, der mächtigste Boss. Der dümmste, der mächtigste ...«

Plötzlich, als würde er aus einer Trance erwachen, brüllte er, dass selbst die dicken Betonwände der Verberge zu erbeben drohten:

»Keeerl, waaas du mir saaagen willst?«

Und wie ein Echo erwachte auch die Stimme der anderen Gesellen wieder zum Leben:

»Grooomeeek!«, dröhnte es durch den Raum.

Gromek packte Filip beim Kragen, hob ihn hoch und zog ihn so nah zu sich heran, dass sich beider Nasenspitzen berührten.

»Was du mir sagen willst?«, zischte Gromek.

Filip drang der faule Atem des Anführers in die Nase. Ihm wurde übel. Verzweifelt röchelte er:

»Hör mir zu. Und du musst nie wieder auch nur einen einzigen Schichtdienst machen.«

Gromek atmete schwer.

Hatte er richtig gehört? Der Hänfling bot ihm an, wonach er sich am meisten sehnte. Seine Nasenflügel bebten, seine Augenbrauen zuckten, aus dem halb geöffneten Mund rann ihm der Speichel heraus. Als hätte ihm jemand etwas Köstliches zum Essen versprochen, war ihm das Wasser im Munde zusammengelaufen. Und jeder, der wusste, welch ein Vielfraß Gromek war, konnte sich vorstellen, was Filips Angebot für ihn bedeutete.

»Das nicht dein Ernst sein kann!«, stieß er mühsam hervor.

Filip nickte:

»Mein völliger Ernst.«

»Wie du das anstellen willst?«

Filip zögerte eine Sekunde. Dann sagte er:

»Es ist einfacher, als zu denkst.«

Gromek stöhnte.

»Dann du musst zaubern können. Niemand so mächtig ist, dass mich frei machen kann von Schicht.«

»Ich kann.«

Gromeks wässrige Augen glotzten Filip fassungslos an.

»Was du mir sagen willst?«, wiederholte Gromek seine Worte von vorhin. Doch diesmal hatten sie einen hilflosen, fast flehenden Unterton.

»Ganz einfach«, antwortete Filip selbstsicher. »Ich werde deine Schicht übernehmen.«

Als wäre Gromek ein Gespenst erschienen, ließ er Filip, den er immer noch mit beiden Armen in der Luft gehalten hatte, fallen und machte einen ehrfürchtigen Schritt rückwärts. Ungläubig raunte er:

»Das du nicht kannst. Länger als sechs Stunden niemand kann in der Grelligkeit bleiben.«

»Ich schon. Und ich kann nicht nur, ich will es auch. Denn das genau ist meine Bedingung. Höre!«

In der Verberge war es noch immer so still wie in einer Grabkammer. Niemand sonst konnte Gromek Bedingungen stellen. Und dieser Neuling, der noch nicht einmal ein ganzes Jahr hier war, wagte es, dem allmächtigen Boss seine Forderungen so einfach ins Gesicht zu schleudern.

Filip fuhr unbeirrt fort:

»Ich werde deine Schicht nur dann übernehmen, wenn du mir bei einer anderen Sache hilfst. Willst du das?«

Gromek glotzte Filip immer noch ungläubig an:

»Niemand das kann!«, wiederholte er nur.

»Willst du das?«, drängte Filip.

Gromek rann der Schweiß von der Stirn. Mit hängenden Schultern stand dieser Koloss vor Filip, seine Augen klebten an dem Mund des Jungen und einmal mehr sprach er fassungslos vor sich hin:

»Was du willst?« Dann röchelte er geschlagen: »Ich alles für dich tun werde, was kann ich.«

»Du kannst,« stellte Filip nüchtern fest.

Aber gleichzeitig musste er sich zur Ruhe zwingen. Denn er konnte die Freude, die ihm Gromeks Antwort bereitete, kaum verbergen.

Er hatte gewonnen!

Er wusste, dass Gromek ihm seine Forderung erfüllen würde.

Entschlossen zog er den Anführer zur Seite. Noch sollten nicht alle von seinem Plan erfahren. Dann erklärte er Gromek seine Bedingungen: Er würde für Gromek den Schichtdienst übernehmen. Und im Ausgleich dafür würde ihm der Boss bei der Umsetzung seines Planes helfen.

»Du im Ernst achtzehn Stunden am Tag in der Grelligkeit sein willst?«, fragte Gromek, der immer noch nicht glauben mochte, dass irgendein Auserwählter es länger als sechs Stunden außerhalb der Verberge aushalten konnte.

Filip reichte ihm die Hand.

»Also abgemacht?«, sagte er nur. »Ich übernehme deine Schicht. Und du lässt mich dafür sechs Stunden am Tag frei, damit ich allein hinaus nach draußen kann.«

Gromek schüttelte verwirrt den Kopf.

»Also gut«, sagte er. Dann schlug er ein. »Wenn du es so unbedingt willst.«

»Ich will!«, beteuerte Filip.

Damit war der Pakt beschlossene Sache.

Von nun an würde er frei durch die Straßen der gläsernen Stadt gehen können.

Der Preis war hoch. Denn noch wusste er nicht, ob er sich wirklich länger als sechs Stunden im hellen Licht der Stadt aufhalten konnte.

Noch ahnte er es nur.

Doch er fühlte, dass er das Risiko eingehen musste. Denn dafür würde er Dinge sehen, die nie ein Auserwählter zuvor gesehen hatte.

Flucht!

»Wir werden uns in der nächsten Zeit kaum noch sehen«, stellte Gunde traurig fest, als ihm Filip von seinem Plan berichtet hatte.

Filip sah in das Gesicht des alten Mannes. Für einen Augenblick erinnerte er sich daran, wie sein Großvater wehmütig geschaut hatte, als der Zeitpunkt des Abschieds gekommen war. Für einen Moment spürte er etwas wie einen kleinen, kurzen Stich im Herzen. Und er versuchte seinen Lehrmeister zu beruhigen:

»Ich kann mich ja nur zweimal am Tag hinaustrauen. Und auch das nur während der Schichten. Alleine würde ich draußen sofort auffallen. Wo ich doch nie im Leben so aussehe wie einer von denen. Ich in meinen grauen, verdreckten Kleidern.«

Gunde schüttelte den Kopf.

»Das ist es ja, was ich meine. Was mich so traurig macht. Denn ich werde es sein, der dafür sorgt, dass wir uns noch seltener sehen.«

Als er Filips fragenden Blick spürte, griff er unter seine Matratze und holte einen weißen zusammengerollten Stofffetzen hervor. Er rollte ihn auseinander. Und so konnte man sehen, dass der Fetzen nichts anderes war als eines der Gewänder, das die Innenseiter trugen.

»Wo hast du das her?«, fragte Filip aufgeregt. Denn er wusste genau, was dieses Kleidungsstück für ihn bedeuten konnte.

Gunde zuckte die Schultern.

»Es ist schon einige Zeit her. Wir mussten die Räume

der Wäscherei reinigen. Dabei fiel deinem Großvater dieses Gewand in die Hände. Wir haben es aufbewahrt, weil wir uns dachten, dass wir es einmal brauchen könnten. Wenn wir auch nicht genau wussten, wann und wozu. Jetzt scheint mir der rechte Zeitpunkt gekommen. Da, nimm es nur. Es gehört dir. Du bist der Einzige, der es nutzen kann.«

Während Gunde sprach, merkte Filip deutlich, wie ein feiner Unterton von Bewunderung in der Stimme des Alten mitschwang. Nie zuvor hatte jemand gewagt, mehr als nur sechs Stunden in der Grelligkeit der gläsernen Stadt zu verbringen. Jetzt wollte es Filip gleich für achtzehn Stunden wagen. Schon allein die Tatsache, dass er Gromeks Schicht übernehmen wollte, musste allen Gesellen wie ein Selbstmordkommando erscheinen. Und auch wenn Gunde seinen Schützling besser kannte als die anderen, war er nicht minder beeindruckt von dessen Mut.

Gerührt nahm Filip das Gewand aus den leicht zitternden Händen des Alten.

»Ich danke dir«, sagte er leise. Und während er weitersprach, konnte er eines noch nicht ahnen: das, was er jetzt versprach, würde einmal ganz anders, als er es sich wünschte, eintreten. Feierlich fügte er hinzu: »Ich hoffe, ich werde dir eines Tages zurückzahlen können, was du für mich getan hast.«

Dann drückten sie einander die Hände.

Unter die Wehmut des Alten mischte sich die Hoffnung, dass der Junge mit seiner Hilfe etwas erreichen würde, was keinem Auserwählten je zuvor gelungen war.

Auch Wunder werden gewöhnlich, wenn sie zu oft geschehen.

Als Filip von seiner ersten Doppelschicht in die Verberge zurückgekehrt war, als er zuerst den eigenen, dann, nach einer sechsstündigen Pause, auch noch Gromeks Dienst abgeleistet hatte, waren alle Gesellen aus ihren Betten aufgestanden und hatten Filip am Eingang der Verberge erwartet.

Aufrecht war Filip durch die Tür geschritten und hatte nur Gromek, der ganz vorne unter den Gaffern gestanden war, zugeflüstert:

»Nun denke auch du an deinen Teil der Abmachung.«

Dann war er durch die Reihen bis zu seinem Bett geschritten, hatte Gunde kurz zur Begrüßung die Hand geschüttelt und war eingeschlafen.

Fortan war er der geheime Held der Verberge. Alle anderen Gesellen zollten ihm Respekt. Doch während das Wunder anfangs noch jeden Tag aufs Neue für Aufsehen gesorgt hatte, waren bald schon jene, die immer zuvorderst in der Reihe der Gaffer gestanden waren, in ihren Betten geblieben, hatten ihn andere an vorderster Stelle empfangen, bis schließlich alle das Wunder ausgiebig genug bestaunt hatten.

Endlich war wieder Alltag eingekehrt in der Verberge. Endlich konnte er sich, ohne für einen größeren Tumult zu sorgen, an den zweiten Teil seines Planes machen. Wenn alles so funktionierte, wie er es sich vorstellte, dann würde er bald allein, ohne Aufpasser, durch die Straßen von Knoho ziehen.

Er hatte viel Zeit gehabt, darüber nachzudenken, wie er seine Flucht – und um eine Flucht handelte es sich, auch wenn er den festen Willen hatte, zurückzukehren –, wie er dieses zeitweilige Ausbrechen aus der Verberge am besten bewerkstelligen sollte. Denn einfach durch die Tür nach draußen treten, konnte er nicht, weil die Tür nur auf der Außenseite eine Klinke hatte, von innen jedoch nicht geöffnet werden konnte. So hatte er sich entschlossen, dem Rat des alten Gunde zu folgen, dem schon einmal fast die Flucht gelungen wäre: Gunde hätte damals den Schichtwechsel genutzt, im Trubel vor der Verberge wäre er entflohen, und bis heute wüssten die Knohonen nicht, wie er das angestellt hatte. Gefangen hätten sie ihn erst später, durch einen Zufall, aber daran wolle er gar nicht mehr denken.

Gundes Plan war schwierig. Da Filip auch noch Gromeks Dienst übernehmen musste, blieb ihm nichts anderes übrig, als sofort im Anschluss an eine der beiden Schichten die Flucht zu wagen. Ihm würden, nachdem er gerade erst zurückgekehrt war, nur wenige Minuten Zeit bleiben, bis Gromek schon wieder zum Sammeln aufrief. Denn der Schichtwechsel dauerte jedes Mal nur wenige Minuten.

Lange hatte er diesen Tag vor sich hergeschoben. Dann endlich hatte er beschlossen: Heute sollte es geschehen.

Als er von der Schicht zurückkam, wurden sie wie immer von Gromek am Eingang zur Verberge erwartet, der die Zahl seiner Leute kontrollierte. Mit den anderen Gesellen trottete er an Gromek vorbei durch die Tür. Doch während sich die anderen matt und müde auf –ihre Betten fallen ließen, wartete Filip nur darauf, dass er sich unter die nächste Schicht mischen konnte, die sich im Vorderraum der Verberge bald sammeln würde, um auszuharren, bis die Tür geöffnet wurde.

Endlich war es so weit. Gromek hatte den Sammelbefehl durch die Verberge gebrüllt. Als seine laute Stimme verhallt war, hörte Filip, wie von außen die Klinke gedrückt wurde und ein kreischendes Schloss aufsprang. Auch wenn er diese Geräusche schon Hunderte Male gehört hatte, zum ersten Mal schien sich die Tür nur für ihn allein zu öffnen.

Argwöhnisch begutachtete Gromek jeden Arbeiter, der sich an ihm vorbei nach draußen zwängte. Als die Reihe an Filip kam, sah ihn Gromek erstaunt an, so als könnte er nicht glauben, dass Filip die Flucht wirklich wagen wollte. Aber Gromek hielt sich an die Abmachung und ließ Filip passieren. Zum ersten Mal schlüpfte der Junge verbotenerweise hindurch und trat, den prüfenden Blicken der Aufpasser ausgeliefert, als verräterischer dreizehnter Geselle einer der zwölf Kolonnen nach draußen. Sobald die Aufpasser ihre Arbeiterscharen gezählt hatten, mussten sie Filips verbotenen Ausgang bemerken.

So weit durfte er es gar nicht kommen lassen!

Er musste sich davonstehlen, bevor alle Diener die Verberge verlassen hatten. Nur für kurze Zeit würde sich ihm dazu die Möglichkeit bieten:

Er hatte die Zeremonie der Aufpasser unzählige Male beobachtet. Jedes Mal nahmen sie die Gesellen an der geöffneten Tür in Empfang. Dann, wenn ungefähr die Hälfte der Arbeiter hinaus ins Licht getreten war, drehten die Aufpasser ihnen für einen kurzen Moment den Rücken zu und schritten hinaus auf den Vorplatz der Verberge.

Diesen Augenblick wollte er nutzen.

Er dauerte höchtens zwei bis drei Sekunden. In dieser Zeit musste er den Mauervorsprung erreicht haben, den er vor Wochen schon im Schutzwall entdeckt hatte und von dem er nicht wusste, ob er ihm ausreichend Deckung bot.

Aber dieses Risiko musste er eingehen!

»Keeehrt euch!«, erklang der Befehl und die Aufpasser drehten Filip mit einer schneidigen Bewegung den Rücken zu.

Jetzt hieß es handeln!

Filip scherte aus dem Tross der Putzleute aus. Mit großen Schritten hetzte er auf den Schutzwall der Stadt zu.

Er hatte gerade einmal die Hälfte des Wegs zurückgelegt, da hörte er schon wieder die Stimme eines der Aufpasser:

»Aaachtung!«

Filip rannte, als ginge es um sein Leben.

»Keeehrt euch!«, ertönte es und die Wachleute drehten sich um.

Mit einem weiten Sprung erreichte Filip den Schutzwall, stolperte und fiel der Länge nach hin. Auf Händen und Füßen kroch er hinter den Mauervorsprung und kauerte sich dort ganz klein zusammen.

Dann erst traute er sich aufzuschauen und sah, dass ihm das Versteck genügend Schutz bot.

Noch blieb ihm keine Zeit, durchzuatmen. Zitternd vor Spannung, ob seine Flucht entdeckt worden war, lugte er hinter dem schützenden Mauerwerk hervor. Er beobachtete, wie sich die Tür der Verberge knarrend schloss, wie sich die Aufpasser umgedreht hatten und ihm wieder die Gesichter zukehrten. Für einen Moment schienen sie zögernd stehen zu bleiben. Dann schritten sie die Reihen der Diener zählend ab.

Filip hatte genug gesehen.

Beruhigt zog er sich weiter hinter die Mauer zurück.

Jetzt hieß es warten, warten und nochmals warten. Bis sich die zwölf Trosse weit genug von der Verberge entfernt hatten.

Filip verharrte eine ganze Weile regungslos im schützenden Schatten des Walls. Dann beschloss er, sich für seinen Weg durch die gläsernen Straßen vorzubereiten. Vorsichtig, um ja keine falsche Bewegung zu machen, holte er das weiße Gewand unter seinem Hemd hervor. Er entledigte sich seiner Alltagskleidung und schlüpfte in das fast durchsichtige Gewand der Innenseiter.

Mit prüfendem Blick schaute er an sich herunter. Jetzt, wo der große Augenblick gekommen war, stiegen doch ernste Zweifel in ihm auf, ob er sich so unter die Bewohner Knohos wagen konnte. Würden sie ihn für einen der ihren halten? Oder würden sie ihn als das erkennen, was er war: ein Betrüger, ein Scharlatan, nichts weiter als ein armseliger Diener, der sich für einen der ihren ausgab?

Doch während er so dachte, hatte er bereits den entscheidenden Schritt aus dem Schatten heraus getan. Der tiefe Wunsch, Knoho zu erforschen, war stärker als die Angst, entdeckt zu werden. Mit vorsichtigen Schritten trat er hinaus auf den Vorplatz der Verberge, überquerte die Freifläche und bog ein in eine jener Straßen, die er schon so oft im Dienst gegangen war – die jetzt aber, da er allein auf sich gestellt war, ein undurchdringlicher Irrgarten für ihn werden konnten.

Vorsichtig tastete er sich vor, musterte Häuser, versuchte sich an den Einrichtungsgegenständen zu orientieren, die er seit langem versucht hatte sich einzuprägen. Er durfte sich nicht den kleinsten Fehler erlauben: hier das Arbeitszimmer mit den runden Tischen, dort die Kantine und an der nächsten Kreuzung das Labor mit den vielen technischen Geräten, deren Bedeutung Filip nicht kannte, die ihm aber einen untrüglichen Anhaltspunkt gaben.

Je weiter er in das Zentrum vorrückte, umso schwieriger wurde alles. Er spürte, wie er unsicher wurde, zweifelte, welcher Weg der richtige sei. Mehrmals hätte er sich fast verlaufen, wenn nicht der Strom der Passanten ihn daran gehindert hätte, in eine Sackgasse einzubiegen. Mit eiligen, zielstrebigen Schritten rauschten die Innenseiter an ihm vorbei. Ganz ihren Gesprächen gewidmet, schienen sie nicht eine Sekunde überlegen zu müssen, wo sie waren und wie sie irgendwohin kamen.

Filip fühlte sich unter diesen selbstsicheren Menschen wie ein Fremdkörper. Er ertappte sich dabei, wie er die Innenseiter beobachtete, ob er ihnen in seinem Gewand irgendwie auffallen würde. Doch niemand schien sich für ihn zu interessieren. Dann endlich einmal ergab sich die Möglichkeit, dass er sein Spiegelbild in einer der Fassaden erkennen konnte. Die Dunkelkammer eines Fotostudios verwandelte die sonst durchsichtige Glasfläche der Hauswand zu einem übergroßen Spiegel. Argwöhnisch verglich er sich mit den anderen: Zu seiner Überraschung sah er einen Jungen, den man tatsächlich für einen Innenseiter hätte halten können. Und nicht etwa seine Verkleidung oder seine Statur waren das Verräterische, sondern seine Unsicherheit, sein unentschlossenes Stehenbleiben, Suchen und Zweifeln.

Befremdet ging er weiter und versuchte sich so unauffällig wie möglich unter die Passanten einzureihen und ihren Weg zu teilen.

Doch je länger Filip dem Strom der Fußgänger folgte, umso mehr ahnte er, dass er sich verleiten ließ, einfach so mitzugehen, ohne darauf zu achten, wie er jemals wieder zurückfinden sollte. Denn keiner von denen, die ihn hier unwissend durch die Straßen geleiteten, würde ihn auch wieder zurück zur Verberge bringen.

Plötzlich stieg eine panische Angst in ihm auf, dass er sich verlaufen würde, wenn er auch nur einen Schritt weiterging.

Ich muss umkehren!, durchfuhr es ihn.

Aber das war leichter gesagt als getan.

Niemand von den Passanten blieb einfach so stehen und wechselte die Richtung. Ein abruptes Halten und Umkehren musste in diesem gleichmäßigen Menschenstrom zwangsläufig auffallen.

Also ging auch Filip weiter.

Zum Glück war die Straße, auf der er sich jetzt befand, lang. Erst in zweihundert Metern würde wieder eine Kreuzung kommen. Die aber sah derart verwirrend aus, wie Filip noch keine Kreuzung hier in Knoho gesehen hatte: gleich acht Straßen führten, einen Stern bildend, auf die Kreuzung zu. Bis dahin musste Filip umgekehrt sein, wenn er noch eine kleine Chance haben wollte, wieder zurück in die Verberge zu finden.

Noch hundert Meter.

Er ging weiter.

Kurz vor der Kreuzung sah er drei Passanten, die stehen geblieben waren und miteinander zu diskutieren schienen.

Noch achtzig Meter.

Zu den Passanten traten andere hinzu und nahmen an dem Gespräch teil.

Noch sechzig Meter.

Die langsam wachsende, diskutierende Menschentraube war Filips letzte Chance.

Noch vierzig, noch zwanzig Meter.

Filip hatte die kleine Gesprächsrunde erreicht.

Niemand würde es merken, wenn er sich hier erst kurz hinzugesellte und dann in die Richtung, aus der er gekommen war, weiterging.

Als wäre er am Gespräch der anderen beteiligt, hörte Filip mit aufmerksamer Miene zu. Doch was die Innenseiter erzählten, blieb ihm völlig unverständlich:

»Der Koeffizient beträgt zwölf«, hörte Filip ein kleines, hutzeliges Männlein sagen.

Ein paar der Innenseiter nickten. Andere schüttelten den Kopf.

Filip entschied sich zu nicken. Solange er nickte, konnte er keinen Widerspruch hervorrufen.

»Mit einem Koeffizienten von zwölf kann das Experiment nie gelingen«, sprach ein blasses, zierliches Weiblein, deren Augen energisch blitzten, als sie fortfuhr: »Ich sage sechzehn. Sechzehn ist das Mindeste.«

»Oho!«, staunten einige.

Filip nickte.

»Zwölf, ganz ohne Zweifel«, entgegneten andere.

Filip nickte.

»Ich bleibe bei sechzehn«, bekräftigte die Frau.

Filip nickte.

»Zwölf!«

»Sechzehn!«

Filip nickte.

»Was meinen Sie?«, fragte einer.

Und die Frau bekräftigte:

»Ja, genau, was meinen Sie? Sie nicken in einem fort. Was ist Ihr Standpunkt?«

Wieder wollte Filip den Kopf auf- und abbewegen. Dann erst bemerkte er, dass alle Blicke auf ihn gerichtet waren.

Sie meinten ihn!

Schweiß sammelte sich auf seiner Stirn. Er wusste doch gar nicht, wovon sie redeten. Das Wort Koeffizient hatte er heute zum ersten Mal gehört.

»Nun?«, setzte die Frau hartnäckig nach.

Filip atmete schwer. Er musste antworten!

Mit fremder Stimme hörte er sich leise sprechen:

»Vierzehn. Ich glaube, der Koeffizient liegt bei vierzehn.«

Die Frau schlug sich mit der Hand vor die Stirn.

»Unmöglich! Vierzehn ist doch gar nicht in der Reihe.«

Auch die Gegenpartei erwiderte:

»Vierzehn ist ganz und gar ausgeschlossen. Das weiß doch jedes Kind.«

Filip zuckte verlegen die Schultern.

Aber schon diskutierten die beiden Parteien weiter. Von nun an beachteten sie Filip nicht mehr.

Als Filip dies bemerkte, nutzte er die Gelegenheit, sich davonzustehlen.

Vorsichtig löste er sich aus der Gruppe und ging wieder in jene Richtung zurück, aus der er gekommen war.

Wilde Gedanken zuckten durch seinen Kopf: Rein äußerlich hatten sie ihn nicht erkannt. Die Gefahr bestand in ganz anderen Dingen. Nie durfte er sich darauf einlassen, mit ihnen zu sprechen. Und schon gar nicht, wenn es um Dinge ging, von denen er nichts verstand. Dann war er ihnen ausgeliefert und es war nur eine Frage der Zeit, wann sie ihn entlarven würden.

Doch wie sollte er das Geheimnis der Wissheit erkunden, wenn er doch jene, die es kannten, meiden musste?

Er wusste es nicht. Vielleicht würde die Zeit eine Antwort bringen.

Während er so dachte, war er den Weg, den er gekommen war, zurückgegangen. An mancher Stelle hatte er überlegen müssen und ihm wurde bewusst, wie weit er sich gleich bei seinem ersten verbotenen Ausflug vorgewagt hatte. Doch endlich sah er den Raum mit dem Labor, dann die Kantine und zuletzt das Arbeitszimmer mit den runden Tischen.

Er atmete tief durch.

Allmählich fühlte er sich wieder sicherer. Durch die gläsernen Fassaden hindurch erkannte er die Umrisse des Schutzwalls und wenig später tauchte auch die düstere Betonunterkunft vor ihm auf.

Kein Innenseiter hatte sich in diese Gegend verloren.

Er überquerte den Vorplatz, streifte sich hinter dem Mauervorsprung wieder sein Gesellengewand über und trat zur Verbergstür, hinter der ihn eine Welt erwartete, der er sich jetzt schon nicht mehr zugehörig fühlte und die ihm dennoch jenen Schutz gewährte, den er jetzt so dringend nötig hatte wie noch keinen Tag zuvor während seiner Zeit hier in Knoho.

Filip drückte die schwere Eisenklinke herunter und trat ein.

Gromek musste ihn bemerkt haben, denn er warf Filip vom Bett aus ein unwirsches Brummen zu.

Ohne ein Wort zu sagen wandte sich Filip an ihm vorbei.

Mit leerem Gesichtsausdruck ging er durch die Reihen der Betten, in denen die Gesellen tief und fest schliefen.

Erschöpft legte er sich auf sein Lager.

Gunde sah ihn mit sorgenvoller Miene an.

»Wie lange war ich weg?«, war das Einzige, was Filip noch fragen konnte, bevor die Müdigkeit ihn übermannte.

»Nicht mal eine Stunde!«, hörte er Gunde sagen. Doch die Stimme war leise, so als würde Gunde in einen großen, weichen Wattebausch hineinflüstern.

Eine Stunde nur. Keine Stunden, keinen Tag?, dachte Filip noch erstaunt. Aber gleichzeitig war er erleichtert, dass ihm so noch fünf Stunden bis zur nächsten Schicht blieben.

Dann schlummerte er erschöpft ein.

Maia

Seit Jahrtausenden beschäftigen sich die Menschen damit, Zeit messbar zu machen. In den Metropolen schlagen Uhren, die auch in Millionen Jahren nicht eine einzige Zehntelsekunde vor- oder nachgehen würden, wenn sie bis dahin nicht schon längst gegen neuere, noch präzisere Uhren ausgetauscht würden. So ersetzen schon lange in der Vergangenheit, in der Gegenwart und wohl auch in der Zukunft moderne Messgeräte das Gefühl der Menschen, das längst in die Abhängigkeit der kleinen Zeitmaschinen geraten ist.

Doch neben der allgegenwärtigen messbaren Zeit gibt es auch eine fühlbare Zeit, so etwas wie die innere Uhr der Menschen. Nur da man sie nicht mehr braucht, hat sie längst ihre Zuverlässigkeit verloren. Wie eine Sprache, die man einmal gelernt, aber lange schon nicht mehr gesprochen hat, fehlt auch der inneren Uhr der tägliche Gebrauch, um ständig abrufbar zu sein. Doch dass diese Uhr noch tickt, dass sie nur vergessen, nicht verloren war, das erlebte Filip in den nächsten Tagen.

Schon als er den Weg zur Sternkreuzung zum zweiten Mal ging, kam ihm die Strecke kürzer vor, dachte er viel weniger Zeit gebraucht zu haben, um dorthin zu gelangen. Und als er sich über die Kreuzung hinausgewagt hatte, als er immer weiter gegangen war, als er neue Stadtteile kennen gelernt und sich eingeprägt hatte, als er wieder zurückgekehrt war, da konnte er zufrieden feststellen, dass sein Ausflug diesmal mehr als zwei Stunden gedauert hatte.

Zwar war ihm auch bei jenem zweiten Ausflug die Zeit noch zu lang vorgekommen, aber schon beim dritten Ausflug, beim vierten und fünften änderte sich dies. Und als er schließlich eine ganze Woche lang Tag für Tag allein und ohne Uhr draußen in der Stadt verbracht hatte, schlug sein innerer Zeitmesser im gleichen Takt wie die Echtzeit, konnte er genau abschätzen, wie weit er sich hinauswagen und wie lange er draußen bleiben konnte.

Allmählich und mit jedem Ausflug mehr, zeichnete er im Gedächtnis so etwas wie einen geistigen Stadtplan von Knoho. Längst schon war ihm klar geworden, dass die Umrisse des gläsernen Molochs rund waren. Er wusste, dass es zwei Unterbrechungen im Kreis des Schutzwalls gab: das Stadttor und die Verberge. Doch wenn ihn sein Gefühl nicht täuschte, dann musste es noch weitere Unterbrechungen geben. Und er ahnte dunkel, dass dies der Grund dafür war, dass Janus sie bei ihrer Ankunft in Knoho den Umweg durch das Labyrinth und nicht direkt an der Stadtmauer entlang geführt hatte. Irgendetwas sollten sie nicht erfahren und Filip rätselte, was das wohl sein mochte.

Vielleicht würde er eines Tages einmal den Weg an der Mauer entlanggehen, um dieses Rätsel zu lösen. Noch aber war die Zeit dafür nicht gekommen. Zunächst war er von etwas anderem eingenommen:

Denn noch etwas war ihm aufgefallen. Je weiter er sich durch das Straßenlabyrinth der Außenbezirke durchquälte, umso symmetrischer, ebenmäßiger wurden die Straßenanordnungen zum Zentrum hin. Je weiter er sich in Richtung Stadtmitte vorwagte, umso weniger Sackgassen gab es. Fast sternenförmig schienen alle Wege auf ein Ziel zuzuführen. Er hatte nur noch nicht herausgefunden, worin dieses Ziel bestand, aber er würde es eines Tages schaffen. Dessen war er sich sicher.

Zuvor musste er jedoch den kürzesten Weg in dieses Zentrum finden, denn er hatte bis dorthin nur drei Stunden, danach musste er unweigerlich umkehren. Und wie oft hatte er bereits ein diffuses monumentales Bauwerk durch die Glashäuser hindurchschimmern sehen, wie oft hatte er den Mittelpunkt der Stadt schon vor Augen gehabt, als ihn seine innere Uhr gedrängt hatte umzudrehen.

Vermutlich hätte er noch Wochen gebraucht, um den schnellsten Weg ins Zentrum zu finden; da ereignete sich etwas, wovor er sich bei jedem Ausflug aufs Neue gefürchtet hatte.

Er war wieder einmal auf einer Kreuzung stehen geblieben und versuchte vor den Passanten zu verbergen, dass er überlegte, weil er nicht wusste, wohin ihn sein Weg führen sollte, da wurde er unvermittelt angesprochen. Eine zarte, weiche Stimme sprach:

»Du hast wohl in Heimatkunde nicht gut aufgepasst, oder?«

Wie vom Schlag getroffen drehte er sich um.

Vor ihm stand eine zierliche junge Frau. Ihr langes hellblondes Haar fiel ihr in glatten feinen Wellen über die Schultern bis auf Taillenhöhe hinab. Mit großen tiefblauen Augen schaute sie ihn forschend an, sodass Filip sich genötigt sah zu antworten. Viel lieber aber hätte er sie erst einmal eine Zeit lang einfach nur angeschaut, denn ein Mädchen wie sie hatte er nie zuvor gesehen.

»Guten Tag«, sagte er schnell, um seine Verlegenheit zu überspielen.

Dann wanderte sein Blick entzückt an ihr auf und ab. Wie alle Innenseiter war sie in dieses weiße, fast durchsichtige Gewand gekleidet. Doch während er bei allen anderen nie genau hingeschaut hatte, während bei allen anderen Passanten dieses Gewand nur ein nichts sagendes Kleidungsstück war, bei dieser Frau wirkte die Schlichtheit des Umhangs, die dezente Durchsichtigkeit auf ihn so anziehend, dass er kaum sein Auge von ihr lösen konnte.

»Guten Tag? Was ist das denn für ein altmodischer Gruß?«, hörte er die junge Frau sagen, während sein Blick ihre Brust streifte, die sich unter dem Gewand leicht abzeichnete, während seine Augen flüchtig hinabwanderten, über die schlanke Taille, den Bauch, die wohlgeformten Beine bis zu den Füßen, die den schlichten Sandalen, in denen sie steckten, etwas Graziles, Elegantes verliehen.

Das Mädchen wartete geduldig, bis er wieder zu ihr aufsah.

Filip erschrak. Erst als er ihr wieder in die Augen schaute, wurde ihm bewusst, dass er Gefahr lief, sich zu verraten. Auch wenn diese Frau noch so schön und unschuldig aussah, konnte sie ihm gefährlich werden.

»Ich rede manchmal so«, versuchte Filip zu erklären. »Es ist netter so. Und guten Tag bedeutet, dass ich dir wünsche, dass dein Tag gut wird.«

Das Mädchen schaute ihn misstrauisch an.

»Und was ist das, ein guter Tag? Gibt es denn auch ungute Tage? Sind nicht alle Tage gleich?«

Filip merkte, wie ihm das Blut zu Kopf stieg. Nicht

nur, dass er angesichts der unglaublichen Schönheit des Mädchens ohnehin schon verlegen genug gewesen wäre – jetzt stellte sie auch Fragen, die ihm ein Rätsel aufgaben, in das er sich mit jeder Antwort tiefer zu verstricken schien.

»Es ist ein alter Gruß«, redete sich Filip heraus. »Ich habe ihn von meinem Großvater gelernt. Mir gefällt er!«

»Vom Großvater gelernt«, wiederholte die Frau tonlos. »Ja, gehst du denn nicht ins Knolleg um zu lernen?«

»Ja, natürlich«, wiederholte Filip schnell, ohne zu wissen, was sich hinter dem Wort Knolleg verbarg. »Aber ich gehe natürlich auch sonst mit offenen Augen und Ohren durch die Welt.«

Das Mädchen schaute ihn misstrauisch an.

»Merkwürdig. Höchst merkwürdig«, murmelte sie vor sich hin. Aber sie sagte nichts mehr. Sie schien erst einmal überlegen zu müssen. Denn auch Filip schien ihr Rätsel aufzugeben.

Während ihrer Unterhaltung hatten sie sich langsam in Bewegung gesetzt. So schritten sie, die sich seit kaum einer Minute kannten, schweigend nebeneinander her. Doch wer sie beobachtet hätte, dem wäre fast der Eindruck entstanden, als ginge hier ein junges Paar durch die gläserne Stadt, das schon lange auch sonst den Weg durchs Leben gemeinsam ging. Zu gut passten die beiden zueinander: die zierliche, schöne Frau und der junge Mann, der mit seiner zarten Gestalt in der Außenwelt noch klein und gebrechlich gewirkt hatte, sich hier unter den Innenseitern jedoch durch seine Statur, die von der körperlichen Arbeit wohlgeformt war, unterschied.

Für den Bruchteil einer Sekunde hatte Filip den

Eindruck, als wäre auch ihr Blick kurz an ihm auf und ab gewandert.

Er musste sich getäuscht haben. Scheinbar desinteressiert fragte sie:

»Und wie lautet deine Identifikation?«

Filip zuckte zusammen. Wieder ein Wort, das er nicht verstand. Und nach der fast verräterischen Sache mit dem falschen Koeffizienten vor einer Woche hatte er sich geschworen, keine Fragen mehr zu beantworten, die für ihn unbekannte Worte enthielten.

Die Frau hatte sein Zögern bemerkt. Ungeduldig sagte sie:

»Also, ich heiße Maia. Maia 1/36.«

Jetzt hatte Filip verstanden. Sie wollte seinen Namen wissen. Er überlegte kurz, ob auch hinter dieser Frage eine Gefahr stecken konnte. Aber was konnte schon dabei sein, wenn er dem Mädchen seinen Namen verriet?

»Filip. Ich heiße Filip«, erwiderte er trotzdem ein wenig unsicher.

Maia blieb unvermittelt stehen und sah ihn ungläubig an.

»Filip? Was ist denn das für ein Monat?«, fragte sie erstaunt.

Ihre Blicke kreuzten sich.

Maia schaute Filip in die Augen, als könnte sie darin lesen, was in diesem für sie so merkwürdigen Jungen vorging.

Filip hielt ihrem Blick gefesselt stand. Er konnte nicht wegschauen, versank im tiefen Blau ihrer Augen, die jetzt, für einen kurzen Moment nur, etwas Warmes, Verständnisvolles hatten.

»Maia steht für Mai«, erklärte sie ohne zu wissen, warum sie es tat. Denn nach knohonischem Recht war sie dazu nicht verpflichtet. Und auch das, was sie jetzt hinzufügte, war eigentlich eine Torheit ohnegleichen: »Maius ist im römischen Kalender die Bezeichnung für Mai. Und 1/36 bedeutet, dass ich am ersten Tag des Monats Mai im Jahre sechsunddreißig geboren bin. Ich bin also neunzehn Jahre alt.«

Doch als würde sie bereuen, zu viel verraten zu haben, holte sie tief Luft. Ihre Augen wurden schmal und sie fragte argwöhnisch: »Und aus welchem Kalender stammt deine Identifikation?«

Filip war ratlos. Verlegen wandte er sich wieder zum Gehen. Doch Maia blieb stehen.

»Aus welchem Kalender?«, wiederholte sie streng.

Wirre Gedanken schossen Filip durch den Kopf. Sollte er lügen? Sollte er einen Kalender erfinden? Den rokokorianischen zum Beispiel. Aber würde Maia dahinter kommen, wäre er endgültig verraten. Außerdem widerstrebte es ihm, diese Frau zu belügen. Irgendeine innere Stimme sagte ihm, er könne vielleicht ihr Vertrauen gewinnen. Aber nur dann, wenn er dieses Vertrauen wert war. Und durch eine Lüge wäre er genau das Gegenteil.

Also antwortete er leise:

»Bitte frag nicht. Kann sein, dass ich es dir einmal verrate. Aber die Zeit ist noch nicht gekommen!«

Maia schüttelte ungehalten den Kopf. Dass jemand einem anderen Wissheit verweigerte, war in Knoho geradezu unmöglich. Und Filip verweigerte ihr die Antwort auf eine einfache Frage. Sie überlegte, ob sie den Vorfall melden oder ob sie weitergehen und diesen merkwürdigen Jungen einfach stehen lassen sollte. Aber sie entschied sich für keines von beiden. Längst hatte Filip ihr Interesse geweckt, ahnte sie, dass sich hinter ihm ein Rätsel verbarg, das sie lösen musste. Denn hinter jedem Rätsel steckte auch die Aussicht auf neue Wissheit.

Sie musterte Filip mit einem prüfenden Blick und wandte sich zum Weitergehen.

Filip blieb unentschlossen stehen.

»Also gut«, sagte Maia, »verschieben wir das auf später. Komm jetzt!«

Und wie ein kleiner Junge hörte Filip auf ihre Aufforderung und folgte ihr. So schritten sie gemeinsam, Seite an Seite, durch die durchsichtigen Straßen. Maia schlug Wege ein, die Filip nie gesehen hatte, bog von den Straßen, die ihm gerade noch bekannt waren, ab, führte ihn durch schmale Gassen, über verwirrende Kreuzungen, ohne auch nur ein einziges Mal zu überlegen, ja, fast ohne richtig hinzuschauen.

Umso genauer schaute Filip hin. Er versuchte sich einzuprägen, wo sie waren. Er glich Straßenzüge mit seinem geistigen Stadtplan ab, strengte sich an, sie in das Bild, das er sich von der Stadt gemacht hatte, einzufügen. Doch nach wenigen Minuten schon war er hoffnungslos verloren. Trotzdem folgte er ihren Schritten, staunte, wunderte sich über das Neue, das er sah, doch überlegte er nicht eine Sekunde, ob er diesen Weg, den er mit ihr ging, auch ohne sie zurückfinden würde.

Während alledem beobachtete ihn Maia scheinbar flüchtig aus den Augenwinkeln. In Wirklichkeit musterte sie ihn immer misstrauischer. So war ihr keineswegs entgangen, dass er fast die Orientierung verloren hatte, dass er sich so schlecht in Knoho zurechtfand wie niemand sonst, der ihr in der gläsernen Stadt je zuvor begegnet war. Aber es war noch mehr, das tief in ihr ein nicht gekanntes Gefühl des Unbehagens entstehen ließ. Nur war sie sich nicht sicher, konnte es sich nicht erklären. Es war etwas in seinem Blick, mit dem er fast jedes Gebäude, an dem sie vorbeikamen, zu verschlingen schien. Es erinnerte Maia an ferne Zeiten ihrer kurzen, längst überwunden geglaubten Kindheit – so lange war es her, dass sie selbst einmal so geschaut hatte, dass sie sich selbst hilflos in diesen verworrenen Straßenzügen gefühlt hatte. Doch ihre Erinnerung war zu blass. Denn hier in Knoho, hier in der durchsichtigen Stadt, wo nie etwas im Verborgenen blieb, gab es nichts mehr, das für sie unbekannt war. Wie für jeden anderen Einwohner, so war auch für Maia die Basis aller Wissheit, sich in Knoho mit traumwandlerischer Sicherheit zurechtzufinden. So fühlte sie nur dumpf, dass es die eigene kindliche Unwissheit war, die sie in Filip wieder erkannt hatte und die in ihr dieses Gefühl des Unbehagens immer größer werden ließ.

Schweigend waren sie nebeneinander hergegangen. Manchmal hatte Maia ihren Schritt verlangsamt um zu sehen, ob Filip den Weg auch allein fand. Immer hatte er sich dann ein Stück zurückfallen lassen, sodass sie, wenn sie nicht stehen bleiben wollten, gezwungen war, die Führung wieder zu übernehmen.

Jedes Mal wuchs das Unbehagen in Maia.

Gleichzeitig wuchs aber noch etwas anderes. Und dieses Gefühl spürte sie deutlicher, klarer, fordernder:

Es war das vertraute Gefühl des ureigenen Wesens jedes Knohonen: der Wille, jedes Rätsel, das zu neuer Wissheit führen könnte, zu lösen. Und dieses Rätsel, mit dem sich Maia konfrontiert sah, hieß Filip. So schwankte sie zwischen den zwei Gegensätzen, Filip fallen zu lassen oder näher kennen lernen zu wollen, als sie mit ihm aus einem Zubringerweg heraus auf eine der breit angelegten Sternstraßen trat, die geradewegs auf das Stadtzentrum zuführten. Ganze Heerscharen von Innenseitern liefen diese Straße entlang. Ihre Schritte führten zielstrebig auf den Stadtkern zu oder von ihm hinweg. Maia schlug den Weg ins Zentrum ein.

Nur Filip war entgeistert stehen geblieben.

Was er da noch in einiger Ferne vor sich sah, war so unglaublich, dass er ganz vergaß, dass er nicht allein war, beobachtet wurde von einer Frau, der er eigentlich nicht trauen durfte.

Am Ende der Straße, dort, wo alle Weg zusammenliefen, ragte die Kegelspitze eines durchsichtigen dunklen Glastempels auf, der sich über die ganze Stadt erhob. Der Tempel war umgeben von einem mächtigen Ring aus ebenfalls dunkel getöntem Glas, dessen scheinbar ebenmäßig gewölbte Oberfläche nur einmal unterbrochen wurde: von einer aus der Entfernung klein wirkenden Öffnung, die aber groß genug sein musste, um die Menschenmassen, die wie magnetisiert auf sie zuliefen, zu schlucken oder wieder auszuspucken, wie jene, die aus ihr wieder heraustraten.

Filip wusste nicht, wie lange er einfach so dagestanden hatte. Seine innere Uhr hatte ihn für wenige Sekunden oder gar Minuten verlassen.

Als er endlich seinen Blick von dieser runden Pyramide mit dem sie umschließenden Ring lösen konnte, als er endlich wieder das Leben um sich herum auf der Straße wahrnahm, als er sich ins Gedächtnis zurückrief, dass Maia neben ihm stehen musste, als er schon etwas verlegen zu ihr hinüberschauen wollte, zuckte er zusammen. Für eine Sekunde stockte ihm der Atem. Und in diese innere Stille hinein machte sein Herz einen tiefen Schlag nach dem anderen.

Maia war fort!

Sie musste einfach weitergegangen sein!

Filip verschwendete keinen Gedanken daran, warum sie ihn verlassen hatte. Dass sie sich mit diesem fremdartigen, staunenden Jungen nicht hatte in aller Öffentlichkeit sehen lassen können, dass ihr keine andere Möglichkeit geblieben war, als einfach weiterzugehen – all diese Überlegungen waren Filip fern.

Er spürte nur eines, das er die ganze Zeit über hatte nicht wahrnehmen wollen: Er war ganz allein! Ganz allein hier im Zentrum von Knoho. Und er wusste nicht, wie er hierher gelangt war, geschweige denn, wie er jemals wieder zurückfinden sollte.

Panik überkam ihn.

Hastig setzte er seinen Gang fort.

Sie musste in Richtung Pyramide gegangen sein.

So schnell es im Strom der Passanten möglich war, versuchte er Maia einzuholen.

Aber er wusste nicht einmal, wie weit sie ihm voraus sein konnte.

Sein Schritt wurde immer schneller.

Schon glaubte er ihren blonden Schopf in der Menge der Menschen entdeckt zu haben, schon eilte er an einer Gruppe von Passanten vorbei, da erkannte er, dass sie es nicht sein konnte. Maia hatte seideneres, längeres Haar! Ohne weiter zu denken, schob er sich auch an dieser Frau vorbei, suchte nach dem nächsten blonden Schopf in der Menge, stolperte immer weiter voran, bis er endlich, ohne es recht bemerkt zu haben, nur noch wenige Meter vor der Öffnung im dunkel getönten Glasring stand.

Alles, was sich jetzt ereignete, geschah in wenigen Sekunden.

Filip sah auf.

Über ihm erhob sich die Glasfront des Ringes. Von hier aus konnte man nur erahnen, wie imposant dieser Kranz sein musste, unter dessen Wölbung Filip der Blick nach oben genommen war. Dafür sah er, dass die mächtige Glasfläche, die aus der Ferne noch so ebenmäßig gewirkt hatte, sich aus vielen Sechsecken zusammensetzte, die wie Waben miteinander verknüpft zu sein schienen. Und als er versuchte durch das Glas hindurchzuschauen, erkannte er, dass der Ring ein mächtiger Hohlkörper war – ein kreisrundes Gebäude, vor dessen Eingang er stand und in den alle Passanten hineinströmten.

Über der Öffnung in dieser dunkel schimmernden Glaswand standen in bunter Spektralfarbenschrift die Worte:

KNOLLEG
WISSHEIT MACHT STARK!

Wieder diese Worte, die er schon am Stadtportal gelesen hatte!

Aber das nahm Filip nur am Rande wahr.

Sein Blick hastete weiter, durchkämmte die Passanten.

Da! Auf der Treppe zum Eingang meinte er Maia wieder erkannt zu haben. Mühsam quälte er sich durch die Reihen der anstehenden Menschen; drängte an weißen Körpern vorbei, übersprang gleich mehrere Stufen, doch konnte er nicht verhindern, dass Maia die Öffnung passierte, bevor er auch nur in ihre Nähe gelangen konnte.

Mit energischen Schritten entschwand sie seinem Blick.

Schon aber hatte auch Filip das Tor erreicht.

Zwei Aufpasser bewachten den Eingang.

Als Filip eintreten wollte, fragte einer von ihnen:

»Ihre Identifikation!«

Filip wollte antworten. Jetzt war ihm alles egal. Er musste einfach in dieses Gebäude eintreten, von dem er nicht wusste, was ihn darin erwartete. Ohne Maia war er verloren. Erst im letzten Moment besann er sich, dass sein Name kein Monat war und damit keine Identifikation. Was sollte er tun?

Hinter ihm stauten sich die Menschen.

Filip spürte, wie sich Schweiß auf seiner Stirn bildete.

Der Aufpasser schaute ihn unwirsch an.

Dann stieß er Filip zur Seite.

»Gibs auf!«, sagte er grob.

Und Filip stolperte aus der Schlange heraus.

Er spürte die Blicke der anderen. So etwas hatte es hier wohl noch nie gegeben. Er fühlte sich erkannt und verkannt zugleich. Was konnte er dafür, dass er in der

Außenwelt aufgewachsen war, dass er nicht auch einer von ihnen war, die über alle Wissheit der Welt zu verfügen schienen.

Mit gesenktem Kopf schlich er die Stufen des Aufgangs wieder hinunter. Erst als er weit auf den Vorplatz des Knollegs hinausgetreten war, als er sich auf einer der Sternstraßen immer mehr vom Zentrum der Stadt entfernte, fühlte er sich einigermaßen sicher vor dem unverhohlenen Spott der anderen.

Doch was ihn nun erwartete, war auch nicht viel besser. Wie sollte er von hier je wieder zurück in die Verberge finden?

»Gibs auf!«

Diese Worte waren ihm wie ins Gedächtnis gebrannt.

Sie galten auch für den Versuch, den Rückweg ohne Maias Hilfe zu finden. Hilflos schaute er sich um und musste sich eingestehen, dass er nicht einmal den Zubringerweg wieder finden würde, aus dem sie auf diese Sternstraße getreten waren.

Und war dies überhaupt die Sternstraße, die sie gekommen waren? Hatte er sich für den richtigen Weg entschieden?

Er wusste es nicht.

Er wusste nur eines. Wenigstens darauf konnte er sich noch verlassen, denn seine innere Uhr schlug immer weiter leise vor sich hin.

In weniger als vier Stunden musste er zurück sein.

Verzweifelt nach einer Lösung suchend, ging er die breite Straße immer weiter. Solange er nicht in irgendeinen anderen Weg einbog, war er sich sicher, dass er zumindest wieder ins Zentrum zurückfand.

Denn die letzte Rettung schien, dass er auf Maia wartete, um mit ihr den Weg gemeinsam zurückzugehen, dass er so lange ausharrte, bis sie wieder aus dem Ringgebäude kam, das sie hier »Knolleg« nannten.

Doch das konnte noch einige Stunden dauern. Und dann würde er um Stunden zu spät zurück in die Verberge gelangen. Seine Schicht würde er verpassen. Was das für Folgen hatte, mochte er sich gar nicht ausmalen.

Während er so dachte, ging er immer weiter, folgte dem Strom der Passanten, bis die Sternstraße in eine große Kreuzung mündete, von der wieder unzählige Wege, unzählige Möglichkeiten für Filip wegführten.

Filip schloss ratlos die Augen. Er presste die Lider fest zusammen. Und wie es so oft geschieht, wenn man plötzlich in die Helligkeit blickt, flackerte auch bei Filip das Licht noch für Sekunden vor dem schwarzen Grund der geschlossenen Lider nach.

Vor diesem Licht sah er sie: Ein paar graue Punkte zeichneten sich deutlich vor der nachklingenden Helligkeit ab.

Schnell riss Filip wieder die Augen auf.

Da sah er sie wirklich.

Zwölf Diener hingen an der gläsernen Fassade eines Hochhauses.

Die Rettung!

Was Filip bei allen seinen verbotenen Ausflügen hatte unbedingt vermeiden wollen, jetzt war es eingetreten und er hätte laut aufschreien können vor Erleichterung: Er hatte einen Schichttrupp seiner Gesellen getroffen. Was sonst die Gefahr, erkannt zu werden, bedeutet hätte, jetzt war es seine einzige

Möglichkeit, rechtzeitig zu seiner Schicht zurückzugelangen.

Er brauchte nur ruhig abzuwarten, bis der Dienst vorbei war. Dann würden ihn diese zwölf Gesellen mit den zwei Aufpassern wohlbehalten wieder zurück in die Verberge führen.

Und es war nur eine Frage des Geschicks, dass er das Tohuwabohu beim Schichtwechsel ausnützte, hinter der Mauer wieder in sein Gesellengewand schlüpfte und sich unter die Diener der folgenden Schicht mischte, um wie immer für Gromek den Dienst anzutreten.

Filip hatte keinen Zweifel, dass ihm das gelingen würde.

Der Untergang

In sicherem Abstand folgte Filip dem Trupp der Stadtdiener.

Mit dem beruhigenden Gefühl, bald wieder wohlbehalten von seinem Ausflug zurückzukehren, schlenderte er hinter den vom harten Arbeitstag in der Grelligkeit gezeichneten Gestalten hinterher.

Ab und zu, wenn der Tross in eine Seitenstraße einbog, konnte er die Gesichter der Gesellen sehen. Dann stutzte er ein wenig, denn er erkannte keinen der stummen Kolosse wieder. Sofort versuchte er jenes leichte Gefühl von Misstrauen, das sich in ihm regte, zu ersticken. Schließlich war die Verberge groß und er konnte nicht jeden grauen Gesellen kennen, der die ganze Zeit über nichts anderes tat als im Bett zu liegen und vor sich hin zu schnarchen.

Doch das Misstrauen wuchs.

Je länger er dem Tross folgte, umso weniger erkannte Filip Stadtteile, Straßenzüge oder auch nur ein Detail eines Hauses oder Zimmers. Alles schien ihm fremd. Zwar versuchte er sich zu beruhigen, dass womöglich viele Wege ins Zentrum führten und er nicht jeden schon einmal gegangen sein konnte. Als aber der dunkle Schatten der Verberge durch die Glasfronten hindurchschimmerte, als er das Ziel nahe vor sich sah, da wurden seine Zweifel stärker.

Mit einem befremdeten Gefühl trat Filip auf den Vorplatz der Verberge hinaus.

Aus sicherem Abstand beobachtete er die Ankunft der Gesellen.

Alles war so wie sonst auch immer.

Der Betonbunker war wie ein Schwalbennest an den Schutzwall der gläsernen Stadt gebaut. Kein Fenster ließ Licht ins Innere. Die Tür war der einzige Zugang zur Unterkunft, in der die meisten Gesellen tief und fest schlummern mochten, die anderen, zwölf mal zwölf an der Zahl, sich wohl langsam aus ihren Betten quälten, um sich murrend auf ihre Schicht vorzubereiten.

»Elf mal zwölf plus elf«, dachte Filip. Denn der eine wartete hier draußen. Doch irgendetwas in ihm widersprach, irgendeine innere Stimme warnte ihn, dass er nicht der Zwölfte war, der hier und jetzt den einen Trupp vervollständigen würde.

Konnte ihn sein Gefühl so täuschen?

Alles sah so aus wie sonst auch immer.

Zwölf Truppen kamen von ihrer Schicht zurück. Einhundertvierundvierzig Gesellen sammelten sich vor dem Eingang.

Ein Aufpasser trat zur Tür und drückte die Klinke herunter.

Ein Geselle nahm sie von innen in Empfang.

Filip sah in dessen Gesicht und erschrak.

Es war nicht Gromek!

Und während sich die Diener durch den schmalen Einlass zwängten, suchte Filip eine Erklärung dafür, dass ein anderer und nicht Gromek die Tür geöffnet hatte.

Viel Zeit zum Nachdenken blieb ihm nicht!

Kaum war der letzte Geselle durch die Tür verschwunden, kaum waren die Aufpasser fort, da überquerte er den Vorplatz, lief an der Verberge vorbei und versteckte sich hinter dem Mauervorsprung im Schutzwall, wo er seine Gesellenkleider versteckt hatte.

Doch es waren keine Kleider da!

Filip schwindelte.

Noch immer konnte er sich nicht erklären, was geschehen war.

Hatte er hinter dem falschen Mauervorsprung gesucht? Vorsichtig trat er noch einmal hinter der schützenden Wand hervor und schaute sich um. Aber da war kein anderes Versteck. Er konnte sich also nicht getäuscht haben.

Im selben Moment hörte er Stimmen.

Sie gehörten den Aufpassern, die jetzt im Gleichschritt um die Hausecke der Verberge marschiert kamen, um die Gesellen zu einer neuen Schicht abzuholen.

Schnell war Filip wieder hinter den Mauervorsprung gesprungen. Mit angehaltener Luft wartete er darauf, was geschah.

Die Aufpasser hatten ihn nicht entdeckt. Filip hörte die Geräusche, die ihm längst vertraut waren: das Knarren der Tür, die Schritte der Diener, das leise Stimmengewirr und die Befehle der Aufpasser.

Ab und zu lugte er hinter der Mauer hervor. Was er sah, ließ ihm einen kalten Schauer über den Rücken laufen. Keinen einzigen der Gesellen erkannte er wieder. Weder Gunde noch irgendein anderes vertrautes Gesicht war unter den Kolossen zu finden. Und während sich die Männer langsam in zwölf Trupps aufteilten, zählte Filip jede einzelne Gruppe durch. Doch immer kam er auf dasselbe Ergebnis: jeder Tross, der sich jetzt langsam in Bewegung setzte, war komplett, nirgends fehlte auch nur ein Diener, nirgends fehlte – er.

Dennoch war es genau der richtige Zeitpunkt, dass er Gromeks Schicht hätte übernehmen sollen. Dennoch schien es ihm dieselbe Zeremonie zu sein, mit der auch er immer seinem Zwölfertrupp zugeteilt wurde.

Trotzdem war irgendwie alles anders.

Wenige Minuten später waren die Trupps in unterschiedliche Richtungen verschwunden. Der Platz war wieder still und leer und Filip traute sich endlich aus seinem Versteck hervorzutreten.

In der Luft schwebte noch der stickige Schweißgeruch, den die Diener aus der Verberge mit hinausgetragen hatten. Es war derselbe Geruch, den Filip aus seiner Unterkunft kannte.

Schweigend betrachtete er die Verberge, die sich in nichts von jenem Gebäude unterschied, in dem er untergebracht war.

Filip zögerte.

Das, was er dunkel ahnte, was dieses vage Gefühl von Beklemmung entstehen ließ, er wagte nicht, es sich genau, in gedachten Worten, auszumalen.

Einsam und verlassen stand er vor dieser Tür, die der Eingang zu seiner Verberge sein musste und es doch nicht sein konnte.

Eine innere Stimme mahnte ihn umzudrehen.

Er ignorierte sie. Wie in Trance blieb er stehen.

Dann hob er die Hand.

Er musste es wissen! Er musste Sicherheit haben.

Vorsichtig drückte er die Klinke und öffnete die Tür einen Spalt.

Er versuchte in das Innere der Baracke hineinzuspähen. Aber in der Dunkelheit konnte er zunächst nichts erkennen. So hörte er nur ein paar schlurfende Schritte, die näher kamen.

Die Schritte blieben stehen.

Filip hörte ein unterdrücktes Fluchen.

Dann erschien ein schmutziges Gesicht im Türspalt.

Eine graue Gestalt lugte misstrauisch hervor, musterte Filip, der immer noch in sein weißes Gewand gekleidet war, von oben bis unten und sagte schließlich mit unwirscher Untergebenheit:

»Bitte? Stimmts was nich?«

Der Mann war Filip nicht bekannt.

»Ich möchte zu Gromek!«, sagte er leise.

»Gromek? Gromek! Hier kennts keinen Gromek.«

»Aber er muss doch …«

»Keinen Gromek!«, wiederholte der Mann monoton und drückte die Tür um einen Spalt zu. »Sonst noch was?«, fragte er.

Filip schüttelte entgeistert den Kopf und trat zurück.

Mit einem Knarren fiel die Tür wieder ins Schloss.

Filip blieb noch eine ganze Zeit so stehen und überlegte. Eines stand fest: Dieses war nicht seine Verberge. Und langsam stieg ein fürchterlicher Verdacht in ihm auf.

Wenn dies nicht seine Unterkunft war, dann konnte das nur eines bedeuten! Filip drehte sich entschlossen um und ging fort von diesem Betonbau, der zwar so aussah wie seine Verberge, den er aber trotzdem heute zum ersten Mal gesehen hatte.

Ab jetzt hatte er ein Ziel.

Und das führte ihn nicht etwa wieder in das Labyrinth der Straßen und ins Zentrum hinein, sondern immer entlang am mächtigen kreisrunden Schutzwall der Stadt. Mehrere Male schaute er sich um. Mit jedem Meter, den er auf der lang gezogenen Kurve zurücklegte, schoben sich die durchsichtigen Fassaden der Häuser mehr vor den Betonbau. Je länger er ging, umso mehr verblassten die Umrisse der Unterkunft vor dem dunklen Hintergrund des Walls.

Plötzlich blieb er stehen.

Der Bunker hinter ihm war fast schon verschwunden, da tauchte vor ihm etwas Neues auf. Es war ein dunkler Schatten, der durch die Fassaden der Häuser hindurchschimmerte. Filip ging schneller. Bald schon bildeten sich aus dem Schatten klare Konturen heraus, wurde aus den deutlich erkennbaren Umrissen ein weiterer schwarzer Betonbau, der da vor Filips Auge aufgetaucht war.

»Die Verberge!«, entfuhr es ihm.

Filip musste mehrfach vor- und zurückschauen, bis er das, was er dunkel geahnt, ja befürchtet hatte, wirklich für wahr hielt:

Es gab mehrere Verbergen in Knoho! Er hätte eigentlich schon viel eher darauf kommen müssen. Erzürnt über seine eigene Unwissheit ging Filip voran.

Wie dumm bin ich gewesen!, dachte er. Wie soll denn die ganze Arbeit hier nur von uns allein erledigt werden? Und wie sollen unsere Trupps in nur sechs Stunden in die entferntesten Winkel der Stadt vordringen, wo doch der Weg in die Mitte allein zwei Stunden dauert? Schnell rechnete er nach, was schon viel früher einen Verdacht in ihm hätte erregen müssen: Der Weg ins Zentrum dauerte zwei Stunden, und da die Stadt kreisrund war, konnte die entfernteste Ecke Knohos erst in zwei weiteren Stunden erreicht werden. Insgesamt also acht Stunden allein für Hin- und Rückweg. Da lag es auf der Hand, dass es in den anderen Winkeln der Stadt weitere Unterkünfte geben musste, die für andere Bezirke zuständig waren.

Und noch etwas verstand Filip erst jetzt: den Grund, aus dem sie von Janus am Tage ihrer Ankunft den längeren Weg durch das Labyrinth und nicht an der Mauer entlang geführt worden waren: Kein Auserwählter nämlich sollte von den anderen Verbergen je erfahren. Denn wenn sich einmal alle Diener vereinen würden, könnte von ihnen eine große Gefahr für die Stadt ausgehen.

Wie viele Verbergen mochte es wohl geben? Wie viele Verbergen und wie viele Dörfer draußen in der Schattenwelt, aus denen Jahr für Jahr neue Diener gezogen wurden?

Filip wusste keine Antwort auf die Frage. Er würde so lange suchen müssen, bis er seine Verberge gefunden hatte.

Während er so tief in diese Gedanken versunken war, hatte er die nächste Verberge erreicht. Auch sie sah aus wie alle anderen. Auch hier gab es einen Mauervorsprung, hinter dem Filip zunächst nach seinen Kleidern schaute, bevor er die Tür öffnete, die auch hier mit einem Knarren aufging. Auch hier erschien eine graue Gestalt und sprach mit zusammengekniffenen Augen:

»Ja, was zu Befehl?«

Auch diese Gestalt war nicht Gromek.

»Schon gut«, antwortete Filip und ging weiter.

So gelangte er zu vielen Verbergen. Immer wiederholte sich das Spiel von neuem: das Suchen nach den eigenen Kleidern hinter dem Mauervorsprung, das Knarren der Tür, die graue Gestalt, die Frage, die Antwort; doch nie war es Gromek oder ein anderer vertrauter Geselle, der öffnete, nie war es die eigene Unterkunft, zu der er gelangt war.

Es war immer dasselbe und hätte sich wohl noch unzählige Male genauso ereignen können, bis Filip endlich zurück zur eigenen Verberge gelangt wäre, wenn nicht ein Umstand eingetreten wäre, den Filip nicht bedacht hatte, nicht bedacht haben konnte, weil er ihn nicht kannte.

Als wieder einmal vor seinem Auge die Konturen eines weiteren Betonbaus hätten erscheinen müssen, als wieder einmal eine knarrende Türe auf ihn wartete, wieder ein fremdes Gesicht und eine neue Enttäuschung, da geschah etwas Unvorhersehbares.

Dort, wo eine weitere Verberge hätte sein müssen, befand sich etwas anderes. Und dieses andere war – nichts.

Kein Betonbau, keine Unterkunft, keine Verberge.

Nichts.

Dort, wo der Bunker hätte stehen müssen, dort, wo der Vorplatz hätte sein müssen, klaffte nur ein tiefes, kreisrundes Loch im gläsernen Boden der Straße. Und da der Boden durchsichtig war und Filips Augen noch oberhalb der Erdoberfläche suchten, wäre er fast in dieses Loch gestolpert.

Erschrocken blieb er stehen.

Dann blickte er hinab.

Unzählige gläserne Stufen führten in den Untergrund der gläsernen Stadt. Filip hatte sich oft gefragt, wie man wohl in die Tiefen der Stadt kam, die man ja allenthalben sehen konnte: Denn auch der Straßenbelag in Knoho war aus Glas und damit genauso durchsichtig wie die Häuser.

Über dem Loch schwebte in derselben Spektralfarbenschrift, die Filip schon am Stadttor und am Knolleg gesehen hatte, nur das eine Wort:

UNTERGANG

Filip stutzte. Sollte er die Stufen in den Untergrund gehen? Eine innere Stimme hielt ihn davon ab. Noch war die Zeit nicht gekommen, diesen Weg zu beschreiten. Ehrfürchtig ging er um das Loch herum. Er versuchte sich den Ort einzuprägen. Wenn ihn sein Orientierungssinn nicht im Stich ließ, musste sich der Untergang genau gegenüber von dem Stadttor befinden.

Wer weiß?, dachte er. Vielleicht kann ich den Untergang noch einmal gebrauchen!

Und dann schritt er auf der anderen Seite weiter.

Wieder kam er zu einer Verberge. Noch weitere drei Male hatte er vergebens hinter dem Mauervorsprung nachgeschaut, nach Gromek gefragt, war ihm immer nur mit dem gleichen verständnislosen Blick begegnet worden, dreimal war er enttäuscht von dannen gezogen, als seine Suche endlich ein Ende fand.

Im Versteck fand er seine Kleider. Fast hätte er vor Freude vergessen, vor dem Anklopfen das Gesellengewand auch anzuziehen, als ihn ein Geräusch warnte, sich schnell hinter den Mauervorsprung zurückzuziehen.

Es waren die zwölf Putzkolonnen, die von ihrer Schicht zurückkehrten und deren Schritte Filip gehört hatte.

Welch eine glückliche Fügung!

So konnte Filip sich womöglich unter die Männer mischen, ohne Gefahr zu laufen, erkannt zu werden.

Er wartete, bis sich die Truppen vor der Verberge versammelt haben mussten. Dann spähte er vorsichtig hinter der Mauer hervor.

Sofort zog er den Kopf wieder zurück.

Nur einen Meter von seinem Versteck entfernt ging ein Aufpasser auf und ab und durchsuchte das Gelände.

Filip verkroch sich in die hinterste Ecke des Mauervorsprungs.

Jede Sekunde rechnete er damit, dass der Kopf des Aufpassers um die Ecke der Mauer schaute.

Aber es geschah nichts.

Filip harrte noch eine Weile aus, dann stand er auf.

Was mochte draußen geschehen sein, dass die Kontrollen derart verschärft worden waren?

Filip versuchte die Neugier niederzukämpfen. Doch schließlich siegte die Versuchung, in Erfahrung zu bringen, was sich da vor der Verbergstür ereignete.

Vorsichtig lugte er aus seinem Versteck hervor.

Der Aufpasser stand immer noch ganz in der Nähe. Er hatte Filip den Rücken zugewandt. Wie die anderen Aufpasser beobachtete er mit argwöhnischen Argusaugen jeden einzelnen Gesellen, passte auf, dass ja keiner auch nur eine falsche Bewegung machte, und trieb mit barschen Armbewegungen die Kolosse an, sich zu beeilen.

Und noch etwas sah Filip:

Es waren zwei Gesellen, die einen Mann auf einer Trage beförderten. Eben noch konnte Filip erkennen, wie die Trage in der Dunkelheit der Verberge verschwand. Dann machte der Aufpasser, der jetzt greifbar nahe vor ihm stand, eine schroffe Bewegung und Filip zog sich wieder in sein Versteck zurück.

Er hatte genug gesehen!

Ein dunkler Verdacht stieg in ihm auf, was geschehen sein musste.

Ihm schwindelte. Es kostete ihn einige Kraft, um sich in seinem Versteck völlig ruhig zu verhalten.

Seine Geduld wurde auf eine Zerreißprobe gestellt. Schaudernd widerstand er der drängenden Versuchung, zu früh aus dem Versteck zu treten. Auch als der letzte der Arbeiter in der Dunkelheit des Betonbaus verschwunden war und als die Schritte der Aufpasser sich entfernt hatten, verharrte Filip noch in quälender Ruhe hinter der Mauer. Erst als die neue Schicht ihren Dienst angetreten, den Vorplatz in Richtung Stadtmitte überquert hatte und in dem verworrenen Straßennetz Knohos verschwunden war, schlüpfte Filip endlich in seine Gesellenkleider und trat hinter dem Mauervorsprung hervor.

Er musste tief durchatmen, bevor er es wagte, die Klinke herunterzudrücken.

Wie oft hatte er das Knarren der Tür heute schon gehört? Doch diesmal flößte es ihm Angst ein, erschien es ihm wie ein lauter, schriller Warnschrei.

Das düstere Gesicht Gromeks erschien im Türrahmen.

Und während Filip noch vor Stunden froh gewesen

wäre, diesen Unhold zu sehen, wusste er sofort, dass es für ihn hier alles andere als einen Grund zur Freude gab.

»Da endlich bist du ja!«, zischte Gromek und zog Filip am Arm hinein in die Dunkelheit.

Gromek ließ Filip nicht los. Grob zerrte er den Jungen weiter, der von der Dunkelheit geblendet für eine Zeit nicht wusste, wie ihm geschah.

Erst als seine Augen sich an das Licht gewöhnt hatten, erkannte er, wohin ihn Gromek führte und dass alle Gesellen, an deren Betten sie vorbeigingen, sich von ihren Lagern erhoben, um ihnen zu folgen.

Am Bett des alten Gunde machte Gromek Halt.

Er sprach nur ein Wort:

»Da!«

Dann trat er in die Reihe der grollenden, glotzenden Gesellen zurück und wartete mit verschränkten Armen, was geschehen würde.

Filip schwindelte, als er an das Bett seines alten Lehrmeisters trat.

»Gunde«, hauchte er. »Hörst du mich?«

Der Alte lag regungslos auf dem Rücken da. Seine Haut war vertrocknet wie die Rinde eines abgestorbenen Baumes. Seine Hände hingen kraftlos über die Bettkanten hinab. Nur seine Augen waren geöffnet.

Er musste also wach sein!

Die Augen sahen aber so leer aus!

Da erst erkannte Filip, weshalb die Augen seines Freundes offen waren. Die Lider fehlten! Gunde konnte die Augen nicht mehr schließen, weil ihm die Lider samt Wimpern vertrocknet und abgebrochen waren – wie ein Blatt, das zu lange in der Dürre gelegen hatte.

Plötzlich war der böse, dieser fürchterliche Verdacht, den Filip schon draußen vor der Tür geschöpft hatte, wieder da.

Es konnte keinen Zweifel geben: Der Mann draußen auf der Trage war Gunde gewesen.

Filip taumelte. Er musste sich am Bett des Freundes festhalten.

»Gunde!«, flüsterte er flehend und nahm die ausgedorrte, knochige Hand des Alten, die sich kalt und kraftlos anfühlte, wie die Hand einer Marionette.

Doch durch diese Hand zuckte noch einmal ein Aufbäumen des Lebens, noch einmal erwiderte sie mit schwachem Druck die Berührung des anderen.

Sogar die glasigen Augen klärten sich zu einem letzten ungetrübten Blick, die Lippen lösten sich und wie einen Windhauch über eine einsame verlassene Ebene hörte Filip die Worte Gundes in die Todesstille des Raumes hinein sagen:

»Daaah biiihst duuuh!«

Filip spürte, wie die gebrechliche Hand des Alten die seine drücken wollte, doch die Kraft dazu blieb zu schwach. Entschuldigend blickten ihn die Augen des Freundes an und Filip, der endlich erkannte, wie es um Gunde stand, wollte seine Hand streicheln. Doch als er nur einmal über die Finger gestrichen hatte, merkte er, wie sich die Haut wie ein vertrocknetes Stück Borke löste und abbröckelte.

Erschrocken schaute er hin. Unter der Haut war nicht etwa eine offene Wunde, sondern wieder und wieder nur eine weitere vertrocknete Schicht.

Für Filip konnte es keinen Zweifel mehr geben, was geschehen war, was sich ereignet haben musste:

»Hast du etwa meinen Dienst übernommen?«, entfuhr es ihm.

Doch er musste Gundes Antwort gar nicht erst abwarten. Durch den sonst so stillen Raum tönte aus Hunderten von Kehlen ein düsteres:

»Joooh, joooh!«

Verzweifelt schaute Filip zu Boden. Mit einem Schlag war ihm klar geworden, welch großen Fehler er begangen hatte. Er hatte Gromeks Schicht verpasst, und da niemand da war, der sie übernehmen konnte oder wollte, musste sich Gunde für ihn geopfert haben! Gunde hatte für ihn die Schicht übernommen und musste nun dafür bezahlen. Denn niemand sonst unter den Außenseitern als Filip hatte jemals zuvor mehr als sechs Stunden am Tag in der Grelligkeit verbringen können.

»Psssssst!«, gebot der Alte den anderen Ruhe.

Und für ein letztes Mal festigte sich sein Hauchen zu einer klar vernehmbaren Stimme, die alle im Raum verstehen konnten:

»Höret. Ich habe hier nie so recht gewusst, wofür ich lebe. Jetzt weiß ich wenigstens, wofür ich sterbe. Ich bin also ein glücklicherer Mensch denn je zuvor. Ihr aber, die ihr heute Filip verdammen möget, bitte ich, mir einen letzten Willen zu gewähren. Helft diesem Jungen, so gut ihr könnt. Denkt immer daran: Nur er kann uns erretten …« Und ein Lächeln glitt über sein Gesicht, als er sich verbesserte: »… kann euch erretten, weil ich bald nicht mehr bin.«

Noch während der letzten Worte brach sein Blick.

Und als Filip die Hand des Freundes schwer in der seinen spürte, wusste er, dass Gunde gestorben war.

Das Knolleg

»Zeit heilt alle Wunden.«

Für jene, deren Wunden frisch und längst noch nicht verheilt sind, gibt es kaum einen unverständlicheren Ausspruch als diesen.

Auch Filip dachte nicht im Entferntesten daran, was vielleicht einmal in drei, vier oder fünf Jahren sein würde. Wozu auch? Sein Schmerz, seine Trauer über den verlorenen Freund waren jetzt und hier. Was kümmerte ihn also, was in der Zukunft sein oder nicht mehr sein mochte. Er konnte die Zeit bis dahin nicht ungeschehbar machen. Also litt er leise vor sich hin. Und während die Gesellen schon wieder ihrem Tagewerk nachgingen und den alten Gunde längst vergessen hatten, nagte an Filip die schlimme Erfahrung, die er zum ersten Mal in seinem Leben hatte machen müssen: wie es ist, einen Freund zu verlieren.

Schlimmer jedoch als die Klage war die Anklage, unter die er sich stellte: die Erkenntnis, dass er schuld an allem war, dass Gunde noch viele Jahre hätte leben können, gesund und munter in die Außenwelt hätte zurückkehren können, wenn nicht er, Filip, gewesen wäre, der seine Pflicht versäumt hätte.

Hundertmal versuchte er sich die letzten Worte Gundes ins Gedächtnis zurückzurufen, versuchte sich einzureden, dass Gunde glücklicher war als zuvor, weil er wusste, wofür er gestorben war. Doch ebenso oft war er sich sicher, dass Gunde lieber noch etwas länger nicht gewusst hätte, wofür er lebte, als allzu schnell zu erfahren, wofür er sterben sollte.

Mit diesen quälenden Gedanken ging Filip seinem Tagewerk nach, erledigte seine Schicht und den Dienst Gromeks, als hätte er nie etwas anderes getan. Wenn er jedoch von der Schicht zurückkam, fehlte es ihm an Energie, noch einmal in die Grelligkeit hinauszutreten, um dort Dinge zu lernen, die kein Auserwählter je zuvor gelernt hatte. Wie gelähmt vom Tod des Freundes verzichtete er auf seinen Freigang, ließ sich erschöpft auf sein Lager fallen und siechte in den freien Stunden ziellos vor sich hin.

So gingen die Wochen dahin. Der Schmerz über den Verlust des Freundes wollte nicht nachlassen, sondern wurde noch unerträglicher durch die Dumpfheit des Daseins unter diesen gedankenleeren Gesellen, für die der Tod eines der ihren nicht mehr war als der Verlust einer Arbeitskraft, die zwar beklagt, aber ansonsten nur mit einem Schulterzucken hingenommen wurde.

Doch nicht nur die Abneigung gegenüber dem Leben hier in der Verberge wuchs in Filip, sondern auch ein anderes Gefühl, das er sich zunächst nicht erklären konnte. Es war ein tief empfundener Groll gegenüber Gromek, der nach wie vor tumb und träge auf seinem Bett lag und Filip für sich arbeiten ließ.

Schließlich wurde der Groll in Filip so stark, dass er ihn nicht mehr unterdrücken, nicht mehr zurückhalten konnte. Wie ein Fieberanfall, der in hitzigen Schweißattacken aus dem Körper herausbricht, musste auch der Groll aus Filip hinaus. Als eines Tages wieder einmal die Schicht, die er für Gromek übernehmen sollte, näher rückte, als er unruhig zwischen den Bettreihen der Verberge auf- und abging, um den inneren Unmut zu unterdrücken, als er an Gromeks Lager vorbeikam, da blieb er entschlossen stehen und aus seinem Mund brachen die Worte heraus:

»Gromek, ich muss mit dir reden!«

Der Anführer der Gesellen drehte sich mürrisch um und knurrte:

»Aber nicht ich mit dir!«

Damit rollte er sich wieder auf die andere Seite.

Doch Filip ließ sich nicht abweisen.

»Und ob du musst!«, versetzte er. »Und mehr als das. Du wirst dich noch wundern! Ab sofort wirst du wieder arbeiten müssen. Denn ich bin es leid, deine Schicht zu übernehmen!«

Gromek fuhr aus dem Bett hoch und glotzte Filip mit verquollenem Blick an.

Doch Filip wich keinen Schritt zurück. Ohne Gromek zu Wort kommen zu lassen, fuhr er fort:

»Du hast richtig gehört! Ich nutze meinen Freigang nicht mehr, also werde ich auch nicht mehr für dich arbeiten!«

Während Filip gesprochen hatte, war Gromek langsam zur Besinnung gekommen. Er holte tief Luft und donnerte:

»Kerl! Du für mich arbeiten wirst, solange ich dir es sage! Ich nie mehr werde Schichtdienst machen. Nie mehr, du hörst? Das ich mir geschworen habe und nichts mich davon abbringen wird! Kein Filip, kein Gunde, kein niemand. Du hörst?«

Damit ließ er sich wieder auf die Seite fallen. Wie erschöpft von diesem Redeschwall konnte man sogleich sein tiefes Schnarchen hören.

Filip aber blieb noch lange auf derselben Stelle stehen. Hatte er richtig gehört?

Er hatte. Erst jetzt wurde ihm bewusst, woher der Groll kam, den er gegen Gromek gehegt hatte: Gromek hätte Gunde helfen können. War es doch eigentlich Gromeks Schicht gewesen, zu der Filip ausgeblieben war. Gromek war der Einzige, der ohne Gefahr den Dienst hätte antreten können, weil er noch keine sechs Stunden an jenem Tag in der Grelligkeit verbracht hatte.

Doch er musste sich geweigert haben, obwohl er hätte wissen müssen, welche Folgen Gundes zweiter Dienst an ein- und demselben Tag haben musste.

Angewidert blickte Filip auf die schlafende Gestalt hinab.

Und er sprach nur noch den einen Satz.

Es war der letzte, den er je in der Verberge sprechen sollte:

»Und du musst doch!«

Nur einmal noch, dessen war er sich sicher, würde er Gromeks Schicht übernehmen müssen.

Gromek war nur mühsam aus den Federn gekommen. Er hatte zu gut, zu selbstzufrieden geschlafen. Denn er hatte den anderen wieder einmal gezeigt, wer hier der Boss war. Ohne zu murren hatte Filip die zweite Schicht doch noch übernommen. Und als Gromek den Jungen am Eingang nach draußen gestoßen hatte, war er, der Anführer, sich so sicher wie nie, dass Filip ihm in Zukunft zu Willen sein würde.

Das alles war jetzt schon wieder sechs Stunden her. Gromek stand an der Tür, um die heimkehrenden Arbeiter in Empfang zu nehmen. Mit gesenkten Köpfen gingen die Diener an ihm vorbei in die Verberge.

Wie immer zählte Gromek jeden einzelnen seiner Leute.

Er war schon bei weit über hundert angelangt, als die Unruhe langsam in ihm wuchs.

Einhunderzwanzig und noch war kein Filip in Sicht.

Einhundertdreißig, doch von Filip keine Spur.

Gromek reckte den Hals. Während er weiterzählte, spähte er hinaus auf den Vorplatz. Aber er konnte niemanden erkennen, der so aussah wie Filip.

Gromek zählte:

»Hundertvierzigundein ... undzwei.«

Er atmete schwer.

»Hundertvierzigunddrei ... unddrei!«

Entgeistert wiederholte er mehrmals die letzte Zahl: »... unddrei.«

Aber es blieb dabei: Einer seiner Leute fehlte.

Und Gromek wusste ganz genau, wer das war.

Draußen drehten sich die Aufpasser ab und schritten fort. Sie hatten den fehlenden Gesellen nicht bemerkt. Sie kontrollierten die Zahl der Diener nur beim Verlassen der Verberge. Bei der Rückkehr war dies Gromeks Aufgabe.

Der stand ratlos da. Er wollte brüllen, wollte seine Wut hinausschreien. Aber eine innere Stimme hielt ihn davon ab, die Aufpasser auf sein Versagen aufmerksam zu machen. Wütend schlug er die Tür zu. Erst dann donnerte seine Stimme durch die Verberge, dass die Wände zitterten.

Von alledem hörte Filip nichts mehr.

Die dicken Bunkerwände schluckten jeden Ton.

Schnell schlüpfte er in sein weißes Gewand. Dann trat er hinter dem Mauervorsprung hervor.

Auf dem Weg über den Vorplatz begegnete er den Aufpassern der nächsten Schicht. Er nickte ihnen nur kurz zu – er war sich sicher, dass sie ihn in seiner Verkleidung nicht als Gesellen erkennen würden. Dann verschwand er im Labyrinth der Stadt.

Während er scheinbar ziellos durch die Straßen ging, wurde ihm erst allmählich bewusst, dass es jetzt für ihn kein Zurück mehr gab.

Er fühlte sich frei und gefangen zugleich, war umgeben von Menschen und fühlte sich trotzdem einsam. Ruhelos lief er an durchsichtigen Häusern vorbei, reihte sich in den Strom der Passanten ein, scherte wieder aus, bog von Wegen ab, bog in Wege ein, und erst als er an jene Stelle kam, an der er vor Wochen Maia begegnet war, blieb er befremdet stehen, musterte die durchsichtigen Fassaden der Häuser, ordnete sie in seinem geistigen Stadtplan ein und wusste, wo er war.

Eine innere Stimme musste ihn geführt haben.

Und seine innere Uhr musste ihn solche Wege gehen lassen, dass es nicht nur derselbe Ort, sondern auch die gleiche Zeit war wie damals, als er Maia kennen gelernt hatte.

»Du hast in Heimatkunde wohl nicht richtig aufgepasst!«, hatte sie damals gesagt.

Filip erinnerte sich noch genau, wie schön sie gewesen war, wie gern er sie näher kennen gelernt hätte und wie er sie auf der Sternstraße zum Knolleg verloren hatte.

Das war schon Tage, Wochen her.

»Heimatkunde ist wirklich nicht deine Stärke!«, hörte er eine zarte Stimme hinter sich sprechen.

Er drehte sich um.

Genauso schön wie bei ihrer ersten Begegnung stand Maia vor ihm.

Filip brachte kein Wort heraus. Wieder und wieder huschte sein Blick an ihr auf und ab, streifte ihre schmalen Schultern, streichelte ihre Brust, ihren Bauch und ihre Beine. Sein Herz vollführte Freudentänze. Zu gerne hätte er sie in die Arme geschlossen. Doch kühl und unnahbar stand sie vor ihm und schien wie beim ersten Mal geduldig abzuwarten, bis er sich an ihr satt gesehen hatte.

»Komm, wir müssen gehen!«, sagte sie nur. »Aber dass du mir nicht wieder einfach so stehen bleibst. Ich habe einige Fragen an dich.«

Mit diesen Worten schlug sie genau jenen Weg ein, den sie damals gegangen waren.

»Als Erstes sag mir, wo du die ganzen Wochen lang gesteckt hast.«

Filip schossen wilde Gedanken durch den Kopf. Er sah sie verstohlen von der Seite an. Sie ließ sich nichts anmerken. Aber lag da in ihren Gesichtszügen nicht eine Spur von leisem Vorwurf, hatte ihr Mund, dessen Lippen sonst zu einem regungslosen Strich geformt waren, nicht auf einmal etwas Lebhaftes, Schmollendes sogar? Ein verwegener Gedanke regte sich in ihm: Hatte sie etwa auf ihn gewartet?

Filip wollte diese Gedanken sogleich verwerfen. Doch irgendetwas in ihm wollte es anders. Das Blut schoss ihm wie ein sprudelnder Quell durch die Adern, sein Geist wähnte sich plötzlich so aufgehellt und klar, hier einen Menschen gefunden zu haben, mit dem er sprechen konnte, dass er nur mit Müh und Not der Frage noch einmal ausweichen konnte:

»Ich darf nicht darüber reden.«

»Mit niemandem, wirklich?«, hauchte sie.

Diese drei Worte, dieser kurze Anschein von Verständnis auf ihrem Gesicht genügte, um ihn alle seine Vorsätze vergessen zu machen. Von ihrer Schönheit verführt, von ihrer Teilnahme verleitet, erwiderte er:

»Na gut. Aber nicht hier.«

Maia nickte verständnisvoll und nahm seine Hand. Sie führte ihn aus den bewegten Straßen hinaus in eine kleine Nebenstraße, die bald schon zur Sackgasse wurde. Die Fassaden waren zwar immer noch durchsichtig, aber die Wahrscheinlichkeit, dass irgendjemand in diesen hinteren Winkel schauen wollte, war gering.

»Hier!«, sagte sie. »Nun, sprich!«

Filip stutzte. Etwas in ihrer Stimme schien wieder kalt und fern. Dennoch sah sie ihn mit großen Augen erwartungsvoll an. Ihre Pupillen tanzten über sein Gesicht, berührten seine Stirn, seine Wangen, seine Nase, seinen Mund. Geschmeichelt von ihren Blicken konnte er nicht anders als ihrer Aufforderung zu folgen:

»Es ging mir in den letzten Wochen nicht so gut«, erklärte er ergeben.

Sie unterbrach ihn nicht. Obwohl allein dieser Satz in ihr einen tiefen Argwohn hervorrufen musste. Denn in Knoho gab es kein Schlechtgehen. Das hätte Filip noch von ihrem ersten Treffen wissen müssen.

Aber für Filip gab es kein Zurück mehr. Entschlossen und glücklich, einen Menschen gefunden zu haben, der sich sein Schicksal anhörte, fuhr er fort:

»Mein bester Freund ist gestorben. Und ich bin schuld. Er wollte mir helfen und ist dabei umgekommen …«

Filip wollte weitersprechen.

Doch Maia gebot ihm zu schweigen.

Sie sagte nichts. Sie machte keine großen Gesten. Es war nur ihr Gesichtsausdruck, der sich völlig änderte. Der Mund wurde zu einem schmalen Strich, sie kniff die Augen zu zwei Schlitzen zusammen und auf ihrer Stirn zeigten sich tiefe Denkerfalten.

Filip getraute sich nicht, auch nur ein Wort mehr zu sagen.

Unnahbar stand Maia vor ihm. Doch das, was er für abweisend hielt, war zunächst nur abwesend. Denn sie hatte Worte gehört, die sie nie im Leben zuvor vernommen hatte. Wie durch eine Maschine schienen diese Worte durch ihr Gehirn zu jagen, schienen überprüft zu werden auf Wahrheitsgehalt und Richtigkeit. Dabei wiederholte sie immer wieder leise:

»... gestorben, umgekommen ... gestorben, umgekommen.«

Filip sah sie entgeistert an. Sie sah plötzlich so hilflos aus und er wollte ihr helfen. Deshalb erklärte er:

»Ja, er ist gestorben, tot, verstehst du nicht?«

Maia verstand nicht. Sie versank nur weiter in ihren Gedanken und fügte das neu gehörte Wort hinzu:

»... gestorben, umgekommen, tot ... gestorben, umgekommen, tot.«

Filip wusste nicht weiter. Ratlos stand er neben ihr. Schon wollte er sie an den Schultern fassen, um sie aus ihrem tranceartigen Zustand wachzurütteln, da schien Maia von selbst ins Leben zurückzufinden. Barsch sagte sie:

»Das gibt es nicht! Es gibt kein gestorben, kein umgekommen, kein tot!«

Filip schauderte:

»Aber ich habe es doch erlebt«, erwiderte er verzweifelt, »ich habe neben seinem Bett gestanden, ihm die Hand gehalten und war dabei, als er den letzten Atemzug machte. Ich habe an seinem Bett geweint. Die ganzen Wochen habe ich getrauert und du sagst, dass alles nicht wahr ist?«

Maia schüttelte entschieden den Kopf:

»Du bist selbst schuld«, entgegnete sie. Und ihre Stimme war plötzlich klar und scharf. »Du hast das Gebiet der Wissheit verlassen. Ich weiß nicht, wovon du sprichst. Das, wovon du erzählt hast, gibt es hier nicht. Es ist nicht Wissheit. Und alles, was nicht Wissheit ist, macht schwach. Denn nur die Wissheit selbst macht stark. Das müsstest du eigentlich wissen. Das ist das Erste, was wir hier lernen. Hast du es vergessen?«

»Nein, nicht ...«, ergab sich Filip, der langsam spürte, dass er einen Fehler begangen hatte, mit ihr so offen zu sprechen.

»Na also. Nur wer bei der Wissheit bleibt, bleibt stark.«

Filip begann zu verstehen. Langsam begriff er, was es mit der Wissheit auf sich hatte.

»Du meinst«, unternahm er noch einen letzten Versuch, »die Wissheit kennt keine Trauer, keine Schmerzen, keine Angst?«

»Ich verstehe nicht, wovon du sprichst!«, sagte sie schroff. Dann wiederholte sie nur noch einmal: »Wissheit macht stark. Alles andere macht schwach!«

Ungeduldig drehte sie sich um und sagte kurz:

»Komm endlich. Wir haben genug Zeit verschwendet!«

Ohne darauf zu achten, ob Filip ihr nachkam, ging sie fort. Auf einmal schien sie alles Interesse, das sie an ihm gehabt hatte, verloren zu haben. Wie ein Rätsel, das gelöst war, das keine Herausforderung mehr darstellte.

Filip jedoch folgte ihr.

Auch wenn sich Maia nicht ein einziges Mal nach ihm umdrehte, folgte er ihr durch die gläsernen Straßen, heftete sich an ihre Fersen, ging wie im Traum hinter ihr her, während sein Kopf versuchte zu verarbeiten, was er soeben gehört hatte:

In Knoho gab es keinen Tod, keine Trauer, keinen Schmerz und keine Angst mehr. All das, was Sorgen bereiten konnte, war abgeschafft. Die Wissheit machte alles Unglück unmöglich. Denn die Wissheit machte stark. All das, was er in den letzten Wochen gelitten hatte, gab es hier nicht. Filip fühlte, wie schön es wäre, nicht mehr zu leiden, endlich wieder aufatmen zu können und sich den Dingen widmen zu können, wegen derer er hierher gekommen war. Wollte er nicht die Dumpfheit des Außenseiterlebens abstreifen, war er nicht gekommen, so zu werden wie die Innenseiter? Hatte er nicht schon viel gelernt in diesen ersten Monaten hier in der gläsernen Stadt? Jetzt wusste er, weshalb Knoho die mächtigste Stadt war, jetzt ahnte er das Geheimnis ihrer Stärke. Jetzt stand er kurz davor, es ganz und gar zu erkunden.

Entschlossen ging er Maia nach. Diesmal bleib er nicht mehr stehen wie beim ersten Mal, als sie auf die zum Zentrum führenden Sternstraßen hinaustraten. Zwar war er auch diesmal überwältigt von dem mächtigen Ringgebäude, aus dessen Mitte sich die runde

Pyramide über die Glasdächer von Knoho erhob. Dennoch gab er keinen Meter preis.

Gemeinsam schritten sie auf das Knolleg zu, reihten sich ein in die Menschenschlange vor dem Eingang und traten die Stufen hinauf.

»Ihre Identifikation?«, hörte Filip den Aufpasser fragen.

»Maia 1/36« vernahm Filip die Worte seiner Begleiterin.

Jetzt war er an der Reihe.

»Ihre Identifikation?«

»Janus 6/37« antwortete Filip mit dem einzigen männlichen Namen, von dem er genau wusste, dass es ihn hier gab.

Der Aufpasser musterte Filip kurz, dann ließ er ihn passieren.

Filip hatte das Knolleg betreten.

So einfach war es also, die Aufpasser zu überrumpeln!

Er musste sich beeilen, mit Maia Schritt zu halten. So hatte er keine Zeit, sich umzuschauen. Er sah nicht die meterhohen Glaswände, die durchsichtigen Räume, die sich wie unzählige Waben aneinander reihten und in denen die Knollegen in den Besitz neuer Wissheit gebracht wurden. So sah er auch nicht die zierliche, blasse Gestalt, die plötzlich wie aus dem Erdboden vor ihm auftauchte und mit tonloser Stimme sprach:

»Filip Filander. Wir haben dich erwartet!«

Es war Janus.

»Komm mit uns!«

Und die zwei Aufpasser, die er im Geleit hatte, ließen keinerlei Zweifel daran aufkommen, dass er seinem Befehl auch genügend Nachdruck verleihen konnte.

Mit einem verzweifelten Blick sah Filip Maia in der Menge verschwinden.

Sie hatte sich nicht einmal nach ihm umgedreht.

»Komm!«, betonte Janus.

Filip blieb keine andere Wahl. Er musste folgen.

Das Labyrinth der Fragen

Janus führte Filip durch die verworrenen Gänge des Knollegs. Obwohl die Aufpasser ab und zu an ihm zogen und zerrten, hatte Filip jetzt die Gelegenheit, durch die gläsernen Wände zu spähen: die Knollegen saßen in durchsichtigen Zellen und schienen einer Art Unterricht zu folgen. Filip fühlte sich an seine Schulzeit erinnert, die schon lange zurücklag. Denn in der Außenwelt hatte man den Kindern nur Lesen, Schreiben und ein wenig Rechnen beigebracht, mehr nicht. Damals hatte ein Lehrer den Unterricht geleitet, hatte mit Kreide etwas an eine Tafel geschrieben. Und einer von den Schülern hatte es, nachdem sie es gelernt hatten, wieder abwischen müssen.

Hier jedoch gab es keinen Lehrer. Die übergroße Tafel im Hintergrund füllte sich, als würde mit unsichtbarer Hand etwas darauf geschrieben. Schriften und Zahlen flimmerten über die Oberfläche, verschwanden ganz von selbst wieder, als würden sie weggewischt. Fast hatte Filip den Eindruck, als würden die Knollegen mit der Tafel sprechen.

Aber er hatte nicht länger Zeit, diesem Geheimnis auf den Grund zu gehen. Sie hatten den Ring des Knolleg einmal quer durchschritten. Durch eine Tür traten sie nach draußen. So gelangten sie in einen kreisförmigen Innenhof und nach wenigen Schritten nur standen sie am Fuße der runden Pyramide, die sich mit ihrer dunklen Glasfassade mächtig über die Stadt erhob.

Auch der Eingang der Pyramide wurde, wie die Tür

zum Knolleg und das Stadttor, von Aufpassern bewacht. Und noch etwas hatte dieser Einlass mit den beiden anderen Portalen gemeinsam: auch hier standen Schriftzüge in Spektalfarbenschrift über dem Torbogen geschrieben.

Filip las:

TEMPEL DER GEWISSHEIT

Dann hatten sie den Bogen schon durchschritten. Sie kamen in eine runde Halle, deren Dimensionen Filip nicht überblicken konnte. Sie schien weder nach oben noch nach unten Grenzen zu haben. Wenn es nicht ganz unmöglich gewesen wäre, hätte Filip sogar gedacht, dass der Raum hier innen viel größer war, als er von außen schien. Er war unterteilt in unzählige Ebenen, die wiederum unterteilt waren in unzählige Zellen, von denen sich eine an die andere fügte, wie in einem Wabennest, nur dass auch hier alle Wände durchsichtig waren und man von einer Zelle in die andere schauen konnte.

Die Aufpasser zerrten an Filips Arm.

Denn Janus hatte den Aufstieg durch das gläserne Netz der Waben begonnen.

Quer durch die Zellen führte ein wahrer Wirrweg nach oben.

Und während sie durch die Waben die gläserne Pyramide emporkletterten, bewunderte Filip mit Staunen dieses nicht enden wollende Netzwerk der Zellen, von der jede aussah wie die andere: wie die Leuchtdiode einer Glühbirne ragte in der Mitte jeder Wabe ein leuchtender Bildschirm auf, der, Filip erkannte es sofort, genau die Form der Flimmertafeln in den Knollegräumen hatte.

Über jede Tafel huschten immer neue Zahlen und Buchstaben, immer neue Wissheit. Und je höher sie kamen, umso stärker wurde in Filip die Erkenntnis, dass all diese Keimzellen zusammengenommen die Summe aller Wissheit ausmachten. Und die Summe aller Wissheit war, wie er über dem Eingangsbogen gelesen hatte, nichts anderes als die GeWissheit.

Ab und zu blieb er stehen um zu erhaschen, was auf den Tafeln wohl stehen mochte. Doch immer stießen ihn die Aufpasser weiter, immer höher führte der Weg.

Allmählich merkte Filip, wie sich die Außenwände der runden Pyramide nach oben hin verengten. Nur noch wenige Waben passten nebeneinander. Bald waren es nur noch sieben, dann fünf, dann nur noch drei, zwei und endlich erreichten sie den Gipfel der Pyramide.

Durch einen runden Einlass in einer der zwei obersten Waben stiegen sie in eine kugelförmige Kuppel empor, die den oberen Abschluss der Pyramide bildete.

Filip stockte der Atem.

Von hier oben hatte man eine alles umfassende Sicht über die Stadt.

Überwältigt schaute er sich um. Unter ihm lag die gläserne Stadt Knoho, deren Gebäude von hier oben wie Tausende funkelnder Diamanten wirkten, die aneinander gereiht ein Schmuckstück unvorstellbaren Wertes ergaben.

Plötzlich hatte Filip den Eindruck, als würden sich die Wände der Kuppel drehen, als würden sich zwei aufeinander liegende Glasschichten gegeneinander verschieben. Das, was eben noch klein vor seinen Augen gestanden hatte, verschwamm auf einmal, und als er wieder scharf sehen konnte, hatten die Glasschichten wie ein überdimensionales Okular auf einen einzigen Punkt in der Stadt fokussiert: die Verberge, Filips Verberge, vor der sich gerade zwölf neue Trupps zum Schichtdienst versammelt hatten.

»Nichtvergisstwoherkommst!«, hörte Filip eine Stimme sagen, die nicht von Janus stammen konnte. Denn Janus sprach zwar tonlos, dieser Stimme jedoch fehlte nicht nur jeder Ton, jede Melodie, sondern auch jede Hebung und Senkung, jede Betonung der einzelnen Wörter. Wie ein monotones Brummen verbreitete sie sich im Raum.

Filip schauderte. Die leblose Sprache ließ ihn das Blut in den Adern gefrieren, für einen Moment war er unfähig, sich zu bewegen. Als er es endlich doch tat, als er sich umdrehte, sah er in der Mitte des Raumes ein Wesen sitzen, das ihn vor Entsetzen sofort den Kopf herumreißen ließ um wegzuschauen – das aber dennoch eine solche Anziehungskraft auf ihn ausübte, dass sich sein Kopf, wie einer unsichtbaren Gewalt folgend, dem Unfassbaren langsam wieder zuwandte.

Ein riesiger hals- und haltloser Schädel saß auf zwei eingefallenen Schultern, die hängend in zwei skelettartige Ärmchen übergingen, die kraftlos herabhingen und auf den geschlechtslosen Schoß fielen, aus dem wiederum Beinchen sprossen, die wie die Gliedmaßen einer Marionette regungslos herabbaumelten. Im Gegensatz zu den wie nutzlos wirkenden Körperteilen jedoch war der Schädel von ständigem Tun erfüllt. Die

Augen huschten in einem fort hin und her, die Ohren, zu großen Muscheln aufgestellt, bewegten sich bei jedem Ton, der den Raum erfüllte. Der Mund schien ohne Unterlass zu sprechen, auch wenn die stummen Worte nicht an Filips Ohr drangen.

»MeinNameistBrâchos0/0«, stellte sich das Wesen vor. »Alsobist-FilipFilander. Kamstzuwerdeneinervonuns.«

Janus nickte.

Filip nickte ebenfalls, obwohl er ziemliche Mühe hatte, den Worten Brâchos' zu folgen, die wie ein einziger Buchstaben- und Silbenbrei ineinander verschwammen und immer noch mehr Ähnlichkeit mit einem dumpfen Brummen hatten als mit einer menschlichen Stimme.

Die Pupillen von Brâchos wurden kleiner und wieder bewegten sich die Glasschichten der Kuppel. Mit seinen Augen schien er das Okular zu lenken. Filip sah hinaus und er entdeckte sein Dorf, das im Schatten Knohos ruhig und friedlich dalag.

»Dageborenwurdest ...«

Filip sah den matt erleuchteten Versammlungsplatz seines Dorfes.

»DaüberlistetestJanus ...«

Janus wollte widersprechen.

»Stillbist!«, befahl Brâchos, ohne dass sich seine Stimme auch nur um eine Nuance hob.

Dafür wurden jetzt seine Pupillen größer. Sogleich konnte Filip durch das Glasfenster das Stadttor erkennen.

»Dakamstherein ...«

Die Glasschichten fokussierten auf die Spektralfarbenschrift über dem Portal.

»Daslerntest.«

»Wissheit macht stark«, flüsterte Filip. Es kam ihm vor, als würde er wie im Schlaf reden.

»Deshalbhierbist. Zuwerdenstark, nichtschwachwiedeinesgleichen.«

Filip zögerte.

Brâchos wiederholte:

»Deshalbhierbist. Zuwerdenstark, nichtschwachwiedeinesgleichen.«

Janus stieß Filip in die Seite. Da erst schien Filip aufzuwachen. Langsam wiegte er seinen Kopf zu einem sachten Nicken.

Brâchos' Augen huschten wieder rastlos hin und her. Die Bilder, die durch die Kuppel sichtbar wurden, wechselten mit jedem Augenblick. Mal sah man Straßenzüge, mal einzelne Gebäude. Dann wieder schien es Filip, als würde er Maias Gesicht erkennen, die in einer Knolleg-Zelle saß und am Unterricht teilnahm. Doch gleich wechselte das Bild wieder und fokussierte auf Gromek, auf den Untergang, den Untergrund, die Straßen, Häuser und immer so weiter.

Schließlich blieb eines der Bilder stehen.

Und Brâchos, der Herr der GeWissheit, sprach nur den einen Satz:

»Soseies!«

Als hätte er damit einen Befehl gegeben, erlosch die Beleuchtung der Kuppel, es wurde dunkel. Die ganze runde Pyramide schien in tiefe Nacht getaucht.

Brâchos aber sprach:

»Obwertbistzeigenmusst.«

Einmal nur, ein einziges Mal hob Brâchos den knochigen Arm, die kraftlose Hand, und wies auf das Loch im Boden hin, durch das Janus und Filip in die Kuppel emporgestiegen waren. Dann surrte seine leblose Stimme durch den Raum:

»ZeigenmusstobwirklichWissheitdeinBegier.
OderobschwachseinwillstbisalleZeiten.
DurchTüresiehstimBodenhier,
MusstWegderzwiefachFragenschreiten.
FindstnichtderWissheitFragenjeweilseine,
SchreitestdenWegderSchwächelang,
DannstarkseinniemalsStärkedeine,
DannWegdeinführtinUntergang.«

Brâchos' Worte sollten noch lange in Filps Gedächtnis nachklingen. Während er nachdachte, was das alles zu bedeuten hatte, nahm ihn Janus beim Arm und führte ihn auf das Loch zu, durch das sie vor wenigen Minuten aufgestiegen waren.

Da hörte er wie ein verklingendes Echo hinter sich noch die letzten Worte Brâchos':

»EinTaghastZeitdenWegzufinden
DannWabentauchendichinsLicht
Undmagstdichwehrenoderwinden
Knollegeneinerwirstdunicht.«

Wie aus weiter Ferne drangen die Worte an Filips Ohr. Ohne sich zu besinnen, was mit ihm geschah, stieg er durch das Loch hindurch.

Kaum hatte er den Kuppelsaal verlassen, da schloss sich der Durchlass über ihm und er fand sich in einem dunklen Raum wieder, in dem sich seine Augen erst an das fehlende Licht gewöhnen mussten.

Er dachte nach: Es konnte keinen Zweifel geben. Er musste sich in einer der zwei obersten Waben befinden. Nur dass die Tafeln, die den Zellenraum vorhin noch wie eine Leuchtdiode erhellt hatten, erloschen waren. So konnte er nicht erkennen, wie sein Weg weiterführte.

Die Panik erfasste ihn wie ein Erdbeben.

Er war gefangen!

Brâchos hatte ihn getäuscht. Er war für immer in diesem Labyrinth der Zellen eingeschlossen!

Wie blind tastete er die Wände der Wabe ab.

Seine Hände glitten über das Glas. Hin und her. Auf und ab. Endlich, endlich griffen sie ins Leere. Er schien eine Tür, einen Durchlass gefunden zu haben!

Über der Tür begann in dünner Spektralfarbenschrift zu flimmern:

WAS IST 1 + 1?

Schon wollte Filip durch die Öffnung hindurchschreiten, da erinnerte er sich der Worte Brâchos':

»MusstWegderzwiefachFragenschreiten.
FindstnichtderWissheitFragenjeweilseine ...«

Filip versuchte einen klaren Gedanken zu fassen.

Es war deutlich von zwei Fragen die Rede gewesen. Und seine Aufgabe schien es zu sein, jene eine Frage, die allein zur Wissheit führte, zu finden.

Also musste sich irgendwo in dieser Wabe eine zweite Tür befinden.

Filip drehte sich um und tastete sich weiter.

Wieder entdeckte er eine Öffnung in der Zellenwand und fuhr mit der Hand hindurch.

Sogleich erschien in gleißender Spektralfarbenschrift die Frage:

WAS IST UNGLÜCK?

Und wie ein Nachbeben war die Panik wieder da.

Zwei Türen standen Filip offen – nur eine führte den Weg der Wissheit weiter. Nur eine Frage war richtig.

Bloß welche? Verzweifelt versuchte er zu überlegen. Gedankenfetzen jagten durch seinen Kopf, schnell und flüchtig kamen sie und gingen wieder. Hektisch dachte er an zwei, drei Dinge auf einmal. Wie ein gehetztes Tier wollte er einmal in die eine, dann in die andere Richtung ausschlagen, durch die eine oder andere Tür treten. Erst allmählich beruhigte er sich, besann sich darauf, dass niemand von ihm erwartet hatte, den Weg der Wissheit schnell zu finden:

»EinTaghastZeitdenWegzufinden.
DannWabentauchendichinsLicht«.

Dies waren Brâchos' Worte gewesen. Filip konnte sich also Zeit nehmen, musste sich Zeit nehmen, wenn er die richtige Frage finden wollte.

Filip atmete tief durch und setzte sich auf den Boden der Wabe. Links flimmerte die eine, rechts die andere Schrift. Was ist Unglück? Er dachte nach: Hatte er es nicht gerade erst erlebt? Unglück bedeutete Tod, Schmerz und Leiden. Und Maia hatte ihn gelehrt, dass es das nicht gab in Knoho, dass es außerhalb der Wissheit lag. Also war diese Tür die falsche.

Die andere Frage war leicht zu beantworten: eins plus eins ist zwei. Aber schwieriger herauszufinden war die Bedeutung, die sich hinter dieser Frage verbarg. Dunkel ahnte er, dass die Aufgabe, die hier gestellt wurde, einen anderen Sinn hatte als nur die Lösung. War »eins plus eins gleich zwei« nicht die Grundform aller Zahlenspiele, aller Rechnereien, aller Richtigkeit des Denkens? Filip erinnerte sich an die Zahlen, die über die Flimmertafeln in den Zellen gehuscht waren. Und plötzlich war er sich absolut sicher, hinter welcher Tür sich der Weg der Wissheit befinden musste.

Nicht den Weg des Unglücks musste er beschreiten, sondern den der Zahlen.

Entschlossen passierte er die erste Tür und ließ die erste Frage, die erste Prüfung hinter sich.

Seine Wahl musste die richtige gewesen sein, denn schon wartete eine zweite Prüfung mit weiteren zwei Fragen auf ihn, von denen ihm eine nur den Weg durch das Labyrinth öffnen würde.

WAS IST GLÜCK?

Dies war die eine Frage, die andere lautete:

WAS IST ABC?

Für einen Moment stand Filip ratlos da. Wenn er wirklich geglaubt hatte, dass nach Bewältigung der ersten Prüfung der Weg durchs Labyrinth der Fragen leichter würde, dann sah er sich getäuscht. Ein weiteres Mal musste er Sinn und Verstand sammeln, um die richtige Tür zu wählen. In der vorigen Wabe hatte er erfahren, dass es kein Unglück in Knoho gab. Das konnte umgekehrt nur heißen, dass Wissheit Glück bedeutete. Schon wollte er durch diese Tür schreiten, da rief ihn eine innere Stimme zurück und warnte ihn davor, der einfachsten Antwort zu trauen.

Noch einmal drehte sich Filip um und las die andere Frage: Was ist ABC? Wie beim Zahlenrätsel, das Filip zuvor gelöst hatte, schien auch hier die Antwort einfach. ABC, damit konnte nur das Alphabet gemeint sein, die Grundlage aller Sprache, aller Verständigung, aller Übermittlung von Wissheit.

Filip erschrak.

Fast wäre er eben durch die falsche Tür geschritten!

Denn ohne Alphabet keine Sprache, ohne Sprache keine Wissheit!

Nur langsam erholte sich Filip von seinem Schrecken. Auch wenn er jetzt wusste, welche Tür die richtige war, so blieb doch ein tiefes Unbehagen, ein dumpf nachklingendes inneres Entsetzen. Filip konnte den Grund dafür nicht orten, sosehr er sich auch bemühte. Und so erkannte er auch nicht, was er eben über die Wissheit hätte lernen können: Wenn die Alphabet-Tür die richtige war, konnte dies nur eines bedeuten! In der Welt der Wissheit gab es zwar kein Unglück, aber ein Glück gab es auch nicht. Das Einzige, was die Wissheit erlaubte, war ein Leben irgendwo zwischen diesen beiden Polen.

Doch diese Erkenntnis sollte Filip zu diesem Zeitpunkt noch verschlossen bleiben. So hatte er das innere Entsetzen fast schon wieder vergessen, als er durch die Alphabet-Tür schritt.

Viele Waben, viele Türen auf dem Weg durch das Labyrinth der Fragen warteten auf Filip.

»Was ist $a^2 + b^2$?« und »Was ist Tod?« waren die nächsten Fragen, zwischen denen Filip entscheiden musste, und er wählte die erste. Danach folgten: »Was ist Liebe?« und »Was ist Wurzel aus 169?« Filip durchschritt die zweite Tür.

Immer tiefer kämpfte er sich in das Labyrinth vor. Und immer wählte er die eine richtige, Wissheit verheißende Tür. Doch je weiter er kam, umso länger und umständlicher wurden die Fragen. Immer aber beschrieb die eine Spektralfarbenschrift Formeln, Gesetze und weitere Wissheiten. Und immer antwortete die Schrift über der anderen Tür wie ein trügerisches Echo mit Fragen nach dem Leben, nach Lieben und Leiden.

Längst hatte Filip aufgehört, die Waben, die er hinter sich gelassen hatte, zu zählen. Längst hatte seine innere Uhr aufgehört zu schlagen. Wie lange er sich in diesem Labyrinth der Fragen verloren hatte – er konnte es nicht mehr bestimmen.

Wieder warteten zwei Türen auf ihn, wieder musste er sich entscheiden:

WAS IST $COS^2 + SIN^2$?

war die eine Frage. Die andere lautete:

WAS IST FILIP FÜR MAIA?

Filip blieb betroffen stehen. Die Frage hatte ihn wie der Stich einer Nadel schmerzlich berührt. Während er in den letzten Waben die richtige Tür immer sehr schnell gefunden hatte, musste er dieses eine Mal lange überlegen, schwankte er zwischen den zwei Möglichkeiten, die sich ihm da boten.

Doch dies lag nicht etwa daran, dass er nicht gewusst hätte, welchen Weg er zu beschreiten hätte. Der Stich, den ihm die zweite Frage bereitet hatte, war zu einem dumpfen Schmerz geworden, der sich in ihm ausbreitete, ihn ergriff und mit einem fast schon vergessenen Gefühl erfüllte. Befremdet schüttelte er den Kopf und trat dennoch durch die erste Tür.

Aber die zweite Frage, die hier auf ihn wartete, brachte ihn nur noch mehr ins Wanken, traf ihn nicht mehr wie ein dünner Stich, sondern wie ein wohlgesetzter Messerstreich:

WARUM LIEBT MAIA FILIP NICHT?

Der Schmerz in seiner Seele drang durch Mark und Bein, trübte seine Kraft, klar zu denken und zu handeln. Mit jeder Faser wollte er durch die falsche Tür schreiten, doch noch hielt ihn sein letztes bisschen Verstand davon ab, noch einmal schaffte er es mit größter Überwindung, durch die andere Öffnung zu gehen. Fast mit Widerwillen jedoch, mit Abscheu und Ekel trat er in die nächste Wabe, gespannt suchte er wieder nach der zweiten, nach der alles entscheidenden Frage:

WIE LERNT MAJA FILIP LIEBEN?

Wie von einem Donnerschlag gerührt stand Filip zwischen den zwei Türen, durch deren eine er gehen musste – durch deren andere ihn eine innere Macht zu treten drängte.

Gab es da etwas, das stärker war als die Wissheit?

Er wusste genau, dass er durch diese Tür nicht schreiten durfte. Sein Verstand gebot ihm den anderen Weg, der Puls pochte warnend an seinen Schläfen, doch seine Beine gehorchten einem anderen Willen, wendeten sich ab von der einen richtigen, Wissheit verheißenden Tür und traten durch die falsche, Unglück und Glück zugleich versprechende zweite.

Filip stürzte in die Grelligkeit.

Die Tür hinter ihm schlug zu.

Geblendet tastete er die Wände ab, rappelte sich auf und tappte hin und her. Erst als sich seine Augen an die Grelligkeit gewöhnt hatten, dämmerte ihm ganz langsam, wo er gelandet war: Über sich sah er durch viele Glasebenen hindurch unzählige Fußsohlen hinwegschreiten. Er hatte das Labyrinth der Fragen verlassen! Nur eine falsche Frage hatte gereicht, ihn in den Untergang zu schicken. So hatten es die Worte Brâchos verkündet und so war es eingetroffen. Er befand sich in den Tiefen Knohos, dort, wo sich keine Menschenseele mehr hinverlor.

Noch einmal richtete Filip seinen Blick nach oben. Über ihm schritten auf vielen Ebenen zahllose Füße hinweg. Nur unter ihm befand sich nichts mehr, die Durchsichtigkeit des Bodens fand hier ihr Ende. Unter ihm befand sich nur noch schwarzes Gestein. Und während er allmählich ahnte, was das zu bedeuten hatte, hörte er schon ein tiefes, gurgelndes Getöse – wie von einer großen Flutwelle, die sich ihren Weg durch einen Hohlkörper bricht.

Filips Blick hetzte durch den Raum: er erkannte die kreisrunden Wände des Untergangs, die geformt waren wie ein Rohr von riesigem Durchmesser.

Das Getöse wurde lauter. Plötzlich blieb Filip keine Zeit mehr, so etwas wie Erschrecken, Angst oder Panik überhaupt zu spüren. Mit einem ohrenbetäubenden Getöse kam die Flutwelle um die Ecke geschossen, ergriff seinen gesamten Körper, hob ihn vom Boden auf und trug ihn mit sich fort.

Filip tauchte unter, tauchte auf, holte Atem, japste nach Luft, wurde wieder untergetaucht, mitgeschwemmt, mitgerissen. Wie lange dauerte diese Fahrt durch das Abflussrohr der gläsernen Stadt, wie oft rang er nach Luft, drohte zu ersticken, zu ertrinken? Der Ohnmacht nahe kämpfte er, ruderte mit den Armen, bevor er endlich die Besinnung verlor und, ohne es zu merken, ausgespieen wurde von der gläsernen Stadt.

Weit, weit draußen vor den Toren Knohos, dort, wo die Schattenwelt an ihre Grenzen stieß, wurde er mit der Flutwelle ausgespuckt. Hart schlug er auf der Erde auf. Bewusstlos, regungslos und hilflos blieb er liegen, dort, wo sich normalerweise keine Menschenseele mehr hinverirrte.

In der Ferne leuchtete die gläserne Stadt Knoho.

Hier jedoch war alles Dunkelheit.

Die Welt der Schatten hatte Filip wieder.

Eremias der Einsiedler

Draußen, weit vor den Toren Knohos, dort, wo die Schattenwelt an ihre Grenzen stieß, dort, wo selbst Brâchos' Auge nicht mehr hinreichte, dort also in der Einöde lebte ein Einsiedler namens Eremias. Er war alt, dieser Einsiedler, sein Haar war schlohgrau und seine Knochen müde vom harten Leben hier draußen in der Dunkelheit.

Auch Eremias hatte einst in Knoho gewohnt, war einer der Innenseiter gewesen, hatte die Wissheit der gläsernen Welt gesammelt und war sogar zu einem der vornehmsten, besten Schüler des Knolleg aufgestiegen, zu einem jener Knollegen also, die von Brâchos, dem Beherrscher der Gewissheit, für höhere Aufgaben vorgesehen worden waren.

Doch vor vielen Jahren schon war er aus Knoho verstoßen worden. Wie Filip, so war auch er den Weg durchs Labyrinth der Fragen gegangen, durch den Untergang ausgespien worden und lebte seitdem in einer kargen Holzhütte am äußersten Rande des Dunstkreises der gläsernen Stadt, dort, wo die Schattenwelt an ein anderes, unerforschtes Reich stieß, das nie ein Mensch betreten hatte und das nie ein Mensch je betreten durfte.

Das Tor zu diesem Reich zu bewachen war die Aufgabe, die Eremias geblieben war. Als er im Labyrinth gescheitert war, hatte ihn Brâchos für diesen Dienst eingeteilt. Eremias konnte sich noch daran erinnern, als wäre es gestern gewesen. Nur wie lange es wirklich her war, wusste er nicht, konnte er nicht bestimmen.

Denn hier draußen erschien die Sonne gar nicht mehr am Himmel, herrschte nur immer währende Nacht. So wusste Eremias nicht mehr, wie viele Tage, Wochen, Monate, Jahre vergangen waren, seit er diese Aufgabe übernommen hatte. Er wusste nur, dass er in unregelmäßgen Abständen in den Abwässern der Stadt ein Fass Brennstoff und genügend Nahrungsmittel fand, um am Leben zu bleiben. Er wusste nur, dass er dieser Aufgabe gewissenhaft nachgehen musste, denn sie war eine sehr verantwortungsvolle Aufgabe, weil das Schicksal der gläsernen Stadt, so hatte man ihm gesagt, davon abhängen konnte, ob er sie voll und ganz erfüllte.

Um so überraschter war der alte Einsiedler, als er eines Tages im langsam versickernden Abwasser der Stadt, kaum erhellt vom flackernden Schein seiner Petroleumlampe, einen regungslos und verkrümmt daliegenden Körper entdeckte.

So schnell es seine gichtbefallenen Beine ermöglichten, humpelte er durch die Wasserlachen, durch den stinkenden Matsch bis zu der Gestalt hinüber, die dort vor dem riesigen Abwasserrohr der Stadt auf dem Rücken lag, die halb geöffneten Augen zu fiebernden Blicken verdreht hatte und, aus dem Mund immer wieder Wasser hervorstoßend, schwer atmete.

»O weh, o weh!«, klagte der alte Eremias, der das Klagen hier draußen wahrlich gelernt hatte, und packte die Gestalt bei den Armen, hob sie mit einer Kraftanstrengung, die man ihm gar nicht zugetraut hätte, empor, lud sich den Körper auf die Schultern und schleppte ihn unter Wehklagen fort zu seiner Hütte.

Als Filip erwachte, war um ihn herum Nacht. Fast dachte er, dass es um ihn geschehen sein müsste, dass er im Jenseits gelandet war, da erkannte er irgendwo in der Ferne ein schwach leuchtendes Lämpchen. Er blinzelte ein paar Mal, denn die Augen mussten nach der Ohnmacht erst wieder das Sehen lernen, und das Licht kam näher.

Allmählich merkte Filip, dass die Lampe ganz in seiner Nähe war, dass er sich in einem Raum mit ihr befand. Dann sah er das in dunkle Tücher gehüllte Wesen, das da im trüben Schein des Lichts hockte.

Filip musste sich bewegt haben. Denn die Gestalt erhob sich von ihrem Schemel, nahm die Lampe auf und kam mit schleppenden Schritten zu ihm herüber.

Mit zitternder Hand beleuchtete das Wesen mit dem flackernden Schein der Petroleumflamme Filips Gesicht.

Ein Lächeln schien über die Züge des Mannes zu gleiten. Mit einer fast liebevollen Bewegung strich er Filip die Haare aus der Stirn und sprach:

»O weh. Ich dachte schon, ja ja, dachte wirklich schon, du würdest das Zeitliche segnen!«

Filip schluckte trocken. Er wollte etwas sagen, doch aus seinem Mund kam nur ein undefinierbares Geröchel.

»Ojemine«, sprach der Mann, »owehmine, wie musst du dürsten, ja ja, verdürsten musst du, nach all der Plagerei!«

Er watschelte zurück in die Dunkelheit des Raumes. Wenig später kam er wieder und trug einen tönernen Krug mit Wasser in den Händen.

Unterdessen hatte sich Filip im Bett aufgerichtet.

»Oh, nichts überstürzen«, sprach der Mann, »Eile mit Weile, ja ja, hörst du, in der Ruhe liegt die Kraft, bloß nichts überstürzen, hörst du!«

Dann gab er Filip zu trinken. Und während der Junge trank, brabbelte der Mann, der seit Jahrzehnten mit keinem Menschen mehr gesprochen hatte, ohne Unterbrechung weiter. Froh, endlich einen Gesprächspartner gefunden zu haben, erzählte er Filip seine halbe Lebensgeschichte.

»Ja, ja, höre, man nennt mich Eremias«, so fing er an, »Eremias der Einsiedler. Doch, oje, hör nur, ich war nicht immer einsam, war nicht immer Einsiedler, war auch einmal Eleve, Knollege in Knoho. Bin auch einmal, oho, einer der Fürnehmsten gewesen in Brâchos' Schule der GeWissheit.«

So also begann Eremias der Einsiedler seinen Bericht, die Geschichte seines Lebens. Er erzählte, wie er mit den anderen Knollegen die Keimzellen der Wissheit durchlaufen hatte, wie er eines Tages hochgebeten worden war in die runde Pyramide, hochgeklettert war durch dieses Wirrwarr der Waben, hoch zum Beherrscher der Gewissheit, der damals schon Brâchos geheißen hatte und wohl immer Brâchos heißen würde. Nicht jedem Wort konnte Filip folgen. Verschwommen drangen die Sätze an sein Ohr. Bisweilen schlummerte er ein, verpasste ganze Abschnitte. Eremias aber ließ sich nicht beirren, fuhr weiter fort, erzählte, beschrieb alles ganz genau und wiederholte sich, wie es so seine Angewohnheit war, dabei ein ums andere Mal.

Wieder einmal schien Filip friedlich eingedöst zu sein, da rüttelten ihn ein paar Worte im monotonen Redeschwall des Alten plötzlich wach:

»… oje, nun höre, wie mich Brâchos hinabschickte, den Weg der Wissheit zu beschreiten, ja, ja, beschreiten im Dunkel der Pyramide, abwärts, seitwärts, mit immer neuen Fragen, die ich auserwählen musste. Ojemine, owehmine. Nie auch nur die eine trügerische durft ich wählen. Und wie viele Fragen ich, oh je, richtig auserkor, richtig erkannte, wer weiß, wer weiß. Nur die eine falsche, die nicht Wissheit war, die, höre genau zu, die eine, die nicht Wissheit war, im Gegenteil, die von Weisheit kündete, von verbotener Weisheit, die nie ein Mensch in Knoho sein eigen genannt, diese eine durft ich nicht wählen.«

Längst saß Filip kerzengerade im Bett. Es war das erste Mal, dass er das Wort Weisheit gehört hatte. Hatte er vielleicht, ohne es zu wissen, ebenfalls eine solche verbotene Frage gestellt? War dies der Grund, dass er aus der Stadt ausgespien worden war? Doch wie konnte er eine Frage nach etwas stellen, das er gar nicht kannte? Seine Neugier war entfacht. Auch wenn er sich noch so schwach fühlte – jetzt wollte er mehr von dem erfahren, das Eremias Weisheit genannt hatte:

»Und welche Frage war das, die du gewählt hast?«, brach er aufgeregt mitten in den Redefluss des Alten ein. »Sag doch schon, wie lautete sie, die falsche Frage?«

Eremias blickte verwundert auf.

Nach so vielen Jahren der Einsamkeit war er es nicht mehr gewohnt, in seinen Gedanken unterbrochen zu werden.

»Wie schon? Ach, ach, wie nur?«, antwortete er und seine Gesichtszüge verdunkelten sich noch einmal mehr. »Es war ein junges Mädchen, oje, sie hieß, sie hieß, wie hieß sie noch gleich? O weh, ich habe es vergessen, vergessen habe ich es über all die Jahre hinweg, hinfort, fort, vorbei. Doch sie war schön, so schön wie, oje, ich weiß nicht wie. Zu schön war sie. Zu schön. Doch für niemanden in Knoho ist Schönheit von Belang. Belanglos, verlanglos, du verstehst, höre, denn Schönheit ist nicht Wissheit, sondern Weisheit. Und Weisheit ist verboten, verbotenes Wissen, ach. Denn nur Wissheit ist jener Teil des Wissens, jene einzig erlaubte Form des Wissens, die, o weh, erlaubt zu haben ist, weil sie stark, weil sie niemals, ja ja, unglücklich macht.«

Wieder unterbrach Filip die Redeflut des Einsiedlers:

»Also habe auch ich die falsche Frage gewählt. Also habe auch ich eine Frage gewählt, die, wie du es nennst, Weisheit verspricht.«

Eremias schien mit dem ganzen Körper zu nicken:

»So sei es, so war es, ja, ja. Denn derjenige, dem nach der Weisheit dürstet, höre, der verlässt den Weg der Wissheit, der, oje, wird durch den Untergang aus der Stadt verstoßen. Wie ich, owehmine, und du.«

»Und wie viele andere nach dir und vor mir?«, erkundigte sich Filip.

»Nichts nach mir, leider, keiner vor dir. Ach ja, alleine und verlassen ist mein Dasein hier. Niemand sonst, ja ja, sich an der Weisheit versuchte, besuchte mich in all den Jahren ...«

Schon wollte Eremias weiterreden, da stellte Filip bereits die nächste Frage:

»Und was machst du hier die ganze Zeit?«

Da richtete sich Eremias stolz auf und sprach:

»Ich? Nun denn höre, was nie zuvor ein anderer

gehört hat: Ich bin der Wächter der Welt. Ein, oja, vertrauensvoller Posten, ein in höchster Weise vertrauensvollendeter Posten sogar.«

»Und was bewachst du als Wächter der Welt?«

Eremias schlug sich auf die Brust:

»Oho. Was ich bewache. Nun denn: Ich bewache, oho, das Tor zur Großen Verdrängnis, hörst du, das Tor zur Großen Verdrängnis, das niemand darf durchschreiten, weil niemand, ja ja, den Weg zurück kennt, nie jemand das Reich der Großen Verdrängnis kennen lernte, sich entfernte aus den diesseitigen Gefilden, oja.«

Filip war hellwach:

»Aber was ist das, von dem du da sprichst? Ich habe nie davon gehört und nie etwas davon gesehen!«

»Oho. Ohohoho! Das ist auch nicht verwunderlich, verwundersam ist es nicht. Niemand betrat je dieses Reich, das reich an Unbekanntem, Unerkanntem ist. Höre, niemand trat je durch jenes Tor. Nie jemand! Hörst du? Dafür werde ich schon sorgen, mich besorgen, mein Leben lang.«

Filip ließ enttäuscht die Schultern hängen. Zu gerne hätte er mehr erfahren und vor allem mehr gesehen. Mutlos fragte er:

»Und du kannst mir das Tor nicht etwa zeigen?«

Eremias blickte ihn erstaunt an:

»Wo denkst du hin, oho! Wenn einer dir das Tor zeigen kann, dann, alle Achtung, bin ich's. So war ich, höre nur, Eremias der Einsiedler, Einödenbesiedler bin!«

Filip sprang aus dem Bett auf.

»Worauf warten wir dann noch?«

Eremias wich verwundert einen Schritt zurück.

»Nanu, bist du wieder genesen, als ob du nie erst krank gewesen? Eben noch ein hilflos Bündel, Mündel, jetzt schon, oho, voll von Neugierde, Neubegierde, Neubegehrlichkeiten?«

»Ich muss es sehen!«, stöhnte Filip.

»Nun denn, so sei es«, versprach der Einsiedler. »Wenn du unbedingt willst, o ja, will ich dir nicht im Weg stehen. Im Gegenteil, Weg zeigend, Weg weisend will ich sein. Komm nur, komm, komm, ja, ja, kommt Zeit, kommt Rat, komm nur, komm …«

Während er unaufhörlich so weiter vor sich hin brabbelte, ging er zur Tür seiner ärmlichen Behausung und stiefelte, ohne sich nur einmal nach Filip umzudrehen, nach draußen.

Als Filip vor die Hütte des Einsiedlers trat, merkte er erst, wie weit er sich von der gläsernen Stadt entfernt hatte. Die vielen Glasgebäude, in deren Straßen er sich vor kurzem noch verlaufen hatte, verschmolzen zu einem funkelnden, schimmernden Klumpen, dessen Schein hier in der Einöde nur noch so viel ausrichtete, dass man gerade einmal die Hand vor Augen sehen konnte.

Eremias aber, so als würde er sich im hellsten Sonnenschein bewegen, watschelte, sich des Weges sicher, voran. Und Filip musste sich anstrengen, ihm zu folgen. Denn wenn er in der Dunkelheit den Anschluss an den Einsiedler verlor, dann war er verloren.

Je weiter Eremias die Hütte hinter sich ließ, umso weiter entfernte er sich auch von Knoho. Immer dunkler wurde es, bis sie schließlich an einen Ort kamen, wo man gar nichts mehr erkennen konnte.

Eremias blieb stehen.

So, als wäre er sich absolut sicher, dass Filip neben ihm stünde, sagte er fast feierlich:

»So, oho, hier sind wir nun. Hier vor dem Tor, ganz dicht davor, zur Großen Verdrängnis.«

Filip aber konnte nichts erkennen.

Verzweifelt schaute er in das schwarze Nichts hinein, das sich vor ihnen ausbreitete. Und während sich hinter ihnen die Dunkelheit befand – vor ihnen lag die Finsternis, die absolute Finsternis, in der man nichts mehr, aber auch rein gar nichts mehr erkennen konnte.

»Aber ich sehe nichts. Wie soll man hier bloß was erkennen?«, fragte er verunsichert. Er fühlte sich plötzlich so hilflos, so wehrlos hier allein, dass er unsicher nach der Hand des Einsiedlers suchte.

Eremias nahm die Hand des Jungen und versuchte ihn zu beruhigen:

»O ja, mir ist es nicht anders ergangen. Vor langer Zeit, langen Zeiten, bangen Zeiten. Wer das erste Mal vor der Großen Verdrängnis steht, fühlt wie klein, wie unwichtig, nichtig er ist.«

»Ja«, gab Filip zu. »Genau so fühle ich mich.«

»Das, ja, ja, ist normal für den, der im Angesicht des Tores zur Großen Verdrängnis steht.«

»Aber«, fragte Filip verwirrt, »wo ist hier nur ein Tor? Ich sehe ja gar nichts. Ein Tor müsste man doch erkennen?«

Der Einsiedler lächelte bitter in die Finsternis hinein. Dann erklärte er:

»Mein Sohn, nicht alles muss man sehen, um es zu erkennen. Wenn du, höre, wenn du hier draußen leben müsstest, jahrein, jahrzwei, jahrdrei, jahraus, dann hättest du auch mehrere Fühler, die du ausstrecken könntest. Komm nur, komm! Strecke deine Fühler aus. Nimm deine Hand und taste dich voran.«

Und Filip streckte unsicher seine Hand in die Finsternis hinaus.

Schon stieß er an etwas Glattes, Kaltes, wie an eine Wand aus Eis.

Schnell riss er die Hand zurück.

»Ja, ja«, gab ihm Eremias zu verstehen, »das Eis der Finsternis ist kalt und hart, härter noch als die Steine, aus denen die Stadtmauer von Knoho gebaut ist. Aber versuche es nur noch einmal, gleite mit der Hand über die Mauer aus Eis und du wirst spüren, sehen, verstehen, hörst du?«

Wieder streckte Filip den Arm aus und berührte mit der Hand die klirrend kalte Eismauer. Dann führte ihn der Einsiedler an der Mauer entlang. Sie mussten nur wenige Schritte gehen, nur eine kurze Strecke glitt Filips Hand über das Eis, dann waren sie am Ziel.

Die Mauer war zu Ende.

Seine Hand stieß ins Leere.

Filip stolperte. Sein Arm fuhr durch das Tor hindurch. Als wäre seine Hand aus Eisen und würde in ein riesiges Magnetfeld geraten, wurde sie angezogen, hineingezogen ins Nichts, hinein in die Große Verdrängnis, die nie ein Mensch betreten durfte.

Schon riss der Sog Filips Körper mit, die Schulter, den Hals und den halben Kopf.

Für den Bruchteil einer Sekunde sah Filip mit einem Auge ins Nichts, mit dem anderen blieb er in der alten Welt. Als würde sein Kopf geteilt, war es auf dem einen Auge dunkel, das andere erblickte dafür ein warmes, diffuses Licht, von dem er nicht sagen konnte, ob es hell oder dunkel war, weil es ihm beides zugleich erschien.

All das war wie ein Blitz, ein Geistesblitz, geschehen. Und der tat so weh, als würden seine linke und rechte Gehirnhälfte gewaltsam auseinander gerissen.

Filip schrie laut auf.

Der Ohnmacht nahe schloss er die Augen und spürte nur noch, wie er taumelte, wie er sich wankend vor dem Abgund bewegte, der sich vor ihm auftat und darauf wartete, ihn zu empfangen.

Da umklammerte ihn etwas an seinem anderen Arm. Mit eisernem Griff hielt ihn Eremias fest und zog ihn zurück.

Filip zitterte am ganzen Körper, atemlos keuchte er:

»Danke. Du hast mich gerettet. Ohne dich …«

Eremias ließ ihn nicht weiterreden:

»Oho!«, rief er. »Ich wär ein schlechter Wächter der Welt, wenn ich dich bei der ersten besten Gelegenheit, Verlegenheit nicht abhalten könnte, in dein Unglück zu rennen.«

Dann deutete er mit der Hand voraus. Und Filip konnte sie erkennen!

Denn das Erstaunliche, Überwältigende war, dass Filip auf einmal Eremias' Hand, Arm und ganzen Körper sehen konnte. Mitten in der Finsternis war ein Licht angegangen, wie aus dem Nichts entstanden, und sogleich entdeckte Filip auch, woher es kam.

Dort wo eben noch seine Hand ins Nichts gestoßen war, sah er die scharfen Umrisse eines Tores, das sich in der Mauer aus Eis befand. Und über dem Einlass erkannte er auch die Ursache dieser plötzlichen Helligkeit. In funkelnder Spektralfarbenschrift las er die

Worte, die über dem Tor zur Großen Verdrängnis geschrieben standen:

WEISHEIT MACHT SCHWACH!

»Wissheit macht stark«, murmelte Filip zu sich selbst, dann sprach er die Worte, die er eben gelesen hatte, nach: »Weisheit macht schwach!«

Und noch während er sie sprach, erlosch die Spektralfarbenschrift wieder und sie standen in derselben Finsternis wie wenige Sekunden zuvor.

»Weißt du nun«, sprach Eremias in die eisige Stille hinein, »weißt du nun, weshalb niemand, niemals jemand durch dieses Tor treten darf? Ahnst du nun, oh, erahnst du nur, dass dieses Loch der Finsternis der Quell aller Schwäche ist, weil er Leiden schafft, Leidenschaft, hörst du?«

»Ja!«, stöhnte Filip heiser.

»Dann komm!«, befahl Eremias und zog Filip, dessen Hand er immer noch fest umklammert hielt, weg von diesem Ort, zurück in die Dunkelheit, wo man wenigstens noch etwas, und wenn es auch nur die Hand vor Augen war, erkennen konnte.

Das Buch der Wissheit

Wenig später waren sie wieder in die Hütte des Einsiedlers zurückgekehrt. Gemeinsam saßen sie vor dem schummrigen Schein der Petroleumlampe. Und obwohl Filip wahrlich genug Anlass zum Fragen gehabt hätte, obwohl Eremias gerne jede Gelegenheit wahrgenommen hätte, mehr aus seinem Leben zu berichten, stand ein Schweigen zwischen ihnen, das keiner zu durchbrechen wagte.

Filip war ratlos. Was sollte er tun? Man hatte ihn aus der gläsernen Stadt verstoßen. Und er hatte keinen Grund, zu denken, dass es eine Möglichkeit der Rückkehr für ihn gab. Nach Eremias war er der zweite Mensch, dem es so ergangen war. Und wenn er den alten Einsiedler so betrachtete, gab es für ihn keinen Zweifel, dass er dieses einsame Leben hier draußen nicht führen wollte. Er erschrak bei der Vorstellung, dass er lieber durch das Tor zur Großen Verdrängnis schreiten würde, als sein Leben hier draußen in der Einöde zu verbringen.

Eremias sah den Jungen mit klugem Blick an.

Schließlich seufzte er tief:

»Oje. Owehmine! Ich ahne, was du mir nicht sagen willst. O weh!«

»Was?«, fragte Filip, der viel zu sehr in den eigenen Gedanken versunken war, um genau gehört zu haben, was Eremias gesprochen hatte.

»Ja, ja. Du siehst mir nicht so aus, als wolltest du hier an meiner Seite bleiben, um dereinst meine Nachfolge anzutreten und Wächter der Welt zu werden.«

»Ich?«, erschrak Filip. »Nie im Leben!«

»Oje. Dann werde ich also immer Einsiedler, nie Zweisiedler sein. Immer einsam, alleinsam bleiben.« Mit einem erschütternden Schluchzen, das aus ganz tiefer Brust zu kommen schien, unterbrach sich Eremias. Dann fuhr er gefasst fort: »Aber deine Ehrlichkeit, Ehrhaftigkeit ehrt dich. Nur, sage, sprich, was willst du dann tun?«

Wieder entstand ein langes Schweigen zwischen ihnen.

Filip dachte nach und der Alte beobachtete ihn dabei.

Während er den Jungen studierte, erkannte er, was in Filip vorging. Als könnte Eremias die Gedanken des Jungen lesen, stieß er, kurz bevor Filip den Mund zum Reden öffnen wollte, laut hervor:

»Nein! Oh, wehe dir! Tu's nicht! Wage nicht, niemals einmal, ein einzig Mal, hörst du, auch nur daran zu denken!«

Filip schauderte.

Als würde er einer dunklen magischen Macht vertrauen, zweifelte er nicht einen Augenblick daran, dass Eremias genau das erkannt hatte, was er soeben hatte aussprechen wollen:

»Es bleibt aber keine andere Möglichkeit«, sagte Filip ganz leise und entschuldigend, »wenn ich nicht hier bleiben will, dann habe ich doch nur die eine Möglichkeit. Ich muss einfach durch das Tor zur Großen Verdrängnis gehen.«

»Owehedir und owehemir!«, klagte der Alte. »Ich habe es gelesen. In deinen Gedanken habe ich es gelesen. Du darfst nicht gehen. Nie! Und wenn ich dich, und das werde ich, mit allen Mitteln halten, abhalten, dir Halt gebieten muss!«

Filip erschrak.

Seine Muskeln spannten sich. Er ballte die Fäuste und machte sich zum Kampf bereit. Im selben Moment aber erschrak er über sich selbst. Er konnte doch den alten Mann, der ihm vor Stunden noch das Leben gerettet hatte, nicht einfach so angreifen.

»Bitte nein!«, rief er entsetzt. »Lass es nicht dazu kommen. Ich möchte nicht, dass einer von uns …«

Da befahl ihm Eremias mit einer gebieterischen Geste zu schweigen.

»Narr, o Narrenkind, wo denkst du hin. Warte!«

Dann watschelte er mit schnellen Schritten in eine hintere Kammer seiner Behausung. Und obwohl dies die beste Gelegenheit für Filip gewesen wäre, zu entfliehen, blieb er ruhig auf seinem Platz sitzen und wartete ergeben, was Eremias mit ihm vorhatte. Nach einer nicht enden wollenden Zeit kam er wieder.

Er trug ein schmutziges Etwas in den Händen, über das er in einem fort hinwegpustete, sodass er von einer dichten Staubwolke umgeben war.

»Hat etwas länger gedauert, ja, ja«, keuchte er, »aber ist lange her, herjemine, so lange, lang ist's her, dass ich es in den Händen gehalten habe.«

»Was ist das?«, fragte Filip neugierig.

»Das, oha, haha, das hier ist dein Weg zurück, rückzück, hinein, rein in die gläserne Welt, zurück Stück für Stück nach Knoho.«

Filip sah den Einsiedler fassungslos an.

»… aber ich dachte, es gibt keinen Weg zurück. Für dich hat es doch auch keinen gegeben.«

Der Alte schlug sich empört auf die Brust.

»Papperlapapp!«, erwiderte er vorwurfsvoll, »Ich, oho, ich bin der Wächter der Welt. Für mich gibt es kein Zurück, weil ich es so will. Weil es ein Zurück für mich, hörst du, für mich nicht gibt.«

Dann zeigte er auf das inzwischen entstaubte Etwas und sagte:

»Ich brauche dieses Buch nicht. Aber du wirst es brauchen! Da, nimm es und mach dich auf den Weg!«

Filip nahm zögernd das Buch aus den Händen des Einsiedlers.

Vorsichtig schlug er es auf. Erstaunt stellte er fest, dass es nur zwei Seiten hatte.

»Was ist das?«, fragte er misstrauisch. »Soll ich damit etwa zurück nach Knoho kommen?«

Eremias sah ihn verärgert an.

»Hat man so was schon gehört, unerhört, unerhörlich ist das!«, klagte er. »Hält das Buch der Wissheit, der gesammelten, ja, ja, sogar gesamten Wissheit, der Ge-Wissheit in den Händen und merkt es nicht. Höre: Dies ist alles, was es gibt, was ich dir geben kann. Kehr nun zurück, kehr ein durch den Untergang in die Stadt. Finde dann das Tor zum Labyrinth der Fragen und du wirst sehen, verstehen, was kein andrer sehen kann. Denn nur für dich ist dieses Buch sichtbar, unverzichtbar, weil es unsichtbar für alle anderen ist.«

Mit diesen Worten nahm er Filip bei der Hand und riss ihn mit sich zur Tür. Erst jetzt bemerkte Filip, welche Kraft der Alte hatte. Es blieb ihm nichts anderes übrig als zu folgen.

Eremias öffnete die Tür und zerrte Filip nach draußen.

Meter für Meter stapfte er mit dem Jungen durch die Dunkelheit. Kein Wort sprach er während ihres gemeinsamen Wegs, auch wenn er wusste, dass er es wohl kaum noch einmal erleben würde, dass überhaupt irgendjemand zu ihm sprach, nachdem ihn Filip verlassen haben würde.

Minute für Minute gingen sie durch das Dunkel der immer währenden Nacht, näher und näher kam der Lichtkegel der Stadt.

Endlich hatten sie das riesige Abflussrohr des Untergangs erreicht.

Der Einsiedler deutete mit dem Arm auf die Stadt, wo zwar die Straßen hell erleuchtet waren, aber ein Licht fehlte.

»Siehe!«, sagte er. »Sieh nur. Noch erstrahlt der Tempel der GeWissheit nicht wieder in heller Grelligkeit, noch nicht! Denn jeder hat einen Tag Zeit, den Weg der Wissheit zu finden, zu winden, zu schinden sich durch das Labyrinth der Fragen und Klagen! Und solange bist du noch nicht hier bei mir. Noch also ist Zeit. Streng dich also an. Beeile dich, verweile nicht. Denn wer verweilt, den alsbald die Flut ereilt.«

Damit gab er Filip einen Stoß und ließ ihn los.

Der Junge stolperte in den Matsch des nur langsam versickernden Abwassers der Stadt.

Fast wäre er gestrauchelt, doch das Buch der Wissheit fest umklammernd, konnte er gerade noch sein Gleichgewicht wiederfinden.

Als er endlich wieder auf sicheren Beinen stand und sich noch einmal umdrehte, war der Einsiedler längst verschwunden.

Vorsichtig steckte Filip den Kopf in das überdimensionale Abflussrohr hinein, das grell erleuchtet wie ein Feuerschlund vor ihm aus dem Erdboden brach und durch das er vor weniger als einem Tag nach draußen gespült worden war.

Hier also hörte der Untergang auf oder hier fing er an, wenn man es von seiner Seite betrachten wollte. Filip wusste nicht, wie weit der Weg im Rohrinneren war, bis er die Tür zum Labyrinth der Fragen erreichen würde. Er wusste nicht, wann die nächste Abwasserflut auf ihn wartete, ja, er wusste nicht einmal, ob die Tür zum Weg der Wissheit ihm noch offen stand.

All diese Fragen schob er jedoch beiseite und kletterte zu allem entschlossen in den geöffneten Schlund des Rohres hinein.

Sogleich hatte die Grelligkeit ihn wieder. Schützend hatte er die Hand vor die Augen gehoben. Geblendet tastete er sich voran.

Und während er noch nicht richtig sehen konnte, hörte er umso besser: Seine Schritte hallten laut im Rohr wider. Sie schienen das Rohr hinaufzulaufen und wie ein Echo zurückzukommen.

»Buh!«, rief Filip in den unterirdischen Kanal hinein.

Dann zählte er in Gedanken mit: »Einundzwanzig, zweiundzwanzig ...« Bis einunddreißig kam er. Dann hatte ihn das Echo seiner Stimme wieder erreicht und ein blechernes »Buh!« kam zurück.

Langsam hatte sich Filip an die Grelligkeit gewöhnt. Das Buch der Wissheit fest umklammert, ging er mit schnellen Schritten weiter.

Während er voraneilte, suchten seine Augen verzweifelt nach der einen Tür im Untergang, durch die er zurück in das Labyrinth der Fragen gelangen sollte. Er wusste nicht, wo sie war und wie weit er noch gehen musste. Er spürte nur, wie sich sein Hals vor Angst zuzuschnüren begann und ihm den Atem nahm. Denn noch einmal, das spürte er, würde er den Wassermassen nicht lebend entrinnen, wenn sie ihn erfassen und fortreißen würden.

Ab und zu blieb er trotz aller Eile stehen, schnaufte tief durch und rief ein lautes »Buh!« in das Rohr hinein. Dann zählte er mit: »Einundzwanzig, zweiundzwanzig ...« Und jedes Mal wurde die Zahl, zu der er gelangte, kleiner. Erst neunundzwanzig, dann achtundzwanzig und jetzt nur noch sechsundzwanzig.

Hastig schritt er weiter. Fast lief er schon, eilte, stolperte voran. Gleichzeitig versuchte er nachzudenken, weshalb das Echo nach so kurzer Strecke immer näher kam. Er selbst konnte sich nicht so schnell wie der Schall fortbewegen. Also musste es einen anderen Grund geben: Wenn er nicht näher kam, dann musste etwas anderes näher kommen.

In genau dem Moment, als er überlegte, was es wohl sein könnte, hörte er ein verhaltenes Grollen, dessen Schallwelle sich vor ihm ausbreitete und immer näher zu kommen schien.

»Die Welle!«, schrie er panisch vor Angst.

Und schon kam der Schrei zurück.

»Die Welleelleellelllle!«

Das Echo aber vermischte sich mit dem immer lauter werdenden Getöse der Fluten, die ihn abermals zu verschlucken und auszuspucken in der Schattenwelt drohten, wo diesmal kein Eremias mehr warten würde um ihn aufzulesen.

Was sollte er bloß tun?

Ein Zurück gab es nicht mehr.

Also voran!

So schnell ihn die Beine trugen, rannte er vorwärts. Wenn er nicht in den nächsten Sekunden die Tür wieder fand, war alles umsonst.

»Buh!«, rief er, während er rannte, sprintete, um sein Leben rief.

Einundzwanzig, zweiundzwanzig, drei...

Das Echo kam nicht mehr zurück. Es wurde verschluckt von dem Getöse der Wassermassen, die gleich auch Filip erreichen mussten.

Er rannte weiter.

Das Getöse wurde ohrenbetäubend.

Schon sah er die Spritzer der Gischt um die Ecke schießen, schon war er vor Panik nicht mehr in der Lage, nur irgendetwas in der Wand des Rohres und schon gar nicht eine Tür zu erkennen, da geschah das Unglaubliche!

Das Buch der Wissheit in seiner Hand sprang auf und die Seiten, die zwei einzigen Seiten, die es hatte, leuchteten hell.

Der Schein, der von diesen Seiten ausging, fiel auf eine Tür, die plötzlich klar und deutlich in der Rohrwand zu sehen war.

»Die Tür!«, hätte Filip laut schreien wollen, doch dazu blieb keine Zeit.

Ohne nachzudenken ergriff er die Klinke, drückte sie nieder, öffnete die Tür und schlug sie gerade in dem Moment hinter sich zu, als die Wassermassen im Rohr vorbeirollten.

Das Getöse war verklungen. Als wäre es abgeschnitten, bekam er vom Donnern der Fluten nichts mehr mit.

Denn hier drinnen in der Wabe, war Grabesstille. Kein noch so lautes Geräusch von draußen drang hier ein.

Das Einzige, was Filip laut und deutlich hörte, war sein Keuchen.

Erschöpft ließ er sich zu Boden fallen und kauerte dort, bis er sich wieder ein wenig erholt hatte.

Doch mit dem Atem, den er schöpfte, schien auch die Erinnerung in ihn zu dringen. Er besann sich, dass ihm nur noch wenig Zeit blieb, dass sein Scheitern nur aufgeschoben und längst nicht aufgehoben war.

Denn wie viel Zeit er noch hatte, um den Weg der Wissheit zu finden, wusste er nicht. Und er erinnerte sich noch zu gut, wie lange er bei seinem ersten Irrgang durch das Labyrinth hatte überlegen müssen, um immer die richtige Frage zu erkennen.

Dabei wusste er nicht einmal, wie weit er den Weg bis zum Ziel vorangeschritten war, bis er an der falschen Frage gescheitert war.

Also machte er sich auf die Suche nach den zwei Türen in der Wabe. Wieder sah er die zwei Fragen in Spektralfarbenschrift über den Öffnungen flimmern.

Wieder wollte er überlegen, welche die richtige sei. Schon überkam ihn erneut diese Angst, die falsche Entscheidung zu treffen, da öffnete sich abermals das Buch der Wissheit und ein greller Schein fiel auf eine der Fragen über den Türen.

Filip überlegte nicht lange.

Das Buch hatte ihm einmal geholfen, warum sollte es ihn jetzt belügen?

Mutig schritt er durch die Tür hindurch, die ihm das Buch bedeutet hatte.

Und das Buch sollte Recht behalten.

Filip landete in einer weiteren Wabe, in der ihm das Buch abermals den Weg wies.

Von Wabe zu Wabe schritt er nun. Ohne auch nur ein einziges Mal mehr nachzudenken, folgte er stets dem Rat des Buches der Wissheit.

Durch wie viele Waben er endlich gegangen war, er wusste es nicht. Er las die Fragen nicht mehr, folgte nur dem Schein des Buches. Rasend schnell passierte er Zelle um Zelle.

Schließlich trat er von einer Wabe nicht in die nächste, sondern hinaus in die Grelligkeit.

Geblendet sah er sich um, und als sich seine Augen an das Licht gewöhnt hatten, merkte er, dass er sich vor dem Eingang zur Pyramide befand, die genau wie in jenem Augenblick, als er sie verlassen hatte, wieder in hellem Licht erstrahlte.

Er hatte den Weg der Wissheit gefunden! Das Labyrinth der Fragen lag hinter ihm.

Und als hätte sich all das, was er in den letzten Stunden erlebt hatte, nicht ereignet, als würde es keinen Eremias, keine Weisheit und erst recht keine Große Verdrängnis geben, wurde er vor dem Portal zum Tempel der GeWissheit empfangen.

»Da bist du ja endlich!«, sagte Janus mit seiner tonlosen, hauchigen Stimme.

Filip spürte den misstrauischen Blick des Wahlvaters. Erschrocken versuchte er das Buch der Wissheit hinter dem Rücken zu verbergen. Doch Janus hatte das Buch nicht bemerkt, nicht bemerken können. Und

Filip erinnerte sich an die Worte des Einsiedlers, dass das Buch nur für ihn allein sichtbar sei.

Der Wahlvater hatte fortgefahren zu sprechen:

»Wir haben nicht mehr mit dir gerechnet. Deine Zeit war fast schon abgelaufen.«

Filip zuckte nur die Schultern.

»Wie lange war ich denn fort?«, erwiderte er so unbefangen wie möglich. »Es gab so viel zu lernen da drinnen, dass ich ganz die Zeit vergessen habe.«

Aber das Misstrauen des Wahlvaters blieb, ließ sich nicht so einfach zerstreuen.

»Mir scheint«, hauchte er, »du hast darin mehr gelernt, als uns lieb sein dürfte!«

»Das kann doch nicht von Schaden sein!«, erwiderte Filip. »Wissheit macht stark, je mehr umso stärker.«

»So, so«, sagte Janus. Dann fügte er widerwillig hinzu: »Ab sofort jedenfalls bist du einer von uns. Ein Knohone, ein Knollege wie alle hier.«

Filip hatte alle Mühe, seine Freude zu unterdrücken. Denn eines hatte er gelernt: Als Knohone musste er Gefühle unterdrücken, denn Gefühle lagen außerhalb jeglicher Wissheit, sie zeugten von Unwissheit. Und die durfte er sich nicht anmerken lassen.

Janus jedoch sprach nur noch das eine Wort:

»Komm!«

Und damit hatte ein neues Leben für Filip begonnen.

Floris 12/37

Es sollte eine ganze Zeit dauern, bis Filip das erste Mal am Unterricht im Knolleg teilnehmen durfte. Zuerst wies ihm Janus ein Zimmer in der gläsernen Stadt zu, in dem Filip in Zukunft wohnen sollte. Der Raum lag in jenem Stadtviertel, in dem er Maia getroffen hatte. Oft ertappte er sich dabei, wie er zu hoffen begann, dass er sie so vielleicht einmal wieder sehen würde. Und auch wenn er wusste, dass solche Gedanken in Knoho verboten waren, konnte er der Versuchung nicht widerstehen, an Maia zu denken, sich zu wünschen, sie wieder zu treffen.

Nachdem sich Filip in seinem neuen Zuhause eingewohnt und eingewöhnt hatte, nachdem er gelernt hatte, trotz nie verhüllbarer Fenster Schlaf zu finden, nachdem ihm klar geworden war, dass Durchsichtigkeit, wenn sie allgegenwärtig ist, die Neugier der Menschen nicht wachsen lässt, sondern eher vernichtet, lebte er still und zufrieden unter den Knohonen dahin, von denen er nun selbst einer war.

Bisweilen, da er ja sonst nicht viel zu tun hatte, wanderte er durch die gläsernen Straßen. Ab und zu stieß er auf einen Trupp der Stadtdiener, dann blieb er stehen und beobachtete die Gesellen bei der Arbeit. Fast ein wenig mitleidig verfolgte er die monotonen Bewegungen der stummen Kolosse, sah in ihre ausdruckslosen Gesichter und war froh, dass er diese Zeit hinter sich gelassen hatte.

Gleichzeitig aber wuchs auch seine Ungeduld, wann er endlich zum ersten Mal das Knolleg betreten durfte und kein Aufpasser ihn mit einem unwirschen »Gib's auf!« empfing und ihm den Eintritt verwehrte.

Doch der Tag stand näher bevor, als er wissen konnte.

Eines Morgens klopfte Janus an die gläserne Tür seines Zimmers. Als ihm Filip geöffnet hatte, sprach sein einstiger Wahlvater mit der ihm so eigenen hauchigen Stimme:

»Es ist so weit. Heute wirst du deine Identifikation bekommen. Ab heute bist du nach knohonischem Recht einer von uns.«

Bevor Filip erstaunt aussprechen konnte, was ihm durch den Kopf schoss, nämlich dass er doch schon eine Identifikation habe und weshalb er nicht weiter Filip heißen könne – noch bevor er dies alles zu bedenken geben konnte, proklamierte Janus mit so feierlichem Ton, wie es seine dünne Stimme zuließ:

»Hiermit ernenne ich dich, Filip Filander, zu Floris 12/37. Filip Filander ist tot. Es lebe Floris, geboren im Monat Floreal, auch genannt Mai, am zwölften Tage des Jahres siebenunddreißig.«

Mit diesen Worten gab er Filip, der fortan Floris heißen sollte, feierlich die Hand und fügte hinzu:

»Fortan kannst du das Knolleg besuchen, wann und wie oft du willst. Und wir haben keinen Zweifel, dass es oft sein wird. Wie es dir und uns gefällt!«

Nie wieder sollte Filip seinen einstigen Wahlvater derart hymnenhaft sprechen hören. Ohne ein weiteres Wort zu sagen und ohne eine Antwort Filips abzuwarten, machte Janus auf der Stelle kehrt und ließ den neu ernannten Knollegen namens Floris mit seinen Gedanken allein.

Filip atmete tief durch und versuchte die neue Lage zu begreifen. Von jetzt an also konnte er ungehindert das Knolleg betreten. Von jetzt an würde er lernen, was die anderen längst schon wussten, würde aufholen können, bis auch er in den Besitz der Wissheit gelangt war wie all die anderen vor ihm.

Und Floris war das Wort, das ihm Tür und Tor öffnen sollte. Denn als Filip Filander, das hatte er schließlich erfahren müssen, wurde ihm im Knolleg kein Einlass gewährt.

Die Zeit der verschlossenen Türen in Knoho war für ihn endgültig vorbei.

Zum ersten Mal war Filip in der Schlange vor dem Eingang zum Knolleg gestanden ohne ein schlechtes Gewissen zu haben, sondern hatte die Sicherheit gespürt, dass er nur seinen neuen Namen nennen musste, um eingelassen zu werden.

»Floris 12/37.«

Ein Aufpasser hatte kaum spürbar genickt.

Und Filip hatte den Schritt in ein neues Leben als Knollege vollzogen.

All das lag schon wieder Wochen zurück.

Die Spannung des ersten Augenblicks war gewichen.

Seit Wochen besuchte Filip wie selbstverständlich den Unterricht in den durchsichtigen Waben, von denen sich eine an die andere reihte, er starrte mit anderen Knollegen auf die Flimmertafeln, die an den Wänden hingen, hörte aufmerksam zu, wenn aus den Tafeln mit blechernem Klang eine belehrende Stimme ertönte:

»Der Koeffizient lautet zwölf. Wer hat zwölf als Lösung?«

Immer öfter schnellte Filips Hand bei solchen Fragen nach oben. Denn er war ein fleißiger Schüler, der des Abends sein Pensum mehrmals wiederholte, um sich alles ganz genau einzuprägen.

Dafür wurde sein Leben Tag für Tag, den er mehr im Knolleg verbracht hatte, auch eintöniger und einsamer.

Die Zeit der Abenteuer, als er durch das Labyrinth der Fragen geschritten war, lag weit zurück. Das Buch der Wissheit – fast hatte er es schon vergessen – lag seit Wochen unberührt unter seinem Bett. Maia, die er vor gar nicht allzu langer Zeit noch so gerne einmal wieder gesehen hätte, schwebte für ihn in höheren Sphären, in Regionen der Wissheit, die er lange noch nicht erreichen würde. Denn Maia, obwohl sie nur ein Jahr älter war als er, hatte nun einmal von Kindesbeinen an das Knolleg besucht. Und wer vermochte einzuschätzen, wie lange Filip tagtäglich die doppelte Zeit im Knolleg verbringen, wie lange er sich durch niedere Knolleg-Klassen kämpfen musste, um sie jemals einzuholen.

Denn eines schien ihm klar: Solange er mit ihrer Wissheit nicht mithalten konnte, brauchte er ihr gar nicht erneut zu begegnen. Sie würde ihn stehen lassen, wie sie es schon einmal getan hatte.

So vermied er es immer öfter, ohne es sich einzugestehen, dass sich seine mit ihren Wegen kreuzten. Er wählte Umwege und ging nur noch selten durch jene Straßen, durch die er – wie lange war es schon her? – einst mit ihr gegangen war.

Deshalb war er erstaunt und erschrocken, nicht aber wirklich erfreut, als er eines Morgens auf dem Weg zum Knolleg eine zarte Stimme hinter sich sprechen hörte:

»Filip Filander. Warte!«

Ohne Zweifel, es war Maias Stimme.

Filip drehte sich um und versuchte so unbefangen wie möglich zu antworten:

»Entschuldigung. Da muss eine Verwechslung vorliegen. Die Identifikation lautet Floris, nicht Filip. Floris 12/37.«

Maia schaute ihn überrascht an.

»Oh«, sagte sie und wollte sich schon abwenden. »Ich dachte, wir würden uns kennen.«

»Tun wir auch«, erwiderte Filip schnell. »Nur dass die Identifikation Floris ist, nicht Filip Filander.«

»Ach so«, sagte Maia leise und sah ihm direkt in die Augen.

Wieder war Filip überwältigt von ihrer kühlen Schönheit, ihren Augen, die jetzt nachdenklich auf ihm ruhten, ihrer aufrechten, vornehmen Haltung, ihren schmalen Schultern, den Armen, den Händen, mit deren Fingern sie unruhig spielte. Und er hätte am liebsten ihre Hand genommen. Doch das durfte er nicht. Zu genau wusste er, dass ihm das verboten war.

»Gehen wir ein Stück?«, fragte er deshalb nur.

Maia nickte verlegen.

So gingen sie den Weg zum Knolleg gemeinsam.

Lange Zeit sprachen sie kein Wort.

Doch wie beim ersten Mal, als sie diesen Weg gegangen waren, so sah sie ihn auch diesmal wieder aus den Augenwinkeln an. Und wieder spürte er das Fragende in ihrem Blick. Was er jedoch nicht spürte, war, dass das Fragende nicht die Suche nach neuer

Wissheit allein war, sondern echtes Mitgefühl, echtes Mitfühlen an Filips Schicksal.

Endlich, als sie auf die Sternstraße, die zum Tempel der GeWissheit führte, eingebogen waren, gab sich Maia einen Ruck und fragte:

»Und geht es dir jetzt wieder besser? Besser als damals, als dein Freund, wie hast du es genannt, gestorben war?«

Filip zuckte zusammen.

Sie hatte es sich gemerkt!

Sie hatte nicht vergessen, was er ihr erzählt hatte! Obwohl sie ihn damals gescholten hatte, obwohl das, wovon er ihr berichtet hatte, für sie außerhalb jeglicher Wissheit lag, war ihr nichts entfallen. Ja, mehr noch, es musste sie beschäftigt haben, musste wie ein zarter Spross in ihr gewachsen sein. So sehr, dass sie ihn jetzt danach fragen musste.

Aber war die Frage ehrlich gemeint? Oder war sie eine Prüfung, wie auch der Weg durch das Labyrinth der Fragen eine Prüfung gewesen war? Misstrauisch antwortete Filip:

»Oh, das. Du hattest Recht. Ich war damals etwas verwirrt. Aber jetzt geht es mir wieder besser.«

»Aber dein Freund ...«, versuchte sie einzuwenden.

Doch Filip unterbrach sie:

»Es gibt keinen Freund, gab ihn nie und wird ihn niemals geben. Ich sagte doch, ich war etwas verwirrt. Mehr nicht.«

»Ach so«, erwiderte sie mit einer leichten Spur von Enttäuschung in der Stimme. Und im selben Moment tat es Filip Leid, dass er sie so belügen musste, dass er ihr nicht trauen durfte, wenn er nicht alles verlieren wollte, was er sich aufgebaut hatte. Und dabei wollte er es so sehr: einen Menschen in dieser Welt der Wissheit finden, dem er vertrauen konnte und der ihm vertraute. Doch hatte er nicht schon einmal auf die falsche Stimme gehört, war er nicht im Labyrinth der Fragen der Stimme des Herzens gefolgt? Nicht noch einmal, sagte er sich, werde ich schwach werden, nicht noch einmal werde ich den Weg der Wissheit verlassen. So schritten sie nur schweigend nebeneinander her. Und Filip merkte, wie die Distanz zwischen ihnen wuchs. Sogleich fühlte er aber auch, wie es ihm wehtat, schmerzte, dass sie sich von ihm entfernte. Und er fühlte sich ohnmächtig, ihr näher zu kommen nur mit den Mitteln, die ihm hier gegeben waren, die so kalt und gefühllos waren.

Schon waren sie den Weg bis zum Knolleg gegangen, hatten das Tor passiert und standen in der Eingangshalle des Gebäudes. Hier mussten sich ihre Wege trennen, denn jeden von ihnen führte das Ziel in eine andere Wabe.

»Na, dann!«, sagte Maia und schaute Filip mit traurigen Augen an.

Für nur eine Sekunde noch kreuzten sich ihre Blicke, doch diese Sekunde genügte Filip, um diese leichte Spur von Traurigkeit zu bemerken, die nicht sein durfte, nicht sein konnte, aber doch da war.

Wie nah liegen Rührung und Verführung beieinander. Filip war gerührt – in seinen tiefsten Hoffnungen und Wünschen berührt von dem Unglaublichen, Unmöglichen, das er gesehen hatte. Und er ließ sich verführen. Er ließ sich mitreißen – hinreißen zu dem einen Satz, der sein Leben hier verändern sollte, wie die Wahl der falschen Tür im Labyrinth der Fragen sein Leben verändert hatte:

»Warte. Ich komme mit dir!«

»Das ist schön!«, erwiderte sie schnell, völlig vergessend, dass es schön nicht gab, weil es unschön nicht gab – genauso wie es Glück nicht geben durfte, da das Unglück in Knoho unmöglich war.

So gingen sie gemeinsam den Weg in jene Wabe, in der Maia Unterricht hatte. So nahmen sie nebeneinander Platz und warteten darauf, dass die Tafel an der Wand zu flimmern begann, um mal in Bild, mal in Wort immer neue Wissheit zu verkünden.

Während sie warteten, hatte Filip Gelegenheit, sich umzuschauen. Hier sah alles so aus wie in jener Wabe, die ihm zum Unterricht zugeteilt worden war: die Wände, die Tische, die Stühle. Selbst die Tafel, obwohl sie doch von einem höheren Grad der Wissheit kündete, unterschied sich nicht merklich von jenem flimmernden Etwas, das in seiner Zelle an der Wand hing.

Während also vieles Filip vertraut zu sein schien, blieb doch ein seltsames Gefühl, ein Rest von Fremdheit im Vertrauten. Und das lag nicht etwa am Inventar oder am Raum selbst, sondern an den Menschen, die ihn füllten: Hatten sie nicht Filip, den Neuling, wie einen Fremdkörper aufgenommen? Hatten sie ihn nicht mit keinem Blick gewürdigt? Und war ihre scheinbare Ablehnung nicht berechtigt, weil Filip keiner von ihnen war und es auch nicht sein konnte, da er dem Stand seiner Wissheit nach ein Niedrigstehender war, der nie hier hätte eintreten dürfen.

Schon klappte die Tafel auf, erhellte sich der flimmernde Bildschirm, huschten Zahlen über die Oberfläche, so schnell, wie Filip es noch nie gesehen hatte. Die blecherne Stimme stellte Fragen, Knollegen antworteten oder schrieben etwas nieder. Die blecherne Stimme verkündete Ergebnisse, Arme schnellten in die Höhe. Und all das geschah in einer Geschwindigkeit, dass Filip Mühe hatte, zu folgen.

Nie jedoch gab einer der Knollegen eine falsche Antwort. Immer war das Ergebnis richtig. Nie musste die blecherne Stimme tadeln oder korrigieren.

Der Unterrricht war kaum zur Hälfte um, da hatten fast schon alle Knollegen einmal geantwortet. Das, wozu in Filips Wabe eine Woche gebraucht wurde, war hier in wenigen Minuten geschehen. Irritiert und fasziniert zugleich folgte Filip dem Wechselspiel von Aufgabe und Lösung. Auch wenn er nicht das Mindeste von dem verstand, was hier besprochen wurde, hörte er die Antworten der Knollegen, war benommen von der Schärfe des Verstandes, die ihn umgab und die er, so fürchtete er, nie erreichen würde.

Alle Knollegen hier im Raum hatten einmal eine Lösung gefunden.

Fast alle.

»Wie lautet der Endwert Kn?«, fragte die künstliche Stimme und bestimmte plötzlich: »Knollege Floris.«

Filip gefror das Blut in den Adern.

Maia stieß ihn in die Seite.

Doch Filip antwortete nicht.

Wie sollte er auch eine Lösung auf eine Frage wissen, die er nicht verstand, die er in Jahren erst verstehen würde?

»Endwert Kn, Knollege Floris!«, wiederholte die Blechstimme beharrlich.

Keine Antwort.

Maias Hand schnellte nach oben:

»Ich weiß die Lösung, bitte!«

»Knollege Floris«, wiederholte die Stimme.

Alle Augen waren auf Filip gerichtet. Verständnislos war er den Blicken der anderen ausgeliefert. Niemand unter den Knollegen verstand, dass man diese Frage nicht verstehen konnte.

Ungeduldig wurde Filips Zögern und Zaudern quittiert.

»Die Lösung, bitte!«, hörte Filip einen hageren jungen Mann sagen, dessen Identifikation Schaban 13/26 lautete und der Filip zuvor durch eine besonders schlagfertige Antwort aufgefallen war. Mit jeder Sekunde, die Filip länger überlegte, schüttelte Schaban abfälliger den Kopf.

»Zeit ist Wissheit«, erklärte ein anderer, der Ventos 2/27 hieß und Filip vorwurfsvoll anschaute.

In diesem Moment klappte die Tafel zu.

Die blecherne Stimme verkündete:

»Es ist ein Fremdkörper im Raum. Die Klasse wird ihn entfernen.«

Der Unterricht war abrupt beendet!

Filip spürte die feindlichen Blicke der Knollegen, spürte den Vorwurf der anderen, die ihn dafür verantwortlich machten, dass er das jähe Ende des Unterrichts herbeigeführt hatte. Wie einen Faustschlag traf ihn die Erkenntnis, dass er der Fremdkörper war, der entfernt werden musste.

Und plötzlich war es wieder da, dieses Gefühl der Schwäche, der Schande, der eigenen Unvollkommenheit, das er so hasste und das ihm schon so viel Sorgen bereitet hatte: War es nicht sein Peiniger nach dem Tod Gundes gewesen? Hatte es ihn nicht im Labyrinth der Fragen den falschen Weg gewiesen? Wann endlich würde die Wissheit in ihm so wachsen, dass er stärker war als diese dunkle Seite in ihm?

Mit gesenktem Blick stand er von seinem Platz auf und trat die Flucht nach draußen an. Ob Maia ihm zur Seite stand, folgte, folgen wollte, nahm er nicht mehr wahr. Kaum hatte er den Ort seiner Demütigung verlassen, eilte er durch das Tor des Knollegs nach draußen.

So merkte er nicht, wie Maia ihm mit sorgenvollem Blick nachsah.

Jedes Wort, das Filip im Unterricht hatte hinnehmen müssen, war ihr ein Stich ins Herz gewesen. Zum ersten Mal im Leben ahnte sie, dass es mehr geben musste als das, wovon die Flimmertafeln in den Waben der Wissheit kündeten.

Und diese Ahnung erfüllte sie mit einer nie gekannten Wärme, die stärker war als jede Wissheit, von der die kalten Flimmertafeln kündeten.

So beschloss sie, dieses Gefühl zu wahren und zu mehren.

Es steht geschrieben

Lange brauchte Filip, bis er sich von dem Ereignis in Maias Klasse erholt hatte. Den ganzen Tag ging er unruhig in seinem Zimmer auf und ab, überlegte, wie er die Schmach wieder gutmachen könnte, was er tun müsste, um Maia wieder vor die Augen treten zu können. Und je länger er darüber nachdachte, je länger er in seinem Zimmer auf- und abgeschritten war, umso mehr kam er zu dem Ergebnis, dass er die Schande nur dann tilgen konnte, wenn er seiner Niederlage ins Gesicht sah, wenn er versuchte es besser zu machen und den anderen Knollegen bewies, dass er kein Dummkopf, kein Versager war.

Doch das war einfacher gedacht als getan. Jahre mochten vergehen, Jahre, in denen er sich doppelt und dreifach anstrengen konnte, in den Besitz all jener Wissheit zu gelangen, welche die Knollegen aus Maias Klasse jetzt schon ihr eigen nennen durften.

Dann aber, wenn er diese Stufe erreicht hätte, wären die anderen nicht stehen geblieben, sondern hätten weiter gelernt und geeifert, wären ihm wieder enteilt und in uneinholbare Ferne entrückt.

Mutlos kauerte sich Filip auf den gläsernen Boden.

Wieder und wieder dachte er über die Frage nach, an der er im Knolleg gescheitert war.

»Wie lautet der Endwert von Kn?«, sprach er die Aufgabe vor sich hin, die ihm wohl immer ein Rätsel bleiben sollte.

Schon wollte er jede Hoffnung aufgeben, da sah er unter seinem Bett das Buch der Wissheit liegen.

Seit Wochen, Monaten schon hatte er nicht mehr daran gedacht, dass es ebendieses Buch war, das ihm den Weg aus der Welt der Schatten zurück nach Knoho gewiesen hatte.

Fast andächtig nahm er es zur Hand und schlug es auf.

Er traute seinen Augen kaum, als er auf den einzigen zwei Seiten, die es hatte, in kunterbunter Spektralfarbenschrift folgende Worte las:

DER ENDWERT KN
BETRÄGT 2899

»Zweitausendachthundertneunundneunzig«, wiederholte Filip, »das wäre die Antwort gewesen!«

Wie einen schwach aufglimmenden Hoffnungsschimmer spürte er einen süßen, freudigen Schrecken.

Woher konnte das Buch die Frage wissen, an der er vorhin gescheitert war?

Noch einmal schaute er hin.

Doch schon war die Antwort verschwunden.

Dafür schien sie ihm unauslöschlich in sein Gedächtnis eingehämmert: »Der Endwert Kn beträgt zweitausendachthundertneunundneunzig«, erinnerte sich Filip ohne zu wissen, was die Lösung so recht bedeutete.

Zu gern hätte er gewusst, wie die Antwort zustande gekommen war.

Doch kaum dachte er auch nur daran, da begann das Buch erneut zu leuchten. Und in Spektralfarbenschrift waren Sätze zu lesen, die ihm genau erklärten, wie das Ergebnis errechnet worden war.

Gierig huschte Filips Blick über die Zeilen. Jede Frage, an die er nur im Entferntesten dachte, wurde beantwortet. Filip las, nein fraß die Wissheit des Buches in sich hinein.

Voll erfüllt von Wissheitsbegierde merkte er überhaupt nicht, dass, während er las, genau jene Buchstaben verschwanden, die er soeben noch gelesen hatte. Wie im Rausch sog er jede Antwort ein, die sich sogleich fast fotografisch in sein Gedächtnis einbrannte.

Schließlich, nach Stunden gierigen Ringens um die Worte der Wissheit, ließ er das Buch erschöpft fallen. Er atmete schwer, spürte sein Herz wie einen Hammer an seinen Brustkorb schlagen, so als wäre er nicht hier auf dem Boden gesessen, sondern hätte schwere Kämpfe mit einem unsichtbaren Gegner gefochten.

Ungeachtet seiner Erschöpfung sprang er auf und ballte die Fäuste:

»Ha!«, rief er nur. »Ha!«

Denn nun wusste er, wie er vor allen Knollegen einschließlich Maia selbst bestehen würde.

Am nächsten Tag erschien Filip erneut vor der Wabe, in der er gestern so versagt hatte.

Schaban, Ventos und die anderen Knollegen aus Maias Zelle empfingen ihn mit feindseligen Blicken. Doch es machte ihm nichts aus. Ruhig hielt er jedem einzelnen Augenblitz stand, der ihm gesendet wurde. Scheinbar gelassen, aber innerlich bis in die letzte Haarspitze angespannt, war er bereit, den Kampf anzunehmen.

Nur Maia sah ihn mit ihren großen Augen freundlich an. Sie war froh, dass er gekommen war. Als er ihr gegenübertrat, schien sie etwas sagen zu wollen, doch sein harter entschlossener Blick hielt sie davon ab. Unnahbar, das Buch der Wissheit fest umklammert, stand er da und seine Gedanken galten nur dem einen Ziel: dass der Unterricht endlich beginnen würde.

Endlich öffnete sich die Tür der Wabe, die Knollegen traten ein und setzten sich auf ihre Plätze.

Maia wartete darauf, dass sich Filip wieder neben sie setzen würde. Sie lächelte ihm zu, als er als Letzter die Zelle betrat, doch ihre Züge verdunkelten sich, als er achtlos, nur mit sich und seinem einen Ziel beschäftigt, an ihr vorbeischritt, um sich an einem einzelnen freien Tisch niederzulassen.

Kaum hatte das Knollegium Platz genommen, da klappte auch schon die Flimmertafel auf, der Bildschirm erhellte sich und in atemberaubender Geschwindigkeit huschten Zahlen und Buchstaben über die Oberfläche, wurden Fragen gestellt, Antworten empfangen, schnellten Arme in die Höhe, wurden neue Frage gestellt, die Lösung verraten, der Lösungsweg diskutiert.

Wieder hatte Filip äußerste Mühe, dem allen zu folgen. Wieder staunte er über die Schlagfertigkeit, mit der jeder einzelne Knollege sofort eine Antwort auf jede noch so komplizierte Frage wusste. Und auch wenn er sich jedes Mal lässig zurücklehnte, sobald eine neue Frage gestellt wurde, so war es doch nur Fassade. Innerlich bebte jede Nervenfaser, wartete, harrte er ungeduldig darauf, von der Tafel, diesem flimmernden Lehrkörper, endlich aufgerufen zu werden.

Monoton verfolgte die kalte Wand das Lernziel.

»Was ist die Wurzel aus 738?«, tönte es blechern.

Ein Name wurde aufgerufen. Er lautete nicht Floris. Die Antwort wurde gegeben und diskutiert.

Das Spiel wiederholte sich.

Diesmal antwortete Schaban.

Danach kam Maia an die Reihe.

Als sie die Lösung ausgesprochen hatte, schaute sie kurz zu Filip hinüber. Doch der nahm kaum Notiz von ihr, starrte nur auf seinen Tisch und schien ihr so fern wie nie zuvor.

Schon folgte eine weitere Aufgabe.

Ventos antwortete. Er schüttelte die Frage ab wie eine lästige Fliege. Niemand hier konnte ihm etwas vormachen. Bald schon würde er in eine andere Wabe aufsteigen, denn für ihn war hier die Tafel mit ihrer Wissheit am Ende.

Eine weitere Frage.

Ein weiterer Aufruf.

»Knollege Floris!«, hallte es blechern durch die Zelle.

Obwohl er mit nichts anderem gerechnet hatte, war Filip doch für Sekunden wie gelähmt, als er seinen Namen hörte.

Wieder waren alle Augen auf ihn gerichtet.

Egal, wie überlegen und lässig er hatte bleiben wollen, jetzt zuckte seine Hand nach vorne, ergriff das Buch der Wissheit und schlug es auf.

Jetzt musste sich entscheiden, ob es richtig gewesen war, hierher zurückzukehren.

Die Knollegen beobachteten jede seiner Bewegungen mit feindseligen Blicken. Nur Maia fühlte und fieberte mit ihm, hätte ihm am liebsten die Antwort zugeflüstert. Doch sie wusste selbst am besten, was nicht sein konnte, nicht sein durfte.

Filip atmete tief durch.

Dann wiederholte er im Gedächtnis die Frage, die ihm gestellt worden war.

Und das Buch der Wissheit begann – nur für ihn allein – zu leuchten.

Mit gespanntem, gebanntem Blick verschlang er das, was dort in der spektralfarbenen Schrift nur für ihn zu lesen war.

»Wird's bald!«, hörte er Schabans Stimme.

»Der Fremdkörper in der Klasse ist unbedingt zu entfernen«, wiederholte Ventos die gestrige Mahnung der Flimmertafel.

Über der Zelle lag eine feindselig vibrierende Schwingung. Schon einmal hatte dieser Neue namens Floris die Knollegen am Erlangen neuer Wissheit gehindert. Noch einmal sollte das nicht passieren.

Immer mehr Stimmen erhoben sich gegen den Neuling, der, statt zu antworten, auf seine Tischplatte starrte, als könne er von dort die Lösung der Aufgabe ablesen.

Doch was die Knollegen nicht sahen, nicht sehen konnten, war das Buch der Wissheit, das Filip vor sich aufgeschlagen hatte und aus dem er die Worte einsog wie ein Verdurstender aus einer sprudelnden Quelle trinkt, die bald zu versiegen droht.

Wieder geschah es, wie er es in seinem Zimmer erlebt hatte: Jeder Buchstabe, jedes Wort, das er las, verschwand sofort und war wie immer ausgelöscht und dafür eingebrannt in seinem Gedächtnis.

Und während Filip las, vollzog sich ein gespenstischer Wandel unter seinen Knollegen: Hatten sie sich zuerst schon erbost von ihren Plätzen erhoben, um ihrem Protest lautstark der flimmernden Tafel kundzutun, so wurden ihre Bewegungen, ihre Anklage immer kraftloser. Als würde eine tiefe Erschöpfung sie ergreifen, standen sie mit zusammengesunkenen Schultern da und harrten nur der Dinge, die geschehen würden.

Selbst Maia, die anfangs verzweifelt zu Filip hinübergeschaut hatte, die ebenfalls aufgesprungen war und ihm am liebsten die Antwort zugerufen hätte, stand plötzlich da, als könnte sie sich nicht mehr entsinnen, weshalb und wie sie ihm hatte helfen wollen.

Mitten in diese wachsende Ohnmacht erhob Filip nun doch seine Stimme und antwortete:

»Die Lösung lautet Kn ist gleich 7352.«

Schweigen erfüllte den Raum.

Die Knollegen sanken wie auf einen unsichtbaren Befehl auf ihren Stühlen zusammen. Mit leeren Blicken suchten sie die Flimmertafel, auf der Filips Antwort bestätigt werden musste.

Denn sie selbst vermochten nicht mehr zu entscheiden, ob Filip die richtige Lösung genannt hatte.

Sie wussten nicht einmal, dass sie die Lösung eben noch gewusst hatten. Ihre Empörung darüber, wie man das Ergebnis nicht hatte wissen können, war tiefer Ratlosigkeit gewichen.

Fragend sahen sie zur Tafel hin. Vergebens: auch der Bildschirm blieb leer.

Kein Koeffizent, kein Endwert, keine Lösung flimmerte über die Oberfläche. Nur ein leises, dann immer lauter und hektischer werdendes Ticken zeigte an, dass im Inneren der Tafel irgendetwas arbeitete.

Doch es blieb dabei. Die Lösung wurde weder bestätigt noch verworfen.

Schließlich dröhnte nur die blecherne Stimme durch den Raum:

»Knollege Floris. Erkläre den Lösungsweg. Wie leitet sich das Ergebnis her?«

Sofort nickten einige Knollegen. Erwartungsvoll schauten sie zu Filip auf. Hatten sie ihn gestern noch verstoßen, so war er heute ihre Hoffnung, die Ehre der Klasse zu retten und die Lösung zu finden.

Schaban fügte niedergeschlagen hinzu:

»Erkläre uns, wie du darauf kommst. Ausgerechnet du, wo sonst niemand das Ergebnis weiß!«

Schon hatte Filip wieder das Buch zur Hand genommen, die Frage der Tafel noch einmal im Gedächtnis wiederholt. Schon verschlang er jede Zeile, die ihm nun anzeigte, wie das Ergebnis zu Stande gekommen war.

Und während er las, hingen die Augen der anderen an seinen Augen, dann an seinen Lippen, als er das verkündete, was die anderen zuvor ebenso gewusst hatten, ihnen aber plötzlich auf unerklärliche Weise so fremd geworden war, dass sie sich nicht mehr daran erinnern konnten. Ja, ihnen war sogar entfallen, dass ihnen je die zu dieser Lösung gehörende Aufgabe gestellt worden war.

In langen überlegten Sätzen erklärte Filip nun Schritt für Schritt seines Lösungswegs. Zahlen sprudelten aus seinem Mund, ergossen sich über die anderen, die nicht folgen konnten, nicht verstanden, wovon er sprach.

Filips Mund war wie ein nie versiegender Quell unendlicher Wissheit: Regeln, Gesetzmäßigkeiten verkündete er, reihte Zahlenketten aneinander und leitete

Lösungen her, die kein Ohr seiner Knollegen je gehört zu haben schien.

Und während er sprach, trat ein weiterer Wandel unter den Knollegen, die ihn eben noch verstoßen hatten, ein.

Filip redete.

Die Knollegen versuchten angestrengt seinen Worten zu folgen.

Filip erklärte.

Die Knollegen bekamen immer mehr Mühe, zu begreifen, wovon er sprach. Zu fremd schien ihnen das, was er verkündete. Und so gaben sie auf, auch nur eine Einzelheit seiner Ausführungen verstehen zu wollen.

Doch je mehr Filip die Lösung herleitete, umso bedenklicher verdunkelte sich der Bildschirm, zogen schwarze Flächen wie dunkle Wolken über die Mattscheibe, fanden sich zusammen. Und schließlich erlosch das Bild der Flimmertafel mit einem letzten gequälten Aufflackern.

Die anderen sahen zu Filip auf, wie man zu einem höheren Wesen aufblickt, dem allein die höheren Wissheitschaften offen stehen.

Unbarmherzig kam Filip zum Schluss seiner Erläuterungen. Mit zielstrebigen Worten setzte er das Ergebnis auseinander, dann klappte er das Buch der Wissheit zu.

Niemand hatte auch nur irgendetwas verstanden.

Die Flimmertafel hatte längst die Seitenflügel zugeschlagen.

Niemand aber zweifelte auch nur eine Sekunde an der Richtigkeit von Filips Ausführungen.

Denn niemand mehr vermochte zu überprüfen, ob all das, was Filip verkündet hatte, auch der Wissheit entsprach. Aber hatte er nicht die allwissende Flimmertafel zum Erlöschen gebracht? Hatte er nicht gezeigt, dass er über Wissheit verfügte, die kein anderer in dieser Klasse zu haben schien?

Selbst Schaban und Ventos, die sich für die Klügsten der Klasse hielten, mussten sich Filips Allmächtigkeit beugen.

Doch während die anderen Knollegen mit bewundernden Blicken Filips Leistung applaudierten, folgten diese beiden jeder seiner Bewegung mit Neid und Missgunst. So beobachteten sie, wie er selbstzufrieden, fast überheblich in die Runde grinste, wie er sich von seinem Platz erhob und ganz anders als beim ersten Mal mit erhobenem Kopf die Wabe verließ.

Sie beobachteten auch, wie Maia Filip mit raschen Schritten folgte. Sie sahen, wie ihre Knollegin versuchte Filip zu halten und mit ihm zu reden.

Jede Geste, jeder Gesichtsausdruck, mit dem Filip dem Ansinnen Maias begegnete, schien ihnen abweisend und hochmütig zu sein.

Und richtig: Mit dem Triumph war eine Veränderung in Filip vorgegangen. Der scheinbare Gewinn der Macht über die Wissheit hatte einen Verlust nach sich gezogen, den Filip nicht bemerken konnte, weil er sich nicht mehr erinnerte, dass er das Verlorene einmal besessen hatte.

Kalt trat er Maia gegenüber, als sie seinen Namen rief, als sie mit ihren großen Augen bewundernd zu ihm aufschaute und nach ein paar netten Worten suchte, die sie zu ihm sprechen wollte.

Doch sie sprach nicht.

Erschrocken über die Kälte in seinem Blick, seine abweisende Haltung blieb ihr Mund verschlossen, regten sich ihre Lippen nicht, verloren ihre Augen jeglichen Glanz, sank ihre Gestalt in sich zusammen, konnte er sich nicht erinnern, was er an diesen Armen, ihren feinen Händen jemals so Schönes, so Anziehendes gefunden haben könnte.

Als wäre etwas in seinem Gehirn abgestorben, konnte er sich nicht einmal erinnern, dass er sich daran erinnern müsste.

»Ist was?«, sagte er mit abgestorbener Stimme.

Maia sah ihn entzaubert an.

Dann schüttelte sie nur den Kopf.

»Schon gut. Es ist nichts«, antwortete sie mit bebenden Worten und musste kämpfen, ihre Bestürzung über Filips Wandel vor den anderen zu verbergen.

In ihr aber wuchs ein Gefühl unendlicher Traurigkeit.

Und auch wenn dieses Gefühl eine für sie nie gekannte Bitterkeit hatte und sich auf ihre verletzte Seele legte wie ein schwerer Schleier, so spürte sie doch etwas dabei, das mehr Wärme ausstrahlte als alles, was sie je empfunden hatte.

Und während in Filip fortan das Verlangen, die Gier nach immer mehr Wissheit wuchs, sollte in ihr der Keim der Weisheit, den doch er gesät hatte, aufgehen und sie mit neuem, nie gekanntem Leben erfüllen.

Die Missgunst der Stunde

Fortan trug Filip das Buch der Wissheit immer mit sich. Nie ließ er es aus den Augen, immer öfter schlug er es auf um in ihm zu lesen.

Noch kannte er jedoch das ganze Geheimnis nicht.

Zwar hatte er erkannt, dass jene Wissheit, die er auf den zwei Seiten las, unvergessbar in seinem Kopf gespeichert war; zwar wusste er, dass er nur an eine Frage zu denken brauchte, um die Antwort sogleich im Buch zu finden, aber dennoch blieben Rätsel, die er erst nach und nach lösen sollte.

So war eine der großen Fragen das Fragen selbst. Denn allein die Tatsache, dass das Buch der Wissheit zu jeder Aufgabe eine Lösung wusste, verhalf Filip nicht zu neuer Erkenntnis. Denn wie derjenige, der den rechten Weg sucht, das Ziel kennen muss, so musste auch derjenige, der Antworten erhalten wollte, die Fragen kennen.

Doch viele Fragen blieben Filip verborgen. So war er weiterhin auf den Unterricht in den Waben angewiesen, weil nur dort Aufgaben gestellt wurden, weil er nur dort jene Fragen fand, die ihn allein zu seinem einzigen Ziel, der Wissheit, führten.

Jedes Mal jedoch nahm der Unterricht ein jähes Ende, wenn Filip zur Lösung einer Aufgabe aufgerufen wurde. Immer kapitulierte die Flimmertafel vor der Allmacht von Filips Wissheit.

Und so führte jede Stunde immer nur zu einer einzigen neuen Frage, auf die Filip eine neue Antwort bekam. Enttäuscht stellte er fest, dass ihm das Buch alles geben würde, wenn er es nur richtig zu nutzen verstand. Nur davon war er weit entfernt und allmählich zweifelte er daran, ob ihm das Buch jemals so viel helfen konnte, dass er den Vorsprung der anderen aufholte und in allen Bereichen der Wissheit, nicht nur in ein paar einzelnen Fragen, überlegen war.

Indessen schmiedeten auch die anderen Pläne. Längst schon war Filip für Schaban und Ventos viel zu mächtig geworden, als dass sie ihn einfach gewähren lassen konnten. Zu oft hatte Filip sie bloßgestellt. Als hätte er sie um ihre Wissheit beraubt, fühlten sie sich von ihm bestohlen.

Sie wussten nicht, wie er es anstellte, aber jede Stunde in der Wabe hinterließ in ihren Köpfen Lücken, die sie sich nicht erklären konnten. Als hätte jemand einen Datensatz in ihnen gelöscht, hatten sie auf ehemals Gelerntes keinen Zugriff mehr, konnten nicht mehr damit rechnen. Und diese Löcher im Kopf wurden immer größer, je länger sie mit Filip an einem Unterricht teilnahmen und je öfter er die Flimmertafel zum Auslöschen brachte.

Doch während die meisten von ihnen ihr Schicksal scheinbar tatenlos hinnahmen, waren Schaban und Ventos entschlossen zu kämpfen: Schon länger war die Missgunst der beiden Kollegen für jedermann offenkundig geworden. Lange hatten sie überlegt, ob sie Filip herausfordern sollten und wie sie es am besten tun konnten.

Als wieder einmal eine Stunde ein jähes Ende fand, weil die Flimmertafel der Antwort Filips nicht gewachsen war, als also wieder einmal die Seitenflügel der Tafel zuklappten und sich Filip triumphierend von seinem Platz erhob, da sagte Schaban mit scharfer Stimme:

»Halt. Wir sind noch nicht fertig!«

Filip musterte den einstigen Klassenbesten mit gelangweilter Miene und entgegnete:

»Willst du etwa sagen, ausgerechnet du wüsstest die Lösung?«

»Das nicht«, griff Ventos ein, »aber vielleicht haben wir eine Frage für dich, die du nicht so leicht beantworten kannst.«

»Nur zu!«, erwiderte Filip, dem jede neue Frage gelegen kam. Denn Antworten kannte er genug, nur Fragen waren nach wie vor eine Kostbarkeit für ihn.

Gebannt folgten die anderen Knollegen der Auseinandersetzung zwischen den dreien. Keiner verließ den Raum. Eine angespannte Stimmung erfüllte die Zelle, als Schaban sprach:

»Hör gut zu. Wir stellen die Frage nur einmal. Die Lösung steht auf diesem Zettel hier. Wenn du sie weißt, geben wir zu, dass deine Wissheit größer ist als unsere.«

»Und wenn nicht?«, fragte Filip.

»Dann wirst du nie wieder an einem Unterricht in unserer Wabe teilnehmen!«

»Also werde ich euch noch länger erhalten bleiben«, stellte Filip nüchtern fest.

»Wir werden ja sehen!«, erwiderte Schaban zerknirscht. Dann las er die Frage vor.

Er begann beherrscht. Doch schon bald konnte er seine Erregung nicht mehr unterdrücken. Mit immer lauter, immer bewegter werdender Stimme reihte er Fragezeichen an Fragezeichen. Die Aufgabe, die er stellte, wurde zu einer wahren Redeflut, die sich wie ein Unwetter über Filip ergoss.

Minutenlang redete Schaban, formulierte er Aufgaben, von denen eine in die andere überging, von der ein Rätsel auf dem anderen aufbaute, eine Unbekannte die nächste nach sich zog.

Längst hatten die anderen Knollegen den Faden verloren, niemand konnte diesem Spiel der Fragen folgen.

Maia war erschrocken aufgesprungen, hatte einschreiten, unterbrechen wollen, denn das, was Schaban und Ventos mit Filip vorhatten, war gemein, war hinterhältig. Ihre gesammelte Wissheit mussten sie in diese Aufgabe gesteckt haben, alles, was sie je gelernt hatten, gaben sie her, um Filip zu überlisten. Tagelang mussten sie selbst über diesem Rätsel gesessen haben und niemand hier im Raum außer ihnen selbst konnte es beantworten. Doch Filip gebot Maia mit einer schroffen Handbewegung zu schweigen. Mit gerunzelter Stirn wiederholte er in Gedanken jeden Fragenteil, jede Formulierung, und als Schaban endlich fertig war, endlich erschöpft von der eigenen Fragenflut sich hinsetzte, da schlug Filip das Buch der Wissheit auf und begann zu lesen.

Eine knisternde Stille erfüllte den Raum.

Filip las.

Die anderen Knollegen verharrten wie versteinert auf ihren Stühlen. Da sie das Buch, das vor Filip lag, nicht sehen konnten, hielten sie sein Starren auf die Tischplatte für so etwas wie eine Zeremonie, eine magische Beschwörung der Mächte der Wissheit.

Doch Filip las nur.

Dann endlich, als alle Buchstaben von den Seiten

des Buches verschwunden waren, als er sie verschlungen, weggelesen hatte, begann er mit leiser Stimme zu reden.

»Der Koeffizient Kn steht in Abhängigkeit zu folgenden Parametern ...«

Sachlich trug er das Ergebnis vor, dessen Herleitung noch länger war als die Fragen. Fast gelangweilt über die Selbstverständlichkeit seiner Ausführungen unterbreitete er Lösung um Lösung, bestrafte Schaban und Ventos mit jedem Wort seiner endlosen Antwort, demütigte und entmutigte sie.

»Kommen wir nun zum schwierigeren Teil der Aufgabe, wobei schwierig natürlich relativ ist ...«, fuhr er fort und reihte abermals Zahlen an Zahlen, Formeln an Formeln.

Die ehemaligen Klassenbesten beobachteten ihn mit finsteren Gesichtern. Und wie beim ersten Mal, als Filip in seinem Buch gelesen und die anderen ungeduldig auf seine Antwort gewartet hatten, so vollzog sich auch diesmal wieder dieser gespenstische Wandel unter den Knollegen und ganz besonders unter Schaban und Ventos, die ihre gesamte Wissheit in dieses einzige Rätsel gesteckt hatten.

Als Filip angefangen hatte zu sprechen, waren die beiden noch mit gespannter Haltung jedem Wort gefolgt. Die Anspannung, die innere Aufregung war ihnen wie von den Lippen abzulesen gewesen. Jedes Wort, das Filip sprach, schienen sie nachzusprechen. Doch mit jeder richtigen Antwort mehr, die Filip ihnen offenbarte, erstarben ihre unhörbaren Worte von den blauen Lippen, wich das Leben aus ihren Gesichtern, die wie zu blassen Totenmasken erstarrten.

Endlich, endlich hatte Filip zu einem Ende gefunden.

Noch lange klang die Gewalt seiner Worte nach. Als hätte jemand ein Konzert nur aus Donnerschlägen gespielt, musste erst eine Zeit vergehen, bis jeder Ton abgeklungen, jede Schwingung verebbt war.

Mit ausdruckslosen Gesichtern sahen ihn die anderen an, unfähig, etwas zu erwidern, ob Zustimmung oder Ablehnung.

Rücksichtslos setzte Filip einen erneuten Donnerschlag in die Stille:

»Na und? Was ist? Habe ich Recht?«

Doch aus Schaban und Ventos schien jegliches Leben gewichen.

Mit gebrochenen Bewegungen nahmen sie den Zettel, um die Lösung zu kontrollieren.

Ihre müden Augen stierten auf das Blatt Papier. Dann, plötzlich, durchzuckte ihre Körper so etwas wie Leben, ihre Leiber wurden gepackt, durchschüttelt, um in einer völlig verkrampften Haltung zu verharren. Und ihre Mienen erstarrten zu einem Ausdruck, der nur eines ausdrückte:

Panik!

Blankes Entsetzen spiegelte sich auf ihren Gesichtern wider.

Mit zitternden Händen hielten sie gemeinsam das Blatt Papier in die Höhe.

Ein Raunen ging durch die Klasse.

Das Blatt war leer!

Die Lösung, die eben noch in Hunderten von Buchstaben, Zahlen, Kürzeln und Formeln darauf gestanden hatte, war fort.

Die gesamte Wissheit, die in der Frage wie in der Antwort gesteckt hatte, war fort, weg, weggelesen von einem Menschen hier im Raum.

Filip wiederholte unbarmherzig:

»Na und? Was ist? Habe ich Recht?«

Schaban und Ventos wussten es nicht mehr!

Sämtliche Wissheit ihrer Frage und der Antwort war ihnen geraubt.

Fast alles, was sie je gewusst, woran sie je geglaubt hatten, war verloren.

Geschlagen, vernichtet ließen sie die leeren Köpfe hängen. Degradiert, zurückgestuft auf den Wissheitsstand von Kindern, schauten sie zu Filip wie zu einem überirdischen Wesen auf. Der dämonische Wandel war in seine letzte Phase getreten.

Kindisch krächzte Schaban:

»Ist der Unterricht aus. Gehen wir jetzt nach Haus?«

Und Ventos antwortete:

»Die Flimmerkiste ist zu. Nun haben wir unsere Ruh.«

Mühevoll quälten sie sich von ihren Sitzen hoch und trotteten nach draußen.

»Halt!«, versuchte Filip zu befehlen. Doch niemand hörte mehr auf ihn.

Auch die anderen Knollegen rappelten sich auf und stapften in Zweierreihen, Hand in Hand, an Filip vorbei. Sie ließen ihn stehen, ihn, den Beherrscher der Wissheit.

Auch Maia ging an ihm vorbei. Ein letztes Mal sah sie zu ihm auf. Die Traurigkeit brach aus ihren Augen. Mit einer flüchtigen, sehnsüchtigen Bewegung versuchte sie ihn zu berühren, streckte ihre zitternden

Finger nach ihm aus. Ihre schmale, zierliche Hand, die er vor kurzem noch so gerne einmal gehalten hätte, jetzt schlug er sie grob aus, sprang wie angewidert zur Seite, sodass sie mit einem spitzen Schrei davonlief.

Er jedoch schaute ihr nicht einmal hinterher.

Er blieb nun allein in der Wabe der Wissheit zurück. Allein gelassen, verlassen – ohne es zu merken, zu spüren.

Sein einziges Streben galt der Wissheit, der Antwort, die er gegeben hatte, und auf die ihm die Bestätigung verwehrt worden war.

Ungeduldig ging er zu den Plätzen hinüber, an denen eben noch Schaban und Ventos gesessen hatten. Er griff nach dem Zettel, auf dem die Lösung stehen musste. Ungläubig schaute er ihn an.

Tatsächlich! Das Blatt war leer.

Und nur langsam, ganz langsam erkannte Filip, dass er soeben ein weiteres Geheimnis des Buches der Wissheit entdeckt hatte.

Das Buch gab nicht nur Antworten auf jede Frage, es verhalf seinem Besitzer nicht nur dazu, dass sich jede Antwort unauslöschlich in sein Gedächtnis einbrannte.

Das Buch machte seinen Herrn auch zum alleinigen Besitzer der Wissheit.

Jede Wissheit, die einmal in dem Buch gelesen wurde, war für immer weggelesen – fort, ausgelöscht und lebte nur in dem Kopf ihres Lesers weiter.

Während Filip die Bedeutung dieses Geheimnisses langsam in seiner ganzen Tragweite erkannte, lief es ihm wie ein kalter Schauer über den Rücken:

»Wissheit macht stark!«, rief, nein, brüllte er aus sich heraus.

Er spürte, wie die Stärke durch seine Adern strömte, wie sie von ihm Besitz ergriff und ihn leitete, verleitete zu neuen Taten.

Was sollte er noch hier, wo er sämtliche Wissheit dieser Wabe weggelesen hatte?

Von nun an würde er sich aufschwingen, ganz Knoho zu beherrschen. Von nun an würde er Zelle um Zelle aussaugen, leer lesen.

Und dann – wer sollte ihn daran hindern? – würde er den Tempel der GeWissheit erobern. Und die ganze Macht wäre sein.

Er, Filip Filander, würde die Wissheit beherrschen.

Dass es jedoch die Wissheit war, die ihn längst beherrschte, diese Einsicht blieb ihm verborgen.

Das Ende der Wissheit

Plündernd zog Filip durch das Knolleg der gläsernen Stadt. Von Wabe zu Wabe stahl er sich fort, raubte in jeder Zelle immer neuen, immer anderen Knollegen ein Stückchen ihrer Wissheit.

Die Menschen wurden ihm dabei egal. Er nahm sie kaum wahr – für ihn waren sie nicht mehr als Statisten, Staffagen, die seinen Weg zur GeWissheit säumten, die er überholte, stehen ließ und vergaß.

Es war jedes Mal dasselbe: von einer blechernen Stimme, die aus den Lautsprechern der Tafel drang, wurde er gefragt. Dann las er im Buch der Wissheit und brachte die Flimmertafel zum Verglühen.

Wochenlang dauerte diese täglich, stündlich neue Prozedur. Schon mehrmals hatte er das Knolleg durchlaufen, war von Zelle zu Zelle gewandert, hatte Wissheit weggelesen, in Besitz genommen, auf dass sie fortan ihm ganz allein gehörte.

Die Wissheitsbegier hatte ihn gepackt. Mit unsichtbarer, eiserner Hand hatte sie ihn ergriffen und riss ihn mit sich fort.

Wie ein böser Dämon streunte er durch die Stadt, stahl er sich durchs Knolleg und hinterließ dort, wo er einmal gewesen war, nur braches Land.

Dass aber auch eine Brache in seinem Kopf entstand, merkte er nicht: Je mehr Wissheit er anhäufte, umso weniger konnte er sich erinnern, dass da einmal eine andere Seele in seiner Brust geschlagen hatte, dass es mehr gegeben hatte als nur Zahlen und Fakten. Vergessen war seine Zeit in der Schattenwelt, ausgelöscht in seinem Gedächtnis schienen die Menschen, denen er begegnet war, die ihm lieb und teuer gewesen waren wie sein Großvater, der alte Gunde und selbst Maia, die ihm einst so viel bedeutet hatte.

So merkte Filip nicht, dass der alleinige Besitz, das Monopol der Wissheit einsam machte, ihn isolierte von allen Menschen und allem Menschlichen. So nahm er auch nicht wahr, wie sich das Leben in Knoho veränderte, wie die Passanten immer betäubter durch die Straßen gingen, wie das Leben langsam erstarb: Niemand wechselte mehr mit dem anderen ein Wort, weil es nichts mehr gab, worüber man reden konnte. Denn Worte wie »Koeffizient«, »Parameter«, »Lösung«, »Aufgabe«, »Formel« gab es nicht mehr im Gedächtnis der Bewohner der Stadt Knoho. Filip hatte sie längst alle weggelesen. Sie gehörten ihm.

Und selbst wenn er gekonnt hätte: Nie wäre ihm in den Sinn gekommen, seinen alleinigen Besitz mit irgendjemandem zu teilen.

Die Menschen waren ihm gleichgültig geworden. Das Einzige, was ihn noch kümmerte, war etwas anderes: Zwar hatte er jede Wabe nun schon mehrmals durchlaufen. Doch noch immer schien es ihm keinesfalls so, dass er über eine komplette, lückenlose Wissheit verfügte. Zu bruchstückhaft waren die Antworten, die er erhalten hatte: fragmentarisch, wie ein Flickenteppich reihte sich eine Lösung an die andere, oft ohne dass er einen Zusammenhang herstellen konnte.

Gleichzeitig bereitete ihm eine andere Entwicklung Sorge. Immer mehr Flimmertafeln in den Waben blieben für immer erloschen. Zunächst waren sie noch, wenige Stunden nachdem Filip die Antwort auf eine Frage weggelesen hatte, wieder angegangen – immer öfter jedoch blieben ihre Oberflächen dunkel. Und mit dem Flimmern war auch der Quell ihrer Wissheit versiegt.

Schließlich – nach wochenlangem Raubzug durch alle Waben – versagte auch die letzte Tafel ihren Dienst.

Allein stand Filip in seiner Zelle. Jetzt erst merkte er, dass längst schon keine Knollegen mehr da waren, die am Unterricht teilgenommen hätten. Tag für Tag war er der einzige Mensch im Knolleg gewesen. Und nun, da die letzte Flimmertafel erloschen war, lag das gläserne Gebäude wie tot da. Es brannte kein Licht mehr, keine Stimmen waren zu hören, keine Schritte hallten mehr durch die Gänge.

Filip hatte die gesamte Wissheit des Knollegs weggelesen.

Er spürte nicht etwa ein schlechtes Gewissen oder gar Schuld darüber. Obwohl sein Kopf alles gierig gespeichert hatte, was das Knolleg ihm hatte geben können, spürte er nur eine merkwürdige Leere. Denn hier im Knolleg gab es nichts mehr, was für ihn zu tun war.

Also suchte er mit entschlossenen Schritten den Weg durch die Dunkelheit nach draußen.

So gelangte er vor das Portal des Knollegs. Der große Vorplatz war menschenleer. Kein Knohone war auf den Straßen.

Befremdet schaute er sich um.

Plötzlich hörte er eine weiche Stimme:

»Bis du jetzt zufrieden, Filip Filander?«

Es war Maia.

Sie kauerte auf der Treppe.

Sie musste auf ihn gewartet haben!

Verständnislos schaute er sie an.

Dann wiederholte er ihre Frage in seinem Gedächtnis.

Er schlug das Buch der Wissheit auf.

Aber auf den zwei Seiten erschien keine Antwort.

Er warf ihr einen bösen Blick zu.

»Auf diese Frage«, sagte er mahnend, »gibt es keine Antwort.«

Maia schüttelte traurig den Kopf. Ihr blondes Haar fiel ihr ins Gesicht, sie wischte es weg und sah ihn mit ihren großen Augen wehmütig an.

»Ich habe keine andere Frage mehr, Filip. Es ist mir nichts mehr geblieben als die Frage, ob du zufrieden, ob du glücklich bist.«

Die Seiten des Buches blieben leer.

»Es gibt kein Zufrieden. Kein Glücklich«, antwortete Filip. »Ich verstehe dich nicht.«

»Schade. So schade«, sagte Maia.

»Es ist nicht Wissheit, verstehst du denn nicht?«, erklärte Filip hart.

»Schade. Zu schade«, sagte Maia und ihre Augen füllten sich mit Tränen. Sie begann am ganzen Körper zu zittern. Als würde sie ihre letzten Kräfte dazu sammeln müssen, hob sie ihre zarte Hand und streckte sie ihm noch einmal entgegen.

Doch Filip übersah auch dies.

Mutlos ließ sie ihre Hand sinken.

Dann erhob sie sich von der Treppenstufe, auf der sie gesessen hatte, und wandte sich zum Gehen.

»Halt!« rief ihr Filip hinterher. »Halt. Eine andere

Frage, bitte! Hast du nicht eine richtige Frage für mich? Eine einzige nur! Hörst du? Eine einzige!«

Doch Maia ging nur mit hängenden Schultern fort.

Ohne sich einmal umzusehen, entschwand sie in den leeren Gassen der Stadt. Und Filip war endgültig allein.

Auf den Straßen waren keine Menschen mehr.

Das Knolleg war leer gelesen.

»Wo mag es bloß noch Wissheit geben?«, dachte Filip laut.

Es war die einzige Sorge, die ihn erfüllte.

Und das Buch begann zu flimmern.

Vor Filip ragte die runde Pyramide empor in den dunstverhangenen Himmel über der gläsernen Stadt.

Hier endlich würde er zur vollständigen Wissheit gelangen.

Sein Blick wanderte die Fassade des Tempels der GeWissheit hinauf.

Doch auch die Pyramide schien erloschen!

Der nach oben immer schmaler werdende Zylinder blieb dunkel. Keine Flimmertafel im Inneren erhellte mehr die unzähligen Waben, aus denen der Tempel bestand.

Mutlos wollte Filip den Kopf sinken lassen, wollte sich schon abwenden, da sah er doch noch einen kleinen Funken Hoffnung.

Ganz oben – es mussten die Waben unterhalb der Kammer von Brâchos sein – flimmerten doch noch zwei Lichter und flackerten in der Dunkelheit der Nacht, die sich über Knoho gelegt hatte.

Sogleich hatte Filip sein Ziel erkannt.

Schon drang er durch das Portal in die Pyramide ein und begann den Aufstieg durch das Labyrinth der Waben, die jetzt Dunkelkammern glichen, wie damals, als er sich durch das Zellengeflecht den Weg der Wissheit hatte bahnen müssen.

Diesmal erschienen keine Fragen mehr.

Die Waben waren nur noch leere Hülsen ohne Sinn.

Alle Türen standen offen.

Filip musste bloß jenen Weg wählen, der unweigerlich nach oben führte.

Ohne auch nur einmal zu halten, zu verschnaufen, stieg Filip diesen Weg bis unter das Dach der runden Pyramide auf.

Schon hatte sich der Zylinder so verjüngt, dass nur noch fünf Waben nebeneinander passten, dann vier, dann drei und endlich hatte Filip die letzten zwei Zellen erreicht.

Jetzt fand er die Bestätigung, dass er von unten, vom Fuße der Pyramide, richtig beobachtet hatte:

In beiden Zellen flimmerten die Tafeln noch.

Gierig stürzte er auf die erste zu.

Als könnte die Flimmerschrift, die er jetzt las, einen unbeschreiblichen, unbegreiflichen Durst stillen, verschlang er die Frage, die auf der Oberfläche geschrieben stand:

Was ist das Grundgesetz der Logik?

Filip dachte die Frage und schon fand er die Antwort.

Auf den zwei Seiten erschien zum vorletzten Mal eine Lösung:

1 + 1 = 2

Filip taumelte. Es war genau die Lösung auf jene Aufgabe, die er damals beim Eintritt in das Labyrinth ausgewählt hatte.

Jetzt dämmerte ihm, weshalb ausgerechntet diese Aufgabe ganz oben in der Pyramide stand: Sie war eines der zwei obersten Gebote der Wissheit. Auf ihm baute alle andere Wissheit auf, verzweigten sich alle anderen Aufgaben und Lösungen.

Wenn er auch noch diese Antwort weggelesen hätte, würde ihm die gesamte Logik allein gehören!

Er hatte den Schlüssel zur alleinigen, vollkommenen GeWissheit gefunden!

Im selben Augenblick erlosch die Flimmertafel und die Wabe wurde, ebenso wie die anderen, in tiefes Dunkel getaucht.

Doch schon war Filip durch die Türe in die letzte verbleibende, helle Wabe getreten.

Wieder galt sein gieriger Blick der Flimmerschrift auf der Tafel:

WAS IST DAS GRUNDGESETZ
DER SPRACHE?

Das also war die letzte Frage, die ihm hier in Knoho noch verblieben war. Und kaum hatte er sie gedacht, da zeigte ihm sein Buch auch schon die Lösung, die Antwort auf das letzte Rätsel an.

A B C D E F G H I J K L M N
O P Q R S T U V W X Y Z

Und Filip las.

Im selben Augenblick geschahen zwei Dinge:

Die Flimmertafel erlosch.

Das Buch der Wissheit zerfiel in Filips Händen zu Staub.

Denn fortan gehörten auch die Schrift, die Wörter, die Zeichen der Sprache Filip ganz allein. Und ein Buch ohne Wörter hört auf zu existieren.

Erschüttert sah Filip den Staub zu Boden fallen und langsam verglühen.

Das Einzige, woran er geglaubt hatte, war ihm genommen.

Dass sich die Menschen von ihm abgewandt hatten, dass er Maia verloren hatte, all dies hatte ihn nicht so treffen können wie der Verlust dieses Buches, das für ihn Freund, gefühlloser Glauben und steinerne Seele zugleich gewesen war.

Den Weg der Wissheit hatte es ihn gewiesen. Und Filip verstand, dass mit der letzten Frage und dem Zerfallen des Buches die vollkommene Wissheit in ihn übergegangen war.

Und selbst jetzt, im Verglimmen der zu Staub zerfallenen Seiten, wies es ihm noch einmal den letzten Weg, den er zu beschreiten hatte.

Ein fahler Schimmer fiel auf die letzte Tür, die Filip hier in Knoho offen stand:

Der Einlass zur Kammer des Beherrschers der GeWissheit:

Brâchos!

Bei ihm würde Filips Reise ans Ziel gelangen.

Der Fluch der GeWissheit

Mit einer letzten Kraftanstrengung zwängte sich Filip durch die Öffnung zur Kammer der GeWissheit hindurch.

Wieder gelangte er in den kreisrunden Saal, in dessen Mitte damals Brâchos von seinem Thron aus durch die Okularfenster die gläserne Stadt kontrolliert und regiert hatte.

Diesmal war alles anders.

Selbst dieser Raum war in eine tiefe Dunkelheit getaucht. Mit dem Verglühen der letzten zwei Tafeln war auch hier alles Licht erloschen.

Und obwohl sich Filip anstrengte, konnte er zunächst nichts erkennen.

»Brâchos?«, flüsterte er in die dunkle Stille hinein.

Keine Antwort.

»Brâchos?«, sagte er etwas lauter.

Da erblickte er zwei flackernde Punkte im tiefen Schwarz des Raumes.

Er musste genauer hinschauen. Dann erkannte er erst, dass das Flackern ein hektisches Öffnen und Schließen der Lider war, die den Augen von Brâchos gehörten.

Brâchos!

Wie hatte ihm dieser Beherrscher der GeWissheit einst Respekt und Furcht eingeflößt!

Jetzt konnte sich Filip nicht einmal mehr daran erinnern.

»Brâchos«, stellte er nur fest, »da bist du ja!« Und furchtlos trat er näher.

Doch Brâchos sagte nichts.

Filip kam näher.

»Brâchos«, redete er den skelettartigen Körper an, »hast du vielleicht noch eine Frage für mich?«

Und dabei machte er noch einmal einen großen Schritt auf das Furcht erregende Wesen zu.

Er kannte keine Angst mehr.

Denn mit dem vollständigen Besitz der Wissheit hatte er auch dieses letzte Gefühl verloren.

Brâchos wollte antworten.

Doch was war das für eine Antwort?

Wie bei einem Vieh brach ein unverständliches Röhren aus seinem Hals hervor. Töne und Laute drangen aus seiner Kehle, für die es keine Buchstaben mehr gab, um sie zu beschreiben:

»«

Ohne zu zögern kam Filip dem einstigen Beherrscher der GeWissheit immer näher.

Ein Schritt.

Zwei Schritte.

Filip spürte keine Bedrohung. Die innere Stimme, die ihn früher einmal vor der Gefahr gewarnt hatte – jetzt blieb sie stumm.

Fast konnte er Brâchos' stickigen Atem spüren, da wurde er gepackt!

Etwas riss ihn nach vorne.

Mit einer Gewalt, die Filip dem einstigen Beherrscher der GeWissheit nie zugetraut hätte, packte ihn dieser und zog ihn mit seinen muskellosen Ärmchen zu sich heran.

Und dabei dröhnte dieses widerliche Röhren in Filips Ohren, dass ihm fast das Trommelfell platzte.

»«

Der Geifer spritzte Brâchos aus dem Mund.

Filip wurde fest umklammert, er hörte seine Knochen knacken, als Brâchos ihn an seine hohle Brust presste und nie mehr loszulassen drohte.

Filip rang nach Luft. Die Lungen wurden ihm zusammengedrückt. Doch selbst als er fast schon zu ersticken drohte, blieb er gleichgültig gegenüber seinem Schicksal, wehrte er sich nicht, versuchte nicht, dem eisernen Griff des Unmenschen zu entrinnen.

Nicht nur diese tödliche Umklammerung hatte ihn ergriffen, sondern auch eine Leere, eine Gleichgültigkeit dem Tod, seiner eigenen Vernichtung gegenüber, die kurz bevorstand.

Es war ihm egal, ob er jetzt und hier auf der Stelle starb.

Er hing nicht mehr am Leben. Der Tod, der ihn einst so erschreckt hatte, als Gunde von ihm gegangen war, dieser Tod, auch wenn es der eigene war, konnte ihm keine Furcht mehr einflößen.

Willenlos gab er seinen Körper der Schlachtung hin.

Doch im selben Moment, als hätte Brâchos gemerkt, dass Filip nicht mehr am Leben hing, als hätte er ihn nur auf eine grausame Probe stellen wollen, geschah das Unglaubliche:

Brâchos' Röhren verstummte.

Seine Bewegungen verloren jegliche Kraft.

Er ließ Filip los, die Arme sanken ermattet nach unten.

Halb aus Erschöpfung, halb aus Erstaunen erhob Filip langsam den Kopf von Brâchos' Brust.

Als wäre ihm etwas geschenkt worden, an dem ihm

nichts lag, löste er sich schwer atmend von Brâchos und trat einen halben Schritt zurück.

Dann schaute er mit gleichgültigem Blick auf.

Die Züge des einstigen Beherrschers der GeWissheit waren friedlich. Ein zufriedenes Lächeln spielte um seinen Mund, aus dem jetzt ein gurgelndes, glucksendes Lallen hervordrang.

Filip löste sich aus der erschlafften Umarmung.

Sogleich wurde der müde Körper des entthronten Herrschers noch einmal von einer Woge der Kraft durchzuckt.

Mühsam quälte er sich aus seinem Thron heraus.

Dann schleppte er sich durch den Raum, von dessen Dunkelheit er nach wenigen Schritten verschluckt wurde.

Filip verharrte geduldig auf demselben Fleck.

Nach wenigen Minuten kam Brâchos wieder und ließ sich auf seinen Thron fallen.

Augenblicklich schlief er ein.

Seine Arme jedoch hatte er zu Filip vorgestreckt.

Und in den Händen hielt er zwei Gegenstände:

Eine erloschene Glühbirne.

Und eine leere Ampulle.

Filip wollte sich abwenden.

Doch sofort erklang aus Brâchos' todesschlafendem Leib wieder dieses unheimliche Röhren:

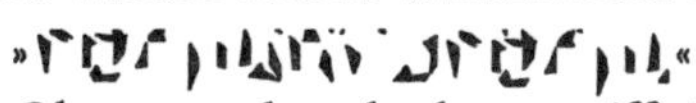

Ohne nachzudenken griff Filip nach den zwei Gegenständen.

Dann erst verstummte Brâchos' Stimme.

Und Filip konnte ungestört den Weg durch das Labyrinth nach unten antreten.

Fortan wurde er wie von einer unsichtbaren Kraft gelenkt.

Am Fuße der Pyramide angekommen, passierte er die Gänge des Knollegs. Er trat durch das Portal hinaus nach draußen und ging über den Vorplatz des Knollegs hinaus.

Die wenigen Menschen, die ihm auf den Straßen begegneten, nahm er ohne Regung wahr: Die wankenden Gestalten, die wortlos und mit leeren Blicken ziellos dahinwanderten, ließen ihn unberührt.

Ab und zu kam ihm eines dieser willenlosen Wesen zu nahe und griff nach ihm. Doch er wich nicht einmal aus, sondern ging nur ungerührt weiter. Mit gleichmäßigen Schritten marschierte er wie eine ferngesteuerte Maschine durch die Stadt, ohne eigentlich zu wissen, wohin ihn seine Beine trugen.

Endlich erreichte er die Stadtmauer, und als er das große Loch im gläsernen Boden sah, als er das erloschene Schild bemerkte, auf dem einmal das Wort »Untergang« gestanden hatte, da wusste er, wohin ihn sein Weg führen musste.

Gleichmütig schritt er die Stufen in den Untergang hinab. Immer tiefer versank er im Untergrund der Stadt, bis er letztlich den Tiefpunkt erreicht hatte und sich in jener Röhre befand, durch die er schon einmal nach draußen gelangt war.

Auch dieses Mal würde er durch den Untergang die Stadt verlassen.

Dort, wo die Dunkelheit zur Finsternis wird, dort, wo die Schattenwelt an die Große Verdrängnis stößt, dort wartete Eremias der Einsiedler schon auf Filip.

Als habe er gewusst, dass Filip eines Tages kommen würde, saß er vor dem Tor zur Großen Verdrängnis und starrte in die Dunkelheit hinein, auf dass sich Filips Gestalt ihm nähern würde.

Und endlich, nach wochenlangem Warten war es so weit.

Filip hatte zum zweiten Mal die gläserne Stadt verlassen, war durch den Untergang nach draußen gelangt, durch das versickernde Abwasser gewatet und hatte den Weg bis hierher gefunden.

Er erschrak nicht, als er den Einsiedler hier sitzen sah. Teilnahmslos nahm er zur Kenntnis, dass Eremias nicht in seiner Hütte geblieben war, sondern ihn offensichtlich hier erwartet hatte.

Er wusste, dass es zu einem Kampf kommen musste, wenn er den Weg durch das Tor beschreiten wollte.

Er wusste auch, dass er den Kampf auf sich nehmen würde. Aber selbst das berührte ihn nicht. Bei seinem ersten Besuch noch hatte er die Auseinandersetzung mit seinem einstigen Retter meiden wollen. Heute hingegen hatte er den Weg der Wissheit hinter sich gebracht. Und es stand ihm nur noch ein einziger weiterer Weg offen.

Das wusste er.

Das wusste auch Eremias.

»Wage es nicht, mir in den Weg zu treten,« sagte Filip leise. Seine Stimme war so klirrend kalt, dass sie kaum noch etwas Menschliches hatte.

Doch Eremias stellte sich ihm in den Weg.

Auch er verstand die Worte nicht mehr, die Filip gesprochen hatte.

Auch ihm war die Sprache genommen.

Aber in der sprachlosen Tiefe seiner Seele wusste er, was er zu tun hatte.

So baute er sich nur schweigend vor Filip auf.

Und als der Junge, dem er doch den Weg zur Wissheit geebnet hatte, ihn zur Seite stoßen wollte, griff er hinter sich und zog einen gläsernen Dolch hervor.

Nur ein zwei schnelle Stiche und Filips Reise wäre hier zu Ende gewesen.

Doch es kam anders.

Eremias reichte Filip den Dolch und breitete zum Zeichen der Wehrlosigkeit die Arme aus. Mit ganzem Körper zeigte er Filip, dass der Eintritt in die Große Verdrängnis nur über seine Leiche geschehen würde.

Filip wiegte den schweren Dolch in seinen Händen.

Er selbst hatte den Tod nicht gefürchtet, als er sich in Brâchos' Umklammerung befunden hatte. Die Angst der Ängste – die Urangst vor dem eigenen Tod war ihm genommen. Rein wissheitlich war der Tod nichts anderes als das Verfaulen von Fleisch, ein nach festgesetzten chemikalischen Gesetzen voranschreitendes Verwesen, das früher oder später ohnehin einmal kommen musste. Warum also sich fürchten? Warum also trauern – um den Großvater, Gunde oder irgendeinen anderen, der von dieser Welt geschieden war.

Filip fühlte sich frei. Endlich war ihm auch dieses Gefühl genommen. Endlich gab es nichts mehr, was ihm auf der Seele lag und ihn peinigen konnte!

Eine überwältigende Gefühllosigkeit machte sich in ihm breit. So merkte er nicht, dass ihm mit der Furcht vor dem Tod auch der Respekt vor dem Leben genommen war – vor seinem Leben und dem Dasein jedes anderen Menschen.

Drohend hob er das Messer.

Eremias blieb stehen.

Filip ließ die Klinge vor Eremias' Gesicht kreisen. Kalt schaute er jenem Mann in die Augen, den er gleich ins Jenseits schicken würde, falls dieser ihm noch weiter den Eintritt verwehren sollte. So sehr hatte ihn die Wissheit verblendet, dass ein Mord nicht mehr für ihn war als das Beseitigen eines Hindernisses.

Doch Eremias, das Hindernis, blieb einfach stehen.

Filip zuckte mit den Schultern. Jedes Wort, jede Regung wären Verschwendung gewesen. Mit einer schnellen Bewegung stach er zu.

Mit einer noch schnelleren Bewegung jedoch sprang Eremias zur Seite.

Filip stieß ins Nichts.

Und als hätte Eremias den Jungen nur auf eine ähnliche Probe stellen wollen, wie es zuvor Brâchos im Tempel der GeWissheit getan hatte, legte sich auf seine Züge sogleich ein zufriedenes Lächeln.

Hatte Brâchos noch erprobt, ob Filip bereit zu sterben war, so hatte Eremias die Erkenntnis gewonnen, dass Filip genauso kühl und kaltherzig töten würde.

Filips Weg in dieser Welt war zu Ende.

Zufrieden schaute der Einsiedler Filip hinterher, der vom Schwung seines eigenen Stoßes fortgerissen worden war und im Nichts der Finsternis verschwand.

Suchend schaute ihm Eremias nach und versuchte das Schwarz der Finsternis zu durchdringen.

Doch der Blick in die andere Welt blieb ihm verwehrt.

Die Große Verdrängnis hatte Filip längst verschluckt.

2. Buch

Weisheit macht schwach

Die Weinenden Berge

Graue Wolken zogen über den Himmel und tauchten das Land, in dem sich Filip nun befand, in ein trübes diffuses Licht. Von Sekunde zu Sekunde verschoben sich die Wolkenbänke, formierten sich zu immer neuen Figuren, drängten ineinander, auseinander und zogen unaufhörlich zu anderen Horizonten weiter. Unter diesem sonnenlosen Himmel lag Filip regungslos auf dem Rücken. Ein böiger Wind fegte über den Boden und wirbelte den Sand auf, der in feinkörnigen Schwaden über das Wüstenland jagte.

Filips Blick wanderte suchend über den schleierhaften Himmel, senkte sich zum Horizont hinab, der konturlos in die sandige Einöde überging, auf der er gelandet, gestrandet war. Keine Sonne, kein Mond, kein Stern verriet ihm, ob es Tag oder Nacht war. Und wie der Unterschied zwischen Himmel und Erde im Nichts zu verlaufen schien, so kam es ihm vor, als würde er sich in einer Zwischen-Zeit, die weder Tag noch Nacht war, befinden.

Filip versuchte sich zu bewegen; versuchte aufzustehen, um dieses fremde Land zu erkunden, zu erforschen, wohin es ihn verschlagen hatte.

Doch unfähig, sich zu bewegen, blieb er auf diesem Wüstengrund liegen. Er versuchte, den Kopf zu heben, sich mit den Armen abzustützen, die Beine anzuziehen. Aber jede noch so kleine Regung seiner Gliedmaßen blieb ihm verwehrt. Saft- und kraftlos lag er am Boden, seine Muskeln gehorchten ihm nicht. Und so war das Einzige, was ihm blieb, der starre Blick in den

Himmel, dessen Wolkenbänke sich in immer neuen Formationen vor sein Angesicht schoben.

Aber während sein Körper lahm war, hatte sein Verstand nichts an Klarheit eingebüßt. Wenn sich Filip auch nicht bewegen konnte, so war er dennoch in der Lage zu denken: Als Erstes musste er herausfinden, wo er sich befand. Und wenn er den Kopf auch nicht heben konnte, so konnte er ihn vielleicht drehen, um wenigstens einen Blick zur Seite zu erhaschen.

Mit einer ungeheuren Kraftanstrengung schaffte es Filip, seinen Kopf zur Seite fallen zu lassen. Die zarte Haut seiner Wangen berührte den rauen Sand, der so ausgetrocknet war, dass er sofort aufstaubte.

Sogleich fegte ihm eine pulverige Böe in Gesicht. Filip merkte jedes Sandkorn wie einen winzig kleinen Nadelstich auf der Haut. Aber ihm fehlte die Kraft, den Kopf herumzudrehen. So wartete er nur unter diesen feinen, tausendfachen Stichen. Als sich der Staub endlich einmal gesetzt hatte, sich der Wind endlich einmal für Sekunden legte, schlug er die Augen auf.

Was er als Erstes sah, war nicht etwa die endlose Weite der Wüste, die ihn umgab, war nicht diese wasserlose Welt, in der Sand das einzige Element zu sein schien. Was er als Erstes aus seiner Ameisenperspektive erkennen konnte, war ein rosafarbener Haufen Fleisch, der sich vor ihm auftürmte. Und er brauchte eine Weile, bis er begriff, dass es sich bei diesem Fleischberg um seine Arme, seine Beine, seinen Leib handelte, in dem er wie in einem Fremdkörper zu stecken schien.

Und während die Windböen wieder eingesetzt hatten und seine Haut unter tausendfachen Stichen fast zum Glühen brachten, spürte Filip, wie ihm ein kalter Schauer über den Rücken lief.

Ein grauenvoller Verdacht stieg in ihm auf. Er erkannte sich nicht wieder, hatte sich verwandelt. Sein wohlgeformter Körper, seine von fein gezeichneten Muskeln durchzogenen Arme und Beine, seine von täglicher Arbeit gestählte Brust – all dies war einem kraftlosen Fleischhäufchen gewichen. Seine Finger glichen rosafarbenen Würsten, und je länger er hinschaute, umso mehr erinnerte er sich, genau dies schon einmal erlebt zu haben. Er entsann sich, dass ihm dieser Leib durchaus vertraut war, dachte nach, suchte so sehr in seinem Gedächtnis, das es fast schon schmerzte. Dann – endlich! – hatte er die Lösung gefunden.

In diesem Leib hatte er schon einmal gesteckt. So war sein Körper gewesen, als er ein Säugling war!

Die Erkenntnis traf ihn wie ein Schlag. Obwohl er am Boden lag, schwindelte ihm, begann plötzlich alles um ihn herum sich zu drehen:

Er steckte in dem Leib eines Säuglings!

Er war nicht in der Lage, sich fortzubewegen, unfähig, für sich selbst zu sorgen. Sein kluger, allwissender Kopf steckte in einem Körper, der dieser trostlosen Wüste, die ihn umgab, hoffnungslos ausgesetzt war.

Nur langsam konnte Filip den Blick von dieser armen, hilflos vor sich hinstrampelnden menschlichen Hülle, in der er sich befand, lösen. Selbst in dieser aussichtslosen Lage ließ sein Verstand nicht den leisesten Anflug von Panik zu. Stattdessen suchte er nach einer Möglichkeit, aus diesem Bad der Böen zu entfliehen.

Denn eins wurde ihm schlagartig klar: Lange würde er hier nicht bestehen können. Der feine Sand würde ihn entweder mit tausendfachen Stichen durchlöchern oder, wenn er ihn nicht immer wieder abschüttelte, bei lebendigem Leibe begraben. Auf jeden Fall würde er selbst zu Sand werden, wenn er nicht bald eine Rettung fand.

Mit gehetztem Blick versuchte er die endlosen Sandmassen zu durchdringen, die ihm in immer dichter werdenden Böen entgegenbliesen. Gleichzeitig spürte er, wie er immer mehr austrocknete, wie sich auf seiner feinen rosigen Säuglingshaut eine krustige Sandschicht ablagerte, die ihn zwar vor den Stichen schützte, aber wie eine Totenmaske zu umhüllen begann. Seine Wangen wurden starr, seine Nase musste sich bei jedem Luftholen die Atemwege erneut freikämpfen, seine Augenlider wurden immer schwerer. Nur mit Mühe konnte er sie noch offen halten. Schon wollten sie sich zum letzten Mal schließen, als er sie entdeckte.

Zwischen eine der Sandböen hindurch sah er sie.

Erst waren es für ihn nicht mehr als kleine runde Hügel am grauen Horizont.

Doch je länger er hinschaute, umso größer wurden diese kleinen Buckel, wuchsen an zu Bergen. Und erst als sie fast schon den ganzen Horizont verdeckten, merkte Filip, dass die Berge nur deshalb immer riesiger wirkten, weil sie gewandert waren: Sie hatten sich ihm so sehr genähert, dass sie ihn wie ein Gebirge einschlossen, sich mit ihren runden Gipfeln bedrohlich um ihn scharten und immer dichter zusammenrückten.

Filip schloss die Augen. Er wollte nicht mit ansehen, wie sie ihn überrollten, wie er unter ihnen zermalmt würde. Er wollte die Hände zum Schutz vor sein Gesicht halten, doch nicht einmal das gelang, er konnte die Arme nicht heben, schien dazu verdammt, diesen wandernden Bergen ausgeliefert zu sein.

Gleich mussten sie ihn überrollen.

Jetzt!

Doch nichts geschah.

Filip ließ noch eine Weile die Augen fest geschlossen. Dann konnte er der Versuchung nicht länger widerstehen. Er blinzelte zwischen den halb geöffneten Lidern hervor.

Vor ihm erhoben sich die runden Berge, so, als hätten sie schon immer hier gestanden. Und als Filip langsam an ihnen hochschaute, merkte er erst, dass ihm kein noch so laues Lüftchen mehr entgegenblies. Der Sturm mochte hinter den Gipfel weiter toben, auf dieser Seite blieb er ausgeschlossen.

Das, was ihm eben noch wie eine tödliche Bedrohung erschienen war, zeigte sich ihm jetzt als seine Rettung.

Sie sind nur zu meinem Schutz gekommen!, schoss es ihm durch den Kopf. Denn die Berge spendeten ihm jenen Windschatten, den er so bitter nötig hatte, damit sein fast schon ganz von Sand umschlossener Körper sich wieder freistrampeln konnte. Mit hektischen Bewegungen schüttelte Filip die verkrustete Schicht ab. Als sie endlich in brüchigen Stücken zu Boden gefallen war, merkte Filip, wie sehr ihn der Sand ausgetrocknet hatte. Er spürte einen fast unmenschlichen Durst, den er nicht zu stillen vermochte. Erschöpft lag er da, dämmerte im Schutz der Berge in einer Art Halbschlaf dahin, der ihn wenigstens fast den Hunger und Durst vergessen ließ, als er plötzlich eine Stimme hörte:

»Sehet nur. Ein Kind. Ein kleines Kind. Huhuhuh.«

Und eine andere Stimme antwortete:

»O ja. Ein Kind. Woher es wohl kommen mag?«

Die Worte klangen in Filips Ohren wie ein gurgelndes, glucksendes Quellwasser. So frisch, so rein.

Filip schlug die Augen auf. Er sah, wie aus den runden Bergen ein paar lange Hälse mit großen, massigen Köpfen herausragten. Aus jedem Kopf streckten sich ihm zwei Fühler entgegen. Und jeder Fühler trug ein verquollenes Auge, das glotzend auf Filip gerichtet war. Wie auf überallhin beweglichen Teleskopstöcken huschten die Augen über Filip hinweg, auf und ab, hin und her. Dabei verdrehten sich die Pupillen wie die bunten Kugeln eines Glasperlenspiels.

»Sehet nur«, gurgelte wieder der eine Kopf, »es ist ein Weltfremder. Ein unserer Welt fremder Fremdling. Huhuuuh. Ist das aber ein kleiner Weltfremdling. Ein klitzekleiner, klitzekleinkindischer Weltfremdling.«

Die anderen Köpfe nickten mit den Augen.

Ein anderes Wesen sprach:

»Dann kann es nicht von hier sein. Hier ist seit Urzeiten kein Weltfremdling mehr vorbeigekommen. Keiner von drüben hat den Weg hierher gefunden.«

Wieder wiegten die anderen zur Bestätigung die Fühler.

Während sich die sonderbaren Wesen so unterhielten, nutzte Filip die Gelegenheit, sie genauer zu betrachten. Mit ihren langen Hälsen, den klobigen Köpfen, mit dieser runzeligen Panzerhaut und mit den beweglichen Fühlern erinnerten sie Filip an prähistorische, schneckenartige Wesen. Auch der Berg, aus dem sie die Köpfe herausstreckten, schien Filip die

Form eines Schneckenhauses zu haben. Nur waren diese Wesen natürlich viel zu groß, um Schnecken zu sein. Und auch wenn die Ähnlichkeit unverkennbar war, so gab es auch Unterschiede wie die glotzenden Augen oder einfach nur die Tatsache, dass diese Wesen hier sprechen konnten.

Wahrscheinlich hätte Filip noch länger nachgedacht, wenn nicht einer der Köpfe höflich gesagt hätte:

»Huhuuuh. Wir haben ja ganz vergessen, uns vorzustellen. Huhuuuh. Darf ich bekannt machen: Dies hier ist Gevatter Weinhard, der da ist Gevatter Baldwein, jener Gevatter Klagobert. Um nur einige von uns zu nennen. Ich selbst aber bin Gevater Gernnot. Man nennt uns die Weinenden Berge. Angenehm. Sehr angenehm.«

Mit diesen Worten schaute Gevater Gernnot mit starren Pupillen gespannt auf Filip hinab.

Da drängte sich aus dem Hintergrund ein anderer Berg hervor. Ein paar gutmütige Fühleraugen blickten den Gevater Gernnot gekränkt an. Und eine weiche Stimme sprach:

»Das sieht dir mal wieder ähnlich, Gevaterchen. Dass du nur den männlichen Teil unseres Gebirges vorstellst!«

Der Kopf ließ seine Augen neugierig über Filip hin und her schwenken, bevor er glucksend weiterredete:

»Also höre, Kleiner! Der Gevater hat nämlich einiges vergessen. Das hier ist Gevatterin Heulene, jene da Gevatterin Malweine und diese zwei die Gevatterinnen Scarleid und Saloweh. Ich selbst aber bin die Gemutter der Weinenden Berge. Überall bekannt als Gemutter Melusine.«

Gevater Gernnot hatte sich schuldbewusst zurückgezogen. Jetzt lenkte er gutmütig ein:

»Ist ja schon gut, Gemutterchen! Hast ja Recht. Huhuuuh! Aber jetzt wollen wir dem Weltfremdling auch die Gelegenheit geben, uns zu sagen, wer er ist. Nun, Fremdling, die Weinenden Berge sind ganz Ohr!«

Je länger Filip dem Streit der zwei Berge zugeschaut hatte, die sich Gevater und Gemutter nannten und offensichtlich die Oberhäupter dieses wandernden Gebirges waren, umso mehr war er beruhigt. So mächtig und Furcht erregend die Berge waren, so gutmütig und freundlich schienen sie auch zu sein.

Es konnte also nichts schaden, wenn sich Filip ihnen vorstellte. Doch so sehr er auch versuchte, seinen Namen zu nennen, aus seinem Mund brach nur ein gequältes Lallen hervor. Und während er Worte dachte wie: »Guten Tag, mein Name ist Filip Filander. Ich bin durch das Tor zur Großen Verdrängnis hierher gelangt«, so sehr er dies alles sagen und noch vieles mehr fragen wollte, umso mehr spielte seine Zunge verrückt, war unfähig, die Gedanken in Worte zu fassen:

»Glllblluugulluhh!«, lallte Filip nur. Und sein Kopf wollte dabei zerspringen, weil das, was er sagen wollte, nicht herauskonnte.

Die Weinenden Berge sahen ihn verstört an.

Der Gevater Gernnot sagte erschüttert:

»Er kann nicht reden! Er ist stumm. Huhuuuh! Man hat ihm die Zunge gestutzt. Oooh, wie böse ist die Welt! Ein Kleinkind so zu quälen!«

Da schob sich die Gemutter Melusine vor:

»Quatsch nicht! Siehst du denn nicht, dass er noch ganz klein ist. Konntest du etwa, als du noch ein

Häufling warst, schon reden? Nicht? Na, siehst du. Dann kann der Säugling hier es auch nicht.«

Wieder huschten ihre Augen mit fast mütterlicher Zuneigung über Filip, bevor sie weitersprach:

»Seht doch nur. Der arme Weltfremdling. Wie ihn dürstet! Bestimmt hat er lange nichts zu trinken bekommen. Warte nur, mein Kleiner, dir kann geholfen werden!«

Und schon füllten sich ihre Augen mit Tränen.

»Was glotzt ihr denn so?«, schimpfte Melusine. »Nun macht schon mit! Der Kleine ist am Verdursten!«

Hatten sich eben noch die Gevattern und Gevatterinnen erstaunt angeschaut, so streckten sie jetzt ihre Fühleraugen nach Filip aus, begannen wie auf Befehl zu weinen und wie ein warmer Sommerregen ergossen sich sogleich die Tränen über Filip.

Begierig schluckte Filip den Tropfentrunk hinunter. Jede Pore seiner Haut nahm den Regen auf, labte und nährte sich davon.

Als die Augen der Weinenden Berge getrocknet waren, als Filip wie ein Verdurstender getrunken hatte, da fühlte er sich schon wieder viel stärker, konnte plötzlich den Kopf heben, die Arme und Beine bewegen. Erstaunt über diese seltsame Wandlung richtete er sich auf, kam zu sitzen, sah an sich hinunter und merkte, dass er ein ganzes Stück gewachsen war. Ja, er war kein Säugling mehr, hatte den Körper eines Einjährigen bekommen!

Ebenso erstaunt wie er hatten die Weinenden Berge diese Wandlung beobachtet.

Ohne zu wissen, wie ihm geschah, spürte Filip die Kraft in seinen Körper zurückkehren. Auch wenn er immer noch ein Kleinkind blieb, langsam löste sich seine Zunge, begann ihm zu gehorchen. Noch hatte sie zwar nicht die Sprache wieder gefunden. Aber so als würde sie Gymnastik betreiben, tanzte sie jetzt auf Filips Befehl durch den Mund, stieß an Gaumen, Zähne und fuhr über die Lippen.

»Flipp!«, war das erste Wort, das Filip in der Großen Verdrängnis sprechen konnte.

»Flipp!«, wiederholte er.

Die Weinenden Berge sahen ihn hilflos an.

»Gnem!«, sagte Filip.

Gevater Gernnot wollte etwas sagen. Aber sofort machte Gemutter Melusine »Psssst!« und raunte ihm zu: »Er lernt doch gerade sprechen!«

»Agnem! Flip. Flip Flander!«

Filip ließ noch einmal die Zunge im Mund kreisen. Dann stieß er endlich hervor:

»Angenem. Filip. Filip Filander!«

»Filip Filander!«, »Filip Filander!«, raunten sich die Gevattern und Gevatterinnen zu.

Und Gernnot unternahm einen neuen Versuch, etwas zu fragen:

»Nun sag uns aber, Filip Filander, wo kommst du her und wo willst du hin?«

Wieder sah ihn Melusine vorwurfsvoll an.

Doch diesmal bedurfte Filip ihres Schutzes nicht mehr. Seine Zunge war ihm immer mehr zu Willen. Und auch wenn ihm so manches Wort noch etwas unverständlich über die Lippen kam, endlich sah er sich in der Lage, seinen Gedanken Ausdruck zu verleihen:

»I kome auz Knoho. Bin dorch daz Toa zur Grozen

Verdrängniz geprungen. Mehr weiz ich auch nich. Schaut mich doch an. Wie ich aussehe. Als ich das Tor durchschritt, war ich achtzehn Jahre alt. Jetzt bin ich wie neu geboren. Ich weiß auch nicht, wie mir geschah.«

Immer fließender waren die Worte aus Filips Mund gekommen. Nur ein paar Sätze hatte es gebraucht und er konnte wieder fast so sprechen wie früher.

Trotzdem hatte er den Eindruck, als würden ihn die Weinenden Berge nicht verstehen.

»Könnt ihr mir vielleicht sagen, wo ich bin?«, fragte Filip.

Melusine wiegte den Kopf.

»Höre, Filip Filander«, sagte sie, »wir wissen zwar nicht, wovon du sprichst. Ja, von der Großen Verdrängnis haben wir nie etwas gehört. Aber wo du dich befindest, das können wir dir schon verraten. Du bist hier im Meer der Tränen. Es ist unermesslich groß. So groß, dass es nie ein Wesen je durchschritten hat. Und auch du wirst es kaum durchschreiten können, so wahr wir die Weinenden Berge sind.«

Filip hatte aufmerksam zugehört. Er sagte leise:

»Aber ich muss. Ich muss unbedingt die Große Verdrängnis erreichen!«

Wieder wiegte Melusine den Kopf.

»Und warum, Weltfremdling, meinst du wohl, dass du das musst?«

»Weil es nur in der Großen Verdrängnis die Weisheit gibt. Sie zu erlangen bin ich doch hier!«

Die Weinenden Berge gurgelten aufgeregt durcheinander.

»Weisheit«, »Weisheit«, gluckerten sie.

Und Gevater Gernnot streckte seinen Kopf hervor und fragte:

»Weisheit hast du gesagt. Ja, weißt du denn überhaupt, wovon du da redest?«

Filip schüttelte den Kopf:

»Nun ja, sie ist, also, sie soll sein«, stammelte er, »man sagt, sie macht schwach. Aber ich weiß nicht, was schwach ist. Hört ihr? Also muss ich es doch wissen. Wo ich doch sonst alles weiß. Wo ich doch sonst alle Wissheit habe. Alle, hört ihr, bis auf die eine: was ist das, was macht, dass man ist, wovon ich nicht weiß, was es ist? Schwach! Versteht ihr?«

Die Weinenden Berge sahen Filip ratlos an.

»Du weißt nicht, wovon du redest!«, sagte Gernnot.

Und Filip schüttelte abermals den Kopf.

»Dann höre jetzt du!«, erklärte Gernnot. »Höre, dass Weisheit das kostbarste Gut auf der Welt ist, das es gibt. Auch hier bei uns hat es dieses Gut einmal gegeben. Ich erinnere mich noch zu genau an die Zeiten, als diese Wüste keine tote Wüste war, sondern ein wirkliches Meer, ein Meer aus Tränen. Wie die Wellen wogten. Wie wir Wasser hatten im Überfluss, das unseren Durst stillte, das unser Leben nährte. Doch höre auch, dass diese Zeiten lange vorbei sind. Höre, dass die Weisheit fortging. Uns verließ. Ohne dass wir wissen, wohin. Und höre noch ein Letztes: Weisheit ist das teuerste Gut. Nur Toren würden behaupten, sie mache schwach. Nur versteinerte Seelen, die Angst haben, zu fühlen, denken, dass Weisheit Schwäche ist.«

Filip blickte niedergeschlagen zu Boden.

»Sie ist also fort,« murmelte er. »Dann bin ich ganz umsonst gekommen.«

Ohne weiter nachzudenken rappelte er sich mühsam auf. Erst als er stand, erinnerte er sich, dass er eigentlich gar nicht stehen konnte. Aber wieder war er in kürzester Zeit älter geworden, gewachsen und steckte nun im Körper des einjährigen Filip, der seine ersten Schritte laufen lernte.

Doch die Weinenden Berge hatten dafür kein Auge.

Ihre Fühler schwenkten rastlos über dem Boden hin und her. Dort, wo Filip eben noch gesessen hatte.

Auch Filip schaute nach unten.

Dort unten am Boden lagen die gläserne Ampulle und die erloschene Glühbirne, die ihm Brâchos zum Abschied in die Hände gedrückt hatte.

Filip hatte sie schon fast vergessen. Aber er musste sie wohl mit auf diese Welt gebracht haben.

Gernnots Augen kreisten über der Ampulle.

»Weißt du, was das ist?«, fragte er.

Filip zuckte die Schultern.

»Eine Ampulle. Was sonst?«

»Eine Ampulle!«, »Eine Ampulle!«, gurgelten die Gevattern und Gevatterinnen nach.

»Diese Ampulle«, frohlockte Gernnot, »ist keine normale Ampulle! Es ist die Ampulle der Ahnen. Höre! Es ist die längst verschollen geglaubte Traufe der Tränen. Und wisst ihr auch, was das heißt, Gevattern, Gevatterinnen oder du, ehrwürdige Gemutter?«

Wieder zwängte sich Melusine nach vorne.

»Er ist es!«, verschluckte sie sich fast und ihre Fühler kreisten um Filips Kopf. »Er ist es, der dafür sorgen wird, dass sich das Meer wieder mit Tränen füllt, Wasser statt Wüste die Welt bedeckt. Salziger Sand zur See wird.«

»Er ist es!«, bestätigte Gernnot. Und plötzlich befahl er mit entschlossener Stimme: »Kommt, ihr Gevattern und Gevatterinnen. Komm, du meine Melusine. Komm auch du, Filip Filander. Wir haben einen weiten Weg vor uns.«

Vor ihnen lag die Reise durch die unermesslichen Weiten der Wüste, die alle nur das Meer der Tränen nannten, das aber in Wirklichkeit nur noch ein Meer der vertrockneten Tränen war. Denn von dem Wasser, das einst die Tiefen des Ozeans gefüllt hatte, war nur noch salziger Sand geblieben.

Noch nie hatte irgendjemand dieses Meer durchschritten.

Doch wie in Vergangenheit, Gegenwart und Zukunft blieb es auch hier nur den großen Entdeckern vorbehalten, unbekannte Ozeane zu überwinden, sich auf zu neuen Ufern einzuschiffen.

Der Ozean, der vor Filip lag, war zwar ausgetrocknet. Aber das Ufer, zu dem er nun aufgebrochen war, würde ein Neuland sein, das jedem großen Entdecker zur Ehre gereicht hätte.

Das Meer der Tränen

Seit Tagen schon war der merkwürdige Tross aus einem Jungen und den Weinenden Bergen durch das Meer der Tränen unterwegs.

Filips Körper war wieder älter geworden. Während sein Verstand immer derselbe geblieben war, hatte sich sein Leib zusehens verändert, war drei, vier Jahre alt geworden und weiter gewachsen, bis er schließlich die Statur eines Sechsjährigen hatte.

Doch auch dies schien nur ein Stadium, ein Schritt zur alten Stärke, der Filip mit Ungeduld entgegensah.

Der Weg durch die Wüste führte die Wanderer zunächst leicht bergab. Aber Tag für Tag wurde das Gefälle steiler. Und je länger sie gingen, umso mehr hatte Filip den Eindruck, dass sie in einen Trichter hineinliefen. Aber wenn er Gevater Gernnot fragte, was es mit dem Meer der Tränen auf sich hatte, schüttelte der nur den Kopf und erwiderte:

»Sei nicht so ungeduldig, kleiner Weltfremdling. Ich selbst war noch niemals hier. Und wäre nie hierher gekommen, wenn du nicht in unsere Leben getreten wärst. Wie soll ich also wissen, was mich weiter unten erwartet?«

Doch Filip gab nicht nach:

»Aber du hast doch diesen Weg eingeschlagen? Dann musst du auch wissen, wohin er führt!«

»Höre! Wenn einer das weiß, wonach du fragst, dann nur du selbst. Du willst doch die Weisheit erkunden. Also wundere dich nicht, wenn wir ihr ein wenig auf den Grund gehen. Denn die Weisheit, hörst du, liegt oft ganz unten im Verborgenen. Schau dich nur um! Jeder Schritt führt dich tiefer hinab. Immer tiefer hinab, bis du auf etwas stößt, das dir vielleicht weiterhilft. Na? Siehst du schon was?«

»Nicht dass ich wüsste!«, verneinte Filip.

»Tsss, tsss!«, machte Gernnot und kroch mit seinem Berg auf dem Rücken mühsam weiter. Er hinterließ dabei auf dem heißen Salzsand eine feuchte Schleimspur, die aber sofort vertrocknete und nur als verkrustete Fährte zurückblieb.

Schweigend ging Filip weiter. Es mochten wieder ein oder zwei Stunden vergangen sein, da entdeckte er in der Ferne eine kleine Unebenheit im Boden.

Da jede Abwechslung im platten Wüstensand die Neugierde der Wanderer wecken musste, machten sie einen kleinen Schwenk und gingen auf die kleine Unebenheit zu, die, je näher sie kamen, immer mehr Konturen erhielt.

Erst schien es sich um die Form eines Tieres zu handeln, das hier verendet war. Dann jedoch wurden immer mehr menschliche Züge erkennbar: ein Arm schien seltsam abgespreizt, unter einer Sandwehe schaute ein Fuß hervor. Und als sie ihr Ziel erreicht hatten, war klar, dass hier ein Mensch lag – liegen musste, der vom Salzsand bedeckt war.

Teilnahmslos kniete Filip vor dem leblosen Körper nieder und wischte den Sand von der Gestalt fort, befreite Arme, Beine, Bauch, Brust und schließlich den Kopf vom Salz der Wüste.

Würde er hier etwas ausgraben, das ihn auf seinem Weg zur Weisheit voranbrachte?

Wieder spürte er den Drang, seiner schier unermesslichen Wissheit eine neue Erkenntnis hinzuzufügen. Hastig pustete er dem Menschen den Staub aus dem Gesicht.

Dann wusste er, wen er vor sich hatte. Enttäuscht wandte er sich ab.

Die Gestalt, die hier vertrocknet und versteinert im Meer der Tränen lag, war niemand anderes als Gunde. Sein alter Lehrmeister Gunde, der ihm in Knoho so sehr geholfen hatte.

Jetzt lag er hier, verkrümmt und zu Stein geworden. Und Filip hatte nur ein enttäuschtes Kopfschütteln für ihn übrig. Hatte er erwartet, ja, gehofft, hier eine Spur zur Weisheit zu finden, so sah er sich getäuscht. Was konnte ihm der alte Mann, der so torhaft für ihn gestorben war, schon geben? Schließlich war er tot. Und die Toten sollte man ruhen lassen.

»Kennst du diesen Mann?«, hörte er Gevater Gernots Stimme.

Filip drehte sich zu den Weinenden Bergen um, die allesamt Tränen in den Augen hatten.

Mit ausdruckslosem Blick antwortete er:

»Nein. Wozu auch? Er kann mir ja doch nicht mehr helfen! Lasst uns weitergehen. Sonst lauft ihr mir noch aus!«

So schritt er entschlossen den Weg weiter voran. Die Weinenden Berge aber folgten ihm.

Als Filip sich jedoch einmal umdrehte, um nachzusehen, ob sie wirklich nachkamen, merkte er nicht, dass einer der Weinenden Berge zurückgeblieben war. Zu sehr war er damit beschäftigt, sich nun durch nichts mehr aufhalten zu lassen und den kürzesten Weg durch diese Einöde zu finden.

Mit immer kräftigeren Schritten drängte er voran. Denn wieder war er ein Stück gewachsen, befand sich inzwischen im Körper des siebenjährigen Filip. Sein Verstand aber war nach wie vor der alte, erfüllt von Wissheit und dem Streben nach neuer Geistesnahrung.

Es sollte sich noch oft ereignen, dass ihr Weg durch das Meer der Tränen abgelenkt wurde. Immer öfter stießen sie auf Unebenheiten im Sand, die, sobald sie näher kamen, zu menschlichen Gestalten wurden.

Und jede dieser Gestalten war Filp bekannt.

So fanden sie die versteinerten Hüllen von Gromek, von Janus, und auch Brâchos lag erstarrt im Salzsand.

Jedes Mal ging Filip ungerührt weiter. Zwar drängte es ihn, eine jede Gestalt freizuschaufeln, um nachzusehen, um wen es sich handelte. Sobald es jedoch geschehen war, sobald er erfahren hatte, was er wissen wollte, drängte er schon wieder zum Aufbruch. So merkte er nicht, dass bei jedem versteinerten Körper immer ein Weinender Berg trauernd zurückblieb. Dass sich die Zahl des Wandernden Gebirges verkleinerte und bald nur noch Melusine, Gernnot, der Gevatter Melwein und die Gevatterin Saloweh übrig geblieben waren.

Als sie wieder einmal vor den versteinerten Überresten eines Menschen standen, den Filip gekannt hatte, als Filip über den verkrümmt daliegenden Körper seines eigenen Großvaters regungslos hinweggesehen hatte, da endlich bemerkte er, dass das Gebirge zu einer kleinen Bergkette zusammengeschrumpft war.

»Wo sind denn die anderen?«, fragte er erstaunt.

Gernnot verdrehte die rot geweinten Fühleraugen.

»Sag bloß, du merkst es erst jetzt?«, antwortete er vorwurfsvoll und fuhr sogleich fort: »Vergiss nicht, wir sind Weinende Berge. Wenn du nicht über den Tod deiner Freunde trauern kannst, dann müssen wir es an deiner Statt tun. Bei jedem deiner Freunde bleibt ein Weinender Berg zurück, damit wenigstens irgendjemand eine Träne für sie vergießt.«

»Es sind nicht meine Freunde!« erwiderte Filip bestimmt.

Da wurde Gernnot zum ersten und einzigen Mal wütend. Seine Augen glotzten Filip an, als wollten sie ihn verschlingen:

»Höre!«, sagte er mit übersprudelnder, sich überschlagender Stimme. »Höre! Diese Menschen, die hier versteinert unseren Weg säumen, sind allesamt alte Bekannte von dir. Oder etwa nicht? War nicht die erste Gestalt, die wir hier fanden, dein alter Freund Gunde, der dich gelehrt hat, wie man in Knoho lebt, damit man überlebt? Und war jener Letzte nicht dein Großvater selbst, der aus Gram dem guten Gunde gleich nachgefolgt ist? Wer soll denn noch alles versteinert hier vor dir liegen, damit nur etwas wie Trauer in dir entsteht?«

Ohne dass er sich fragte, woher Gernnot dies alles wusste, antwortete Filip gleichgültig:

»Ich weiß nicht, wovon du sprichst. Das Einzige, was mich interessiert, ist neue Wissheit. Und wenn ich die nicht haben kann, dann will ich wenigstens etwas von eurer Weisheit lernen, oder wie ihr das hier nennt.«

Gernnot sah Filip erstaunt an. Seine Stimme wurde plötzlich wieder ganz leise und ruhig. Gurgelnd sagte er:

»Ich weiß, ich weiß. Den ganzen Weg, den wir gemeinsam gegangen sind, hättest du mehr als nur ein Stück davon bekommen können. Bei jedem deiner versteinerten Freunde hätte sich die Weisheit in dir regen können. Aber du hast sie verschmäht. Zu weit, höre, zu weit bist du noch von ihr entfernt. Zu tief, ach, viel zu tief steckt sie in dir verborgen. Zu tief für mich und meine Gevattern und Gevatterinnen. Du hättest viel von uns lernen können. Aber das Schicksal hat es anders gewollt. Du hast es anders gewollt! Wir können nichts mehr für dich tun. Unsere Wege werden sich bald trennen. Komm!«

Und damit kroch er weiter – immer tiefer in diesen Trichter, dessen Gefälle immer steiler wurde, hinein.

So kamen sie noch an weiteren versteinerten Gestalten aus Filips Leben vorbei. Und an jeder von ihnen blieb ein Weinender Berg trauernd zurück: erst Gevatter Melwein, dann die Gevatterin Saloweh und schließlich auch die Gemutter Melusine.

Traurig nahm Gernnot von ihr Abschied. Zärtlich lehnten sie die Köpfe aneinander, das Schluchzen erschütterte die Berge, die sie mit sich schleppten. Die Tränen kullerten ihnen aus den Augen.

Melusine fand als Erste Worte. Tränenerstickt sagte sie:

»Wir werden uns bald wieder sehen. Hab Geduld, mein Lieber. Bald werden wir wieder vereint sein!«

Gernnot nickte nur. Er war unfähig, auch nur ein Wort zu sprechen. Dann gab er sich einen Ruck und wandte sich von Melusine ab. Während er jedoch Filip folgte, der schon vorangegangen war, während er immer tiefer in den Trichter hineinrutschte, hatte er den

Hals nach hinten gedreht und seine Augen blickten auf den weit nach hinten gereckten Fühlern sehnsüchtig zurück, bis Melusine eins geworden war mit dem grauen Hintergrund der Wüste.

Die Gemutter sollte Recht behalten.

Sie waren nur wenige Stunden unterwegs, da zeichnete sich vor ihnen eine Erhebung ab, die größer war als alle Unebenheiten, die bislang immer auf ein weiteres versteinertes Wesen hingedeutet hatten.

Als sie näher kamen, fast schon nicht mehr schreitend, sondern den steilen Trichter hinabrutschend, sahen sie, dass sich die Erhebung aus mehreren Bergen zusammensetzte.

Ein Beben erfasste Gernnot. Immer schneller drängte er voran. Filip hatte Not, ihm zu folgen. Und als sie bei den Erhebungen angekommen waren, sahen sie, dass Melusines Worte in Erfüllung gegangen waren.

Vor ihnen lag das ganze Wandernde Gebirge, doch aus den Weinenden Bergen rann keine Träne mehr. Der Quell ihrer Tränen war versiegt. Die Köpfe der Gevattern, Gevatterinnen und der Gemutter lagen seitwärts schwer auf dem öden Wüstensand. Sie waren vertrocknet, versteinert. Selbst die Fühler waren zu Stein geworden. Und die Augen blickten blind und gebrochen in den grau verschleierten Wüstenhimmel.

Nur ein Weinender Berg war noch geblieben.

Gernnot schleppte seinen mächtigen Leib neben den Melusines. Dann legte er seinen Kopf an ihren Kopf. Seine Tränen ergossen sich in Strömen über ihr Haupt. Und als er sie so mit dem Wasser des Lebens benetzte, wurden einmal noch ihre versteinerten Züge mit Leben erhellt:

»Da bist du, Lieber!«, entfuhr es ihrem Rachen, wie ein letzter Hauch, ein letztes kraftloses Ausatmen.

»Da bin ich, Liebe!«, hauchte nun auch Gernnot, dessen Tränen zugleich versiegten, durch dessen Leib ein letztes Zucken fuhr und dessen Hals, Kopf und Fühler zu Stein erstarrten. Nur seine Augen drehten sich ein letztes Mal, richteten sich anklagend auf Filip, bevor sie brachen.

Ein Frösteln hatte Filip ergriffen. Er konnte diesem toten Blick nicht standhalten. Das, was er eben gesehen hatte, war auch für seine steinerne Seele zu viel. So wandte er sich schnell fort und hastete voran – immer weiter dem Tiefpunkt des Trichters entegen.

Er lief, bis er die Weinenden Berge hinter sich nicht mehr sehen konnte. Immer steiler war der Hang geworden. So steil, dass Filip des Öfteren stolperte, sich wieder aufrappelte, bis er schließlich rutschend, fast fallend, immer tiefer abstürzte.

Einmal versuchte er stehen zu bleiben, um rückwärts den Hang zu erklimmen. Aber es ging nicht mehr. Und er merkte, dass der Tiefpunkt ihn mit magischer Kraft anzog, der er sich nicht mehr widersetzen konnte.

Seine Haare, die so lang gewachsen waren, dass sie ihm auf die Schultern fielen, wurden im Sog des Trichters nach vorne geweht. Als würden unzählige Saugnäpfe an Filips Haut ziehen, wurde er nach vorne getrieben.

Jetzt gab es kein Zurück mehr. Der Sog des Trichters riss Filip mit sich, immer weiter, fort, fort, hinein in die tiefsten Tiefen des Meeres der Tränen – seines Meeres der Tränen.

Die Crimadonna

Für den achtjährigen Körper Filips gab es kein Halten mehr. Fast im freien Fall stürzte er dem Tiefpunkt des Trichters entgegen. Er ruderte mit den Armen, versuchte sich mit den Händen abzustützen. Doch der Sog nach unten war so groß geworden, dass an Bremsen nicht mehr zu denken war.

Schließlich ergab er sich in sein Schicksal und rutschte, die Glühbirne und die Traufe der Tränen fest umklammert, hinab. Und je tiefer er kam, umso weniger Sonnenstrahlen fanden den Weg in den Trichter, umso dunkler wurde es – fast so finster wie vor den Toren Knohos.

Für unmessbare Zeiten – waren es Sekunden, Minuten oder Stunden? – verlor Filip in dieser Finsternis jedes Gefühl für die Geschwindigkeit, mit der er dahinraste. Dann plötzlich sah er ein Licht; das Licht wurde größer, und hart schlug er auf einem steinigen Boden auf.

Die Reise zum Mittelpunkt des Meeres der Tränen war zu Ende. Er hatte sein Ziel erreicht.

Mühsam rappelte er sich auf, untersuchte seine Knochen, ob er sich etwas gebrochen hatte. Zu seinem Erstaunen konnte er nicht einmal eine noch so kleine Schramme feststellen.

»Es wird schon nichts passiert sein, Junge!«, hörte er eine schrille, kratzige Stimme. Erschrocken schaute er auf.

Vor einem flackernden Licht saß eine hagere Gestalt, halb Fisch, halb Mensch.

»Glotz nicht so!«, krächzte die Gestalt. Doch Filip konnte nicht wegschauen, musste einfach dieses unheimliche Meereswesen genauer betrachten. So sah er, dass es Arme und Beine hatte wie ein Mensch. Der Kopf, die Brust und der Unterleib aber die Körperteile eines Fisches waren.

»Hast du dich endlich satt gesehen?«, schalt die Stimme

Filip nickte willenlos.

»Dann kann's ja weitergehen!«, meinte das Wesen und erhob sich mühsam von dem Stein, auf dem es gesessen hatte.

Mit wankenden Schritten kam es auf Filip zu.

»Angenehm!«, krächzte es und streckte Filip die leicht geschuppte Menschenhand entgegen. »Man nennt mich die Crimadonna. Ich bin die Echsin des Meeres der Tränen. Angenehm!«

Widerwillig gab Filip ihr die Hand.

Mit einem klebrigen Druck hielt die Crimadonna seine Hand fest umklammert und fuhr dabei fort zu erzählen:

»Hast so was wie mich wohl noch nie gesehen? Nicht? Na, dacht ich's mir doch.« Und sie hielt immer noch seine Hand, als sie fortfuhr zu fragen: »Haben dich die Weinenden Berge also nicht davor bewahren können, hierher zu mir, in mein Reich der tiefsten Tiefen, zu kommen?«

Filip schüttelte den Kopf.

»Nicht dass ich wüsste«, erwiderte er. »Sie haben es nicht mal versucht.«

Da erschallte ein schrilles, lautes Lachen. Aber es war kein fröhliches, lustiges Lachen, sondern mehr ein anklagender Aufschrei. Es schien, als könnte sich die Crimadonna gar nicht mehr einkriegen, so empört war sie.

»Nicht versucht? Das ist gut. Wirklich gut. Hast du vielleicht noch einen anderen Witz auf Lager? Hierzulande lacht man so selten. Da ist es gut, wenn ab und zu mal so ein Witzbold wie du vorbeikommt und für Erheiterung sorgt!«

Aber sie sah alles andere als erheitert aus und lachte immer nur weiter, schrill, laut und klagend, dass Filip wieder dieses Frösteln durchfuhr, das er vorhin schon einmal gespürt hatte.

Als sich die Crimadonna wieder beruhigt hatte, fuhr sie ungerührt fort:

»Nicht versucht, sagst du also. Nun pass mal auf, du Fremdling, du Weltfremdling! Sie haben es sogar die ganze Zeit über versucht. Nur dass du es nicht gemerkt hast, du ahnungsloser Wicht.«

Filip sah der Crimadonna verstört in die glubschigen Fischaugen.

»Glotz nicht so!«, keifte die Echsin. »Es ist so, wie ich sage. Was glaubst du denn, weshalb du hier bist? Was denkst du denn, weshalb dir Brâchos die Traufe der Tränen mit auf den Weg gegeben hat? Hast du denn nicht mal eine einzige Sekunde darüber nachgedacht, was du hier sollst?«

Filip schüttelte den Kopf.

»Bis jetzt«, antwortete er leise, »weiß ich ja noch nicht einmal, wo ich hier bin!«

Die Echsin lachte bitter.

»Ha! Das also weißt du nicht? Dann will ich es dir verraten! Du bist in der Großen Verdrängnis. Wohlgemerkt, nicht in meiner oder was weiß ich in wessen Verdrängnis, sondern in deiner eigenen Verdrängnis. Du bist im Reich deiner eigenen verlorenen Weisheit gelandet. Ha! Da staunst du, was?«

Und ob Filip staunte.

»Aber was ist das, Weisheit?«, fragte er. »Und wie kann ich etwas verloren haben, von dem ich gar nicht weiß, was es ist?«

»Ja, das hat dich deine Wissheit nicht gelehrt, was? Das hast du nicht gelernt in der gläsernen Stadt, die ihr Weltfremdlinge Knoho nennt. Nun gut. Dann will ich es dir verraten. Sperr nur richtig deine Lauscher auf. Denn ich werde es dir nur einmal erklären, ein einziges Mal!«

Und mit diesen Worten setzte sie sich wieder auf den Stein und zupfte an ihrem Schuppenkleid herum. Erst als sie sicher war, dass sie nun wirklich bequem saß, begann sie fortzufahren:

»Nun denn«, sprach sie, »es gibt zwei Formen des Wissens. Die Wissheit und die Weisheit. Du, ha!« Und dabei winkte sie mit ihrer klebrigen Hand geringschätzig ab. »Du besitzt nur die eine: Wissheit. Das ist jene Form des Wissens, die ihr Menschlinge hegt und pflegt. Die man in den Schulen, in euren so genannten Knollegs lernt. Alles so unnütze Dinge wie Zahlen und Formeln, Fakten und Daten. Erfunden von den Klügsten der Klugen unter euch, damit ein jeder Menschling es zu etwas bringen kann. Denn das ist das Wichtigste für euch: es zu etwas bringen. Wer die Wissheit hat, der hat das Zeug, es zu etwas zu bringen, den anderen voraus zu sein. Denn Wissheit macht stark. Hab ich nicht Recht, Fremdling? Hab ich nicht Recht?«

Filip versuchte sich aus dem, was er da gehört hatte, einen Reim zu machen. Hatte ihm nicht Eremias etwas Ähnliches erklärt? Doch die Echsin schien viel mehr über den Zusammenhang von Wissheit und Weisheit zu wissen als der Einsiedler.

»Wissheit macht stark«, sprach Filip der Crimadonna nach und fügte hinzu: »Und Weisheit macht schwach.«

Wieder lachte die Echsin bitter und anklagend.

»Ja, so denkt ihr euch das. Aber du weißt ja gar nicht, wovon du sprichst, Fremdling. Denn du hast doch die gesamte Wissheit weggelesen oder etwa nicht?«

Filip nickte. Die Crimadonna fuhr fort:

»Dann will ich dir etwas erklären. Es gibt da nämlich einen Zusammenhang zwischen Wissheit und Weisheit. Pass nur gut auf. Es ist nämlich so: Die meisten Menschlinge streben allein nach der Wissheit. Sie häufen sie an wie Geld oder andere Güter. Dabei vergessen sie, dass es auch noch etwas anderes gibt. Und das ist die Weisheit. Und je mehr Wissheit sie anhäufen, umso mehr Weisheit gerät in Vergessenheit, in Verdrängnis, verstehst du?«

Filip schüttelte den Kopf.

»Ja, bist du denn ganz auf deinen wissheitsverblendeten Kopf gefallen, du Weltfremdling? Du selbst hast doch alle Wissheit weggelesen, bis nur du sie allein besessen hast. Du selbst hast doch alle Weisheit vergessen, in deine eigene Große Verdrängnis gedrängt, bis nichts mehr von ihr übrig war.«

Da unterbrach Filip die Echsin ungeduldig:

»Aber nun sag doch endlich, was ist nun diese Weisheit, von der du unaufhörlich sprichst?«

Da erhellten sich die schuppigen Gesichtszüge der

Crimadonna. Ihr Fischmaul öffnete sich zu einem breiten Lächeln, ihre Glubschaugen zwinkerten vergnügt, während sie sprach:

»Oh, die Weisheit, die schöne Weisheit. Das ist das Lachen und das Weinen, die Liebe und der Hass, die Freude und die Trauer, die Hoffnung und die Enttäuschung, die Lust und der Frust, das Glück und das Unglück, das Tragische und das Komische, das Leben und der Tod ...« Und während sie so sprach, schlug sie sich mit der Hand auf die schuppige Brust. »Spürst du es denn nicht, Fremdling, es sitzt hier, hier drinnen!«

Filip schaute sie befremdet an.

Als würde die Crimadonna gerade erst aus einem schönen Traum erwachen, sah sie Filip wütend an und rief:

»Oh, ich vergaß! Du kannst es ja nicht. Denn du hast alle Weisheit gegen Wissheit eingetauscht. Du hast alles verloren, was weise macht. Deshalb bist du ja hier. Hier, haha! In deiner eigenen Großen Verdrängnis. Hier – um herauszufinden, was für dich die Weisheit ist, was dich lachen und weinen macht, was für dich Glück und Unglück bringt. Verstehst du?«

Filip rang nach Luft.

»Was soll das heißen? In meiner eigenen Verdrängnis gelandet?«

»Ganz einfach«, schrie die Echsin, »du bist in dir selbst gelandet. In deinen eigenen verlorenen Träumen, die du vergessen hast, als du in den Besitz der Wissheit kamst. Hast du dich denn nicht gefragt, weshalb du hier lauter alte Bekannte getroffen hast? Gunde, deinen Großvater, Brâchos und Janus. Hast du dich das nicht gefragt?«

Filip schüttelte verstört den Kopf. Die Echsin aber fuhr unbarmherzig fort:

»Wir hier drinnen sind alles deine Wesen. Alles Wesen deiner Träume, Hoffnungen und deiner verlorenen Weisheit. Selbst das Meer der Tränen ist dein Meer. Ausgetrocknet, weil deine Tränen versiegt sind. Weil keine Traurigkeit, keine Trauer, kein Leid und keine Leidenschaft mehr in dir sind.«

»Und du?«, flüsterte Filip. »Sag, wer bist du?«

»Ich?«, fragte die Echsin mit plötzlich ganz betretener Stimme. Und ihre so hochfahrenden Gebärden brachen in sich zusammen. Mit eingefallenen Schultern erklärte sie: »Natürlich bin auch ich dein Wesen. Ich bin die Hüterin deiner Tränen. Einst, ja, einst war ich ein stolzes Tier der Meere, deiner Meere! Bin geschwommen und getaucht durch deinen Ozean der Tränen. Doch dann begann der Quell deiner Traurigkeit zu versiegen, der Meeresspiegel sank herab. Und zurück blieb nur eine Wüste von salzigem Sand. So zog ich mich zurück. Bis auf die tiefsten Tiefen der See – deiner Seele! Doch irgendwann wurde auch hier unten alles zu Sand. Sieh mich doch an! Einst war ich ein stolzer Fisch, nun werde ich bald schon zum Menschen geworden sein. Und der Moment, wo die letzte Schuppe von mir abfällt, wird auch der Moment sein, da deine Verdrängnis untergeht. Und du mit ihr. Wo du austrocknen wirst wie die versteinerten Wesen, die du im Meer der Tränen getroffen hast.« Mit trauernder Miene lachte sie: »Ha! Wir werden gemeinsam zu Grunde gehen. Du und ich! Sind das nicht schöne Aussichten?«

Filip sah die Crimadonna entgeistert an, die plötzlich

laut aufschluchzte, als wollte sie weinen. Aber anders als die Weinenden Berge konnte sie es nicht, weil ihre Tränen längst vertrocknet waren. So kullerten nur feine Kristalle aus ihren Augen, rollten ihr über die schuppigen Wangen und fielen wie Staub zu Boden.

Und während die Crimadonna versteinerte Tränen weinte, verschwanden immer mehr Schuppen von ihrem Körper, schimmerte durch ihr Fischkleid immer mehr die rosige Haut der Menschen durch. An den Lidern ihrer Glubschaugen wuchsen Wimpern und ihr Fischmaul bekam Lippen.

»Halt, halt! Hör auf!«, schrie Filip, »Merkst du denn nicht? Du weinst uns ja zu Grunde.«

Doch die Echsin wollte sich nicht beruhigen.

»Ich kann nicht!«, schluchzte sie trocken und wischte sich die Kristalle von den Wangen.

Da wusste sich Filip nicht anders zu helfen. Er schritt auf die Echsin zu. Und zu seinem Erstaunen kostete es ihn keine Überwindung, das fischige Etwas bei den flossenbedeckten Armen zu fassen, es an sich zu ziehen und in den Arm zu nehmen. Mit sanftem Streicheln schaffte er es schließlich, die Crimadonna zu beruhigen. Ihr Schluchzen hörte auf. Ihr Kopf ruhte sanft auf Filips Schultern, der inzwischen schon wieder gewachsen war und nun die Statur eines Zwölfjährigen hatte.

»Was kann ich nur tun?«, fragte er leise.

Die Echsin sah ihn lange forschend an. Hoffnung schimmerte in ihren Augen. Schließlich sagte sie:

»Ich hatte kaum daran zu denken gewagt, dass du das fragst. Aber ehrlich gesagt, ich weiß nicht, ob du dazu bereit sein wirst!«

»Wozu?«

»Es gibt nämlich nur einen Ausweg.«

»Welchen denn?«

Die Echsin zögerte kurz. Dann sprach sie:

»Du musst noch tiefer in die Große Verdrängnis eindringen. Denn du musst sie zurückerobern. Es gibt für dich keinen anderen Ausweg mehr.«

Filip wurde schlecht. Er schaute um sich. Um ihn herum ragten die steilen Wände des Trichters empor und es schien unmöglich, sie zu erklimmen. Und wenn es möglich gewesen wäre, was würde es ihm nutzen? Er wäre doch nur wieder im Meer der Tränen gelandet. Dies war sicher nicht der Ausweg, den die Crimadonna meinte.

»Wie aber, wie kann ich sie zurückerobern?«, fragte er atemlos.

Die Crimadonna lächelte bitter.

»Du hast richtig beobachtet«, erwiderte sie. »Nicht dort oben ist der Ausweg. Sondern ...«, und dabei zeigte sie nach unten, »... sondern hier!«

Der Crimadonna zu Füßen war ein klaffendes Loch, dessen Wände ganz glatt geschliffen waren, so als wäre über viele Jahre hinweg ein unaufhörlicher Wasserstrom hindurchgeflossen.

Filip sah die Echsin fragend an.

»Dies«, antwortete sie auf seinen Blick, »ist der Quell deiner Tränen. Seit du lebst, wurde durch dieses Loch das Meer deiner Tränen gespeist. Niemand, selbst ich nicht, hat je erforscht, was hinter diesem Loch steckt, was sich dahinter verbirgt, das der Grund deiner Traurigkeit ist. Ich gebe zu, ich wollte es auch nicht wissen, denn ich war zufrieden, solange es war, wie es war. Jetzt aber muss irgendjemand hinabsteigen, um es herauszufinden. Um deiner Traurigkeit, die du verloren hast, auf den Grund zu gehen. Um sie wieder zu entdecken, wieder zu erwecken. Denn dies ist der letzte Ausweg. Und so frage ich dich noch einmal. Bist du bereit?«

Filip blieb nichts anderes übrig. Er nickte entschlossen, ging in die Hocke und setzte sich auf den Rand des Loches, das der Quell seiner Tränen war.

»Nur sag mir noch eines«, meinte er, »was erwartet mich? Was soll ich tun?«

Die Echsin bückte sich zu ihm hinab und legte ihm die Hand schwer auf die Schulter.

»Was dich erwartet, Filip Filander, kann ich dir nicht sagen. Was du tun sollst, schon. Bring nur einen Tropfen deiner Tränen zum Fließen. Träufle ihn in die Traufe der Tränen und du wirst sehen. Der Ozean wird sich wieder füllen und das Leben, ich verspreche es dir, wird weitergehen. Und nun wünsche ich dir eine gute Reise!«

Mit diesen Worten gab sie ihm einen mächtigen Stoß.

Filip wehrte sich nicht einmal.

Ohne einen Aufschrei verschwand er im Quell seiner Tränen.

Die Espoten

Immer tiefer rutschte Filip hinab in die Große Verdrängnis.

Die glatt geschliffenen Wände des Quells der Tränen bremsten seinen Fall nicht. Von der Schwerkraft nach unten gezogen, schlitterte er, mit den Beinen voran, immer weiter hinab.

Wieder vergaß er die Zeit um sich herum. Irgendwann nur merkte er, dass er sich in dem Rohrgang drehte, gleichzeitig verlangsamte etwas seinen Fall, den er nun mit dem Kopf voran fortsetzte.

Immer langsamer wurde die Fahrt. Als er vorsichtig den Kopf in den Nacken legte, sah er tief unter sich ein in milchiges Licht getauchtes Loch – oder war es über ihm? Fiel er überhaupt noch? Oder hatte er nicht schon seit einiger Zeit begonnen nach oben zu schweben? Ihm war, als hätte sich die Welt gedreht. Und während er so dachte, war das Loch immer größer geworden. Bald schon erhellte ein weißes Schleierlicht den ganzen Gang. Es benebelte ihn. Und als er in das Loch spähte, als die Fahrt durch den schmalen Rohrgang ein Ende hatte, als er an die Oberfläche – oder war es eine Unterfläche? – stieg, war er für einen Augenblick wie erblindet.

»Tiefgesunkenbist!«, hörte er eine vertraute stimmlose Stimme. Er versuchte zu sehen. Aus dem weißen Hintergrund bildeten sich langsam Kontraste heraus. Die Kontraste ergaben Konturen. Und Konturen wurden zu Bildern.

Für einen Wimpernschlag glaubte Filip, die Welt

würde Kopf stehen, dann aber fand er sich zurecht und kletterte aus dem Loch, dem Quell seiner Tränen, heraus.

»Tiefgesunkenbist!«, vernahm er nochmals diese tonlose Stimme, der jegliche Hebungen und Senkungen fehlten und die er so wenig vergessen würde wie keine zweite Stimme.

Brâchos!

Wie konnte der hierher kommen, wo er längst gestorben war? War nicht im Tempel der GeWissheit schon jedes Leben aus ihm gewichen? Und war er nicht im Meer der Tränen zur Salzmumie versteinert?

Doch schon vernahm Filip eine zweite Stimme:

»Hör nicht auf ihn, mein Sohn!«, sagte sein Großvater. Und plötzlich erschien auch Gunde und sprach:

»Du wirst deinen Weg finden, Filip. So wie du ihn auch in Knoho gefunden hast. Geh nur. Geh!«

Schon aber erschien Janus und widersprach:

»Nichts wirst du. Niemand ist diesen Weg zuvor gegangen. Und auch du wirst scheitern. Scheitern wirst du!«

Nacheinander traten jetzt lauter Totgeglaubte auf: Gromek und seine Gesellen und die Knollegen aus Knoho. Alle brabbelten sie durcheinander, versuchten Filip für sich zu gewinnen.

»Schluss jetzt!«, rief Filip. »Sagt mir lieber, was ihr hier sucht, wie ihr hierher kommt. Seid ihr denn nicht alle tot?«

Die Totgeglaubten sahen einander erstaunt an.

»Tot?«, »Tot?«, brabbelten sie wild durcheinander.

Dann lachten sie und schauten einander aufmunternd an.

»Sag du's ihm!«, »Sag du's ihm!«, forderte einer den anderen auf.

Und ob Freund, ob Feind – alle hatten dabei grimassenhafte Gesichter, verlachten und verhöhnten Filip.

»Großvater!«, flehte Filip. »Dann sag du mir doch, wie ihr hierher kommt, wo ich hier bin und was ich hier soll?«

Das Gesicht des Großvaters hatte jede Güte und Wärme verloren. Immerhin blieben jetzt die anderen still, als er sprach:

»Wir sind alle Gestalten deiner Verdrängnis, mein Sohn. Wir können nicht sterben. Hier ...«, und dabei beschrieb der Großvater mit dem Arm einen weiten Kreis, »... in deiner Verdrängnis können wir es nicht. Denn hier ist alles gespeichert, was du einmal gesehen und gedacht hast.«

Die tot geglaubten Gestalten fingen wieder an zu lachen, schlugen sich gegenseitig auf die Schultern und wandten sich von Filip ab.

»Aber Großvater, sag doch, was soll ich hier?«

»Was er hier soll?«, »Was er hier soll?«, brabbelten die Gestalten wieder durcheinander.

»Das weiß er nicht?«, »Das weiß er nicht?«, lachten sie und zogen von dannen.

Und Filip konnte sie nicht halten.

Er sah ihnen nur hinterher, wie sie lärmend und grölend davonzogen und schließlich seinen Blicken entschwanden.

Filip aber war allein. Und vor ihm lag die Weite des Landes, das die Große Verdrängnis war und die er jetzt versuchte mit Blicken zu erforschen. Die Ebene war in ein diffuses Licht getaucht. Alles war weiß in weiß, sodass Himmel und Erde zu einer einzigen milchigen Fläche verschwammen. Kaum einmal gab es einen Anhaltspunkt, an dem sich das Auge hätte orientieren können. Nur ganz weit in der Ferne sah er einen dunkel schimmernden Punkt, der dort, wo sich der unsichtbare Horizont befinden musste, wie ein Feuer mit schwarzem Schein vor sich hin glühte.

Filip spürte ein starkes Befremden über dieses Land. Er schaute sich weiter um. Doch das Einzige, was er in dieser weißen Welt entdecken konnte, war der schwarze Punkt mit der dunklen Aura, die ihn umgab.

Schwarz und weiß! durchfuhr es ihn. Und er streckte seine Arme aus um sie zu betrachten: Doch er konnte sie kaum erkennen. Auch sie waren weiß. Nur die feinen Härchen auf seinem Arm schimmerten schwarz – ebenso die Fingernägel seiner Hand.

Was er bei der Begegnung mit den Totgeglaubten noch nicht bemerkt hatte, weil er viel zu überrascht über ihren Auftritt hier in der Großen Verdrängnis gewesen war, jetzt schien es ihm mit einem Schlag klar: Hier gab es keine Farben mehr, hier wurde alles nur schwarz und weiß gemalt. Hier gab es keine Abstufungen, keine Nuancen mehr, sondern nur noch Kontraste und Gegensätze, ja oder nein, Tag oder Nacht, gut oder böse, eine helle oder eine dunkle Seite des Lebens – seines Lebens!

Was sollte er tun? Die Totgeglaubten hatten ihm keine Antwort darauf gegeben. Aber wie sollten sie es auch wissen? Es waren ja allesamt Wesen seiner Erinnerung. Wie also sollten sie besser Bescheid wissen als er selbst?

Filip dachte nach. Schwer wog die Traufe der Tränen in seinen Händen. Sie zu füllen war er hierher gekommen. Er wusste nicht, wie er das anstellen sollte. Denn immerhin hatte es ihn keine Träne gekostet, als er im Meer der Tränen seine versteinerten Freunde getroffen hatte. Er wusste ja nicht einmal, was das für ein Gefühl sein sollte, das die Echsin Trauer genannt hatte und das der Quell der Tränen war. Und während er in die nebulöse Ebene blickte, musste er sich eingestehen, dass er nicht einmal wusste, was Gefühle waren, von denen Trauer nur eines sein sollte und von denen es noch viele andere gab, die er aber allesamt so sehr vergessen hatte, dass er von ihrer Existenz nichts, aber auch gar nichts ahnte.

In der Ferne schimmerte der dunkle Schein des schwarzen Punktes unaufhörlich vor sich hin. Filip gab sich einen Ruck. Da er hier nicht bleiben konnte, hatte er nur die Wahl, ins Nichts hineinzugehen oder dem einzigen Anhaltspunkt zu folgen. Also machte er sich auf den Weg, dem schwarzen Punkt entgegen.

Er war nur wenige Schritte gegangen, da blieb er stehen und schaute sich um: Das Loch, aus dem er eben noch gestiegen war, konnte er nicht mehr erkennen. Es war wie verschluckt von der alles übertünchenden Weißheit der endlosen Ebene.

Filip ging weiter. Ab und zu schaute er hinab um zu kontrollieren, wohin er trat. Doch selbst seine Füße verloren sich im allgegenwärtigen Weiß. So tastete er sich immer weiter, jederzeit damit rechnend, dass ein Erdloch, ein Stein oder eine andere Unebenheit seinen Schritt hinderte. Doch nichts dergleichen geschah. Als würde er über eine glatt gefrorene Eisfläche wandeln, unterbrach auch hier kein Hindernis seinen Lauf. So ging er bald schon nur gleichmütig voran, an nichts denkend, nichts ahnend, nur diesen schwarzen Punkt vor Augen, der allmählich größer wurde, aber immer noch keine konkreten Formen offenbarte.

Das Weiß in Weiß schläferte ihn ein, wie in Trance wankte er weiter. So merkte er erst, als er gegen etwas Warmes, Weiches stieß, dass plötzlich eine Gestalt vor ihm stand.

Erschrocken fuhr er einen Schritt zurück.

Vergeblich! Die Gestalt folgte ihm. Mit zarten Griffen versuchte sie ihn zu halten.

»Nümm müch müt! Nimm müch müt!«, flüsterte das Wesen und kam dabei ganz nah, legte den Kopf an Filips Schulter und streichelte ihn in einem fort.

Filip versuchte sich der zarten Umklammerung zu entwinden.

»Wer bist du? Was willst du von mir?«, fragte er außer sich.

Aber das Wesen rückte immer näher an ihn heran.

»Mit! Mit dir gehn!«, säuselte es mit zärtlicher Stimme und drückte den Kopf sanft auf Filips Brust.

Es war wie ein Ringen mit einem unsichtbaren Gegner. Denn auch das Wesen war in weißes Nichts getaucht.

Wenn ich es nur sehen könnte!, dachte Filip, der kaum die Hände erkennen konnte, die ihm wie weiße Fächer übers Gesicht streichelten.

»Wer bist du?«, rief Filip laut und packte den Kopf des anderen in beide Hände.

»Auh! Dü tüst mir weh. Was bist dü für ein Gröbian!«, klagte das Wesen und erschrocken vom starken Griff Filips hielt es endlich einmal still.

Filip sah ihm ins Gesicht.

Er fuhr zurück.

Doch gleich besann er sich und kam wieder näher, denn nur so konnte er den anderen sehen.

Sein Herzschlag setzte aus! Für einen Moment vergaß er zu atmen, war alles um ihn herum zeitloser, lebloser Raum.

Filip sah sich selbst ins Gesicht!

Er sah den jungen Filip Filander, der da im Alter von etwa achtzehn Jahren vor ihm stand und ihn mit zärtlichen Blicken ansah.

Filip schauderte. Etwas störte ihn an seinem Gegenüber, das er selbst zu sein schien und es auf eine merkwürdige Art doch nicht war.

Das Gesicht seines Gegenübers schien ihm irgendwie entstellt. Die Gesichtszüge hatten etwas Fremdes an sich: der viel zu stark geschwungene Mund, die viel zu schwärmerischen Augen und diese Wangen, die viel zu rund und weich waren. Weich! Das war das Wort! Alles an seinem zweiten Ich, das da vor ihm stand, war viel zu weich und formlos.

Und trotzdem war er es selbst!

»Wer bist du?«, wiederholte Filip seine Frage von vorhin, jetzt allerdings unter ganz anderen Vorzeichen.

Doch sein zweites Ich antwortete nicht, sondern fingerte nur die ganze Zeit an ihm herum, versuchte ihn zu fassen, zu streicheln.

Grob schlug Filip dem anderen auf die Hände.

»Auh. Was tüst dü!«, jammerte sein anderes Ich.

Schon hob Filip die Hand zu einem zweiten Schlag.

»Sag mir jetzt endlich, wer du bist. Sonst setzt es gleich noch was!«

»Auh. Dü Gröbian!« jammerte das andere Ich und zog sich einen Schritt zurück. Doch gleich kam es wieder näher und sprach aus verzücktem Mund:

»Wönn ich's dir sage, büst dü dann wieder güt zü mir?«

»Wenn du es mir sagst!«, bestätigte Filip. Und der andere begann zu erzählen:

»Güt, güti, gütelchen. Gleich will ich dir erzählen, wer ich bin. Hach. Ich bin ja sö aufgeregt.« Das merkwürdige Wesen fuhr sich mit den Händen zerstreut durch die Haare. »Also hörche, sperr deine Öhrchen auf, dü Bübi. Ich bin nämlich die Zärtlichkeit, deine Zärtlichkeit. Da staunst dü, was? Ich bin das Gefühl der Gefühle. Nür dü hast mich vergessen. Doch jetzt bin ich hier in deiner Verdrängnis. Oh, ich werde dich an mich erinnern. Wir werden viel Spaß miteinander haben, wir zwei. Dü und ich. Hach, wie bin ich aufgeregt.« Und während das zweite Ich, das sich Zärtlichkeit nannte, wieder anfing an Filip herumzuzupfen, fügte es noch hinzu: »Oh, wäre das schön, wenn dü mich nür auserwählst, auserkürst, mit dir zü gehn.«

Filip wich noch einmal zurück. Misstrauisch fragte er:

»Mit mir gehn? Sag, wohin willst du mit mir gehn?«

Die Zärtlichkeit lachte sanft:

»Öh, wie süß. Er weiß es nicht. Er ist nöch ünbefleckt, der Kleine, der meine!« Verzückt deutete die Zärtlichkeit voraus – dorthin, wo sich der schwarz flimmernde Punkt am Horizont befand. »Dahin, dahahin, dü Dümmerchen. Zür schwarzen Stadt Morbit. Nimm mich mit, nimm mich mit! Dü wirst mich nöch brauchen. Ich kann dir helfen, wie kein anderer dir helfen kann! Hörche. Mit mir werden wir diesen schwarzen Pfuhl zur Stadt der Zärtlichkeit machen! Wir zwei allein. Und kein anderer!«

»Kein anderer?«, fragte Filip schnell und die Zärtlichkeit biss sich erschrocken auf die vollen Lippen. »Kein anderer, sagst du. Gibt es denn noch andere? Wer und wo sind sie?«

Der Zärtlichkeit war alle Verzückung aus dem runden Gesicht gewichen. »Höre nicht auf sie! Öh, Dümmerchen, höre nicht auf sie. Sie werden dir viel versprechen, nür damit dü sie mitnimmst ünd nicht mich. Aber mich müsst dü mitnehmen, denn nür ich kann dir helfen, die schwarze Stadt Morbit zu eröbern. Hörche, hörche döch nür!«

»Wer sind sie?«, bohrte Filip harnäckig nach.

»Öh, dü Spielverderber!«, rief die Zärtlichkeit und fuchtelte mit den Armen in der Gegend herum, als wollte sie die Luft streicheln. Dann aber gab sie nach und erklärte mit gesenktem Kopf: »Nün güt. Es sind die Espoten. Wir alle hier sind deine Espoten. Ich ünd all die anderen, die nöch deinen Weg kreuzen werden. Wir alle sind deine Gefühle, die dü verlören hast ünd die nün hier sind ünd darauf warten, vön dir auserwählt zu werden, dir helfen zü können bei deinem Kampf gegen die schwarze Stadt Morbit.«

Filip wollte die Zärtlichkeit unterbrechen. Doch jetzt ließ sie sich nicht mehr in ihrem Wortfluss stören. Ohne Luft zu holen fuhr sie fort: »Döch hörche, Dümmerlein, nür drei von üns kannst dü wählen. Drei Espoten nur werden dir zu Seite stehn, wenn die schwarze Stadt dir die Tore öffnet. Drei nür.« Und mit diesen Worten fing die Zärtlichkeit wieder an zu streicheln und säuselte Filip ins Ohr: »Öh, Dümmerchen, nimm mich, nimm mich mit. Ich bin dein Gefühl der Gefühle, nimm mich mit, öh, nimm mich mit …«

Endlich gelang es Filip, in den Wortschwall der Zärtlichkeit einzubrechen:

»Sag mir nur eins!«, und dabei packte er sein zweites Ich bei den Schultern und rüttelte es durch, dass es sanft aufschrie. »Sag mir nur: Wie willst du mir helfen? Wie?«

»Öh, ich? Ich werde sie ümgarnen, ümarmen werde ich sie. Ümkösen, streicheln, für mich gewinnen, für dich gewinnen! Wir werden ünschlagbar sein, wir zwei!«

Filip sah das zarte Wesen, das sich Zärtlichkeit nannte, schweigend an.

Und als würde sein Gegenüber merken, dass es jetzt besser war, ganz ruhig zu verharren, stand es da, ohne sich zu rühren, und wartete mit eingefallenen Schultern auf das Urteil.

Filip schüttelte den Kopf.

»Nie!«, sagte er nur.

»Aber …«, säuselte die Zärtlichkeit nur.

»Vergiss es!«, sagte Filip grob.

Dann stieß er die Zärtlichkeit beiseite und ging weiter.

Er sah nicht mehr, wie das zarte Wesen, das doch er selbst war, gebrochen zu Boden sank.

Er hatte jetzt ein Ziel – nur ein Ziel.

Dunkel schimmernd lag sie vor ihm. Morbit – die schwarze Stadt.

Ohne sich nur einmal umzusehen stapfte Filip weiter.

Er hatte sich der schwarzen Stadt nur um ein kleines Wegstück genähert, die Konturen waren kaum schärfer geworden; noch lange nicht konnte man die einzelnen Gebäude erkennen. Nur die Aura schimmerte heller, dichter, bedrohlicher, da tauchte plötzlich eine weitere Gestalt wie aus dem Nichts auf und stand in gebückter Haltung vor ihm.

Auch diese Gestalt war durch und durch weiß.

»Habe die Ehre!«, sagte die Gestalt.

Filip versuchte dem gebückten Wesen ins Gesicht zu sehen. Erst jetzt erkannte er, dass die Körperbeugung vom vielen Bücken festgewachsen war. Wie ein Buckliger schielte die Gestalt zu ihm auf. Und er musste sich ebenfalls ein wenig beugen um zu sehen, um wen es sich handelte.

Auch diesmal erschrak er, als er sich selbst ins Gesicht schaute.

»Stets zu Diensten!«, meinte sein drittes Ich und machte unterwürfige Gesten.

»Wer bist du nun wieder?«, fragte Filip und schaute in ein Spiegelbild, das ihn selbstlos mitfühlend anschaute.

»Bitt schön, der Herr«, meinte sein Ich. »Ich bin die Güte. Die Güte selbst, wenn's recht ist, bitt schön. Habe die Güte, meine Dienste anzutragen. Dem Herrn. Bitte schön. Bitte gern.«

»Bist du etwa auch ein Espot?«

Die Güte schlug die Hacken zusammen und schien, so weit es der Buckel zuließ, zu wachsen.

»Habe die Ehre, mein Herr. Ein Espot. Jawohl. Zu Diensten. Sehr zu Diensten.«

Filip sah die Güte forschend an. Dann winkte er ab.

»Wie willst du mir schon helfen? Denkst du vielleicht, ein Buckliger wie du könnte mir im Kampf um die schwarze Stadt von Nutzen sein?«

Die Güte war keineswegs beleidigt. Eifrig beteuerte sie:

»Oh, mein Herr, sagt das nicht. Ich könnte entgegenkommend sein, zuvorkommend. Höflichkeit ist eine Zier heutzutage, wisst Ihr?«

»Papperlapapp!«, meinte Filip und ließ die Güte einfach stehen, die auch diesmal keine Anzeichen von Verdruss erkennen ließ.

»Habe die Ehre, wünsche viel Erfolg!«, rief sie Filip nach, der jedoch kein Ohr für derlei Wünsche hatte und weiter seinen Weg ging, der nun immer öfter von Espoten gekreuzt werden sollte.

Das vierte Ich, das er traf, war ebenfalls weiß. Es war die Freude, seine Freude. Doch Filip konnte mit ihr nichts anfangen und ging weiter.

Das fünfte Ich war die Hoffnung, das sechste die Sehnsucht. Danach folgten die Rücksicht, die Einsicht und die Zuversicht. Doch alle dieser weißen Espoten waren Filip zu blass, zu schwach. So entschied er, dass er bei der Eroberung Morbits auf sie gut verzichten konnte, und schritt weiter voran.

Inzwischen war er der schwarzen Stadt bedrohlich nahe gekommen. Er konnte die großen Mauern und die Gebäude erkennen, die sich dahinter verbargen. Auf seltsame Weise fühlte er sich durch Morbit an Knoho erinnert. Die Fassaden der Häuser schimmerten gläsern und im Zentrum ragte ebenfalls das höchte Gebäude in den Himmel auf. Je näher er jedoch kam, umso besser konnte er erkennen, dass, anders als in Knoho, die Dächer der Häuser stufenförmig zur Mitte der Stadt aufstiegen. Und anders als in Knoho war in Morbit alles düster und schwarz, als wäre es das Negativ der gläsernen Stadt. Und wie Knoho das umliegende Land erleuchtet hatte, wurde es im Dunstkreis von Morbit immer trister und dunkler.

In diesem Dämmerlicht erschien plötzlich vor Filip eine dunkle Gestalt. Fast hätte er gedacht, dass ihm ein Wächter der schwarzen Stadt entgegengetreten war. Denn die Gestalt steckte in einer schwarzen Rüstung und trug auf dem Kopf einen Helm, der dunkel glitzerte. Und erst als Filip durch das geöffnete Visier in das Gesicht seines Gegenüber sah, wusste er, dass es sich auch diesmal wieder um eines seiner Ichs handelte.

Es war das erste Mal, dass ihm ein schwarzer Espot gegenübertrat. Stapfend und schnaubend kam er näher. Er hatte Schaum vorm Mund, packte Filip beim Kragen, hob ihn empor und schrie:

»Ich könnte dich in der Luft zerreißen, Kerl! Was bildest du dir ein?«

Mit Müh und Not konnte sich Filip befreien. Doch das machte den Espoten noch angriffslustiger. Schnell setzte er Filip nach und kriegte ihn abermals zu fassen.

Ein stummes Ringen begann. Filip wurde vom eigenen Ich gewürgt, rang mit dem Espoten, der ihn zu erdrosseln drohte. Die Kräfte seines Gegners schienen übermächtig. Sosehr Filip auch dagegenhielt, der andere kannte keine Erschöpfung. Mit stählernem Griff umklammerte er Filip, dem langsam die Luft wegblieb, bis er schließlich mit dem letzten Atemhauch stammelte:

»Halt ein! Halt ein! Oder sag mir wenigstens, bevor du mich erledigst, wer du bist!«

Der Espot schnaubte:

»Ich bin der Hass, dein Hass. Ich bin das stärkste deiner Gefühle. Und ich rate dir, meine Hilfe anzunehmen. Sonst bist du ein verlorener Mann.«

Filip besann sich keine Sekunde. Er wusste zwar nicht, was Hass war, konnte sich dieses Gefühl nicht einmal vorstellen. Aber die Hilfe dieses Heroen musste er haben.

»So sei es!«, stieß er mühsam hervor. »Gewähr mir deine Hilfe. Kämpfe mit mir, nicht gegen mich!«

Und das Unglaubliche geschah.

Der Hass ließ Filip los, klopfte sich den weißen Sand von den Kleidern und half Filip sogar aufzustehen.

»Abgemacht!«, knurrte der Hass. »Von nun an gilt mein Hass allen unseren Gegnern, allen, die unseren Sieg verhindern wollen. Komm!«

Und damit zerrte er Filip am Arm nach vorn, immer geradeaus, der schwarzen Stadt entgegen.

Auch der nächste Espot, den sie trafen, war schwarz. Der Hass ging sofort auf sein Ebenbild los, das sich nur in kleinen Nuancen von ihm unterschied. So hatte dieser Espot ganz kleine, verschlagene Augen. Mit einer schnellen Bewegung wich er dem Hass aus, der ins Leere stolperte.

»Pass auf«, sagte der fremde Espot, »dass du dir nicht deine schöne Rüstung demolierst! Ich hätte wohl gut Verwendung dafür.«

Mit scharfem Blick musterte der Espot jede Schraube an der schweren Rüstung des Hasses.

Der Recke jedoch rappelte sich auf und wollte gleich wieder auf den anderen losgehen, als Filips Stimme ihm Einhalt gebot.

»Warte! Lass uns erst hören, was der da vorzubringen

weiß. Vielleicht kann er uns von Nutzen sein. Wir könnten etwas Verstärkung gut vertragen.«

Der fremde Espot grinste verschlagen.

»Ein gutes Wort, Sir. Ihr wisst, worauf es ankommt. Ich bin übrigens die Gier. Und bevor Ihr Euch wundert, so will ich Euch versichern: Ich verhelfe Euch dazu, dass Ihr alles bekommt, was Ihr Euch wünscht. Ich nehme es den anderen weg. Und schon gehört es Euch. Denn ich bin die Gier. Eure Gier, wohlgemerkt.«

Filip sah den Hass triumphierend an.

»Siehst du!«, schalt er. »Er wird uns helfen. Ich habe es gleich gewusst. Du warst zu voreilig.«

Der Hass knirschte mit den Zähnen. Missmutig lenkte er ein:

»Nun gut. Fortan gilt meine Hilfe ihm und dir. Wer gegen euch ist, ist gegen mich. Abgemacht!«

»Abgemacht!«, schlug die Gier ein. Und so waren es nunmehr drei Gestalten, die sich durch die Große Verdrängnis vorkämpften – immer der schwarzen Stadt Morbit entgegen.

Danach trafen sie noch viele schwarze Espoten. Doch die Wut war dem Hass zu ähnlich und sie konnten sich nicht einigen. Die Hinterlist war ihnen zu gefährlich. Und an der Gewalt, der Bösartigkeit und dem Neid hatten immer entweder der Hass oder die Gier etwas auszusetzen.

Unterdessen waren sie Morbit so nahe gekommen, dass es fast Nacht um sie geworden war. Die schwarze Aura hatte sie eingefangen. Sie sahen kaum noch die Hand vor Augen, tasteten sich nachtblind weiter, als ihnen eine graue Gestalt entgegentrat. In dieser Dunkelheit wirkte sie fast gespenstisch hell.

Es war der erste graue Espot, den sie trafen.

Und es sollte der letzte bleiben.

Der Hass ballte die Fäuste und wollte den Sonderling verjagen. Doch der blieb ruhig stehen und bot dem Hass die Stirn.

»Reg dich ab, Alterchen!«, sagte er und schaute dem Hass dabei so tief in die Augen, dass der sich knurrend zurückzog.

Mit bewundernden Blicken musterte Filip den Espoten, der in aller Seelenruhe abwartete, bis sich Filip an ihm satt gesehen hatte. Ohne Filips Frage abzuwarten, sprach er schließlich:

»Und nun willst du sicher wissen, wer ich bin!«

Filip nickte nur.

»Nun denn, ich bin der Mut. Dein Mut. Falls du schon gedacht haben solltest, dass er dich verlassen hat. Hier bin ich also. Gekommen, dir und deinen zwei Helfern zur Seite zu stehen. Denn allein, mit Verlaub, werdet ihr die schwarze Stadt niemals einnehmen können.«

»Der Mut also«, wiederholte Filip nachdenklich und unter seine Bewunderung mischten sich Zweifel, ob ihm ein solches farbloses Zwitterwesen auch wirklich helfen konnte. »Sage mir, Mut, warum bist du als einziger der Espoten nicht schwarz, nicht weiß, sondern grau?«

Der Mut besann sich nicht lange. Er antwortete:

»Ganz einfach. Es liegt daran, dass ich eine schwarze und eine weiße Seele habe. Weckst du die weiße Seele in mir, so bin ich guten Mutes, weckst du die schwarze Seele in mir, so bin ich schlechten Mutes. Du hast die Wahl.«

»Und wie wecke ich die eine oder andere Seele in dir?«

»Auch das ist leicht zu beantworten«, sagte der Mut, »es hängt ganz davon ab, mit welchem Gefühl du mich mischst. Mit einem schwarzen oder weißen.«

Filip sah sich um. Da waren nur der Hass und die Gier.

»Aber ich habe hier ja nur schwarze Gefühle!«

»Das, mit Verlaub, ist nicht klug von dir gewesen. Und vielleicht sollte ich dir raten, auf mich zu verzichten. Aber leider bin ich der letzte Espot auf deinem Weg nach Morbit. Und da du so dumm warst, auf diese zwei Espoten zu vertrauen und auf die Ehre, die Güte oder die Furcht zu verzichten, wirst du es wohl oder übel mit mir versuchen müssen. Wenn du dich nicht ganz auf diese schwarzen Helfer verlassen willst. Denn Grau hat wenigstens noch etwas Weißes in sich.«

Allmählich verstand Filip, was der Mut sagen wollte. Er hätte sich nie und nimmer allein auf schwarze Gefühle verlassen dürfen. So stark und beschlagen ihm der Hass und die Gier erschienen waren, so hilfreich hätte ihm vielleicht auch die Zärtlichkeit, die Güte oder die Sehnsucht sein können. Doch woher hätte er das wissen sollen? Er war schließlich nur der Besitzer der GeWissheit. Mit Gefühlen kannte er sich nicht aus.

»Du hast Recht!«, erwiderte er. »Vielleicht aber auch nicht. Auf jeden Fall werde ich dich mit nach Morbit nehmen. Ob ich dich dann brauche oder nicht, werden wir ja sehen.«

Der Mut verneigte sich stolz.

»Du wirst mich brauchen!«, meinte er bestimmt und deutete voraus.

Sie waren der schwarzen Stadt in der Dunkelheit näher gekommen, als sie gedacht hatten. Sie standen nur wenige Meter von den Mauern entfernt.

Mit einem lauten Knarren sprang das Stadttor auf und eröffnete ihnen so die dunkelsten Wege und Windungen der Großen Verdrängnis.

Morbit

Als sie schwarze Stadt betraten, verging ihnen vor Hören fast das Sehen.

Sie wurden von einem fröhlichen Stimmengewirr empfangen, das in höchsten Tönen durch die Straßen drang. Freudige Ausrufe, höfliche Reden, süße Komplimente – ein unaufhörlicher Singsang wogte wie in kleinen Wellen durch die Gassen.

Alles schien Friede, Freude, Heiterkeit in dieser Stadt, deren schwarze Fassade nur eine Tarnung zu sein schien für ein immer währendes Lebensglück.

Erst als sich ihre Ohren an diese fröhliche Stimmung der Stimmen gewöhnt hatten, sahen sie sich um: Alle Wege Morbits schienen nach oben zu führen. In der terrassenförmig angelegten Stadt glichen die Straßen breit angelegten Treppen, die in sanftem Anstieg aufwärts strebten. Aber es gab auch schmale Gassen, deren Stufen steiler waren und über die man direkter nach oben zu gelangen schien.

Noch konnte Filip keine Menschen erkennen. Aber da es Stimmen gab, musste es auch irgendwo Einwohner geben. Also wies er seinen drei Espoten den Weg nach oben.

Als er den Fuß auf eine Stufe setzen wollte, geschahen zwei Dinge gleichzeitig:

Eine Gestalt trat aus einem Gebäude heraus, hob den Arm und stellte sich auf der Stufe vor Filip auf. Im selben Moment spürte Filip, wie sich drei Wesen seiner bemächtigten. Der Hass, die Gier und der Mut drangen in seinen Körper ein. Waren sie bis zu diesem

Augeblick zu viert gewesen, so waren sie jetzt vier Wesen in einer Person: drei espotische Gefühle und die schier unerschöpfliche GeWissheit von Filip Filander. Alle vier Wesen aber blieben in der einen menschlichen Hülle, in der sie sich fortan befanden, voneinander getrennt und schienen sich miteinander zu unterhalten:

»Was wollt ihr von mir?«, fragte Filip.

Die Gier antwortete:

»Dich besitzen, was sonst?«

»Wie seid ihr in mich hineingekommen?«, erkundigte sich Filip, dem unbehaglich war mit diesen drei Gefühlen in seinem Körper. Denn Gefühle waren ihm fremd geworden.

Der Hass ließ Filip auf den Mann gucken, der da vor ihm auf der Treppe stand:

»Durch diesen mickrigen Kerl da oben. Wir Espoten sind für alle anderen unsichtbar. Oder hast du schon mal Gefühle gesehen, die neben ihren Menschen spazieren gehen?«

Filip schüttelte den Kopf.

Und der Mut fügte hinzu:

»Außerdem sind wir zwar mutig, aber nicht verwegen! Denn sichtbare Gefühle sind verletzlich. Und wir wollen unverwundbar sein!«

Filip spürte, wie er nickte. Der Mann vor ihm auf der Stufe musste es für ein freundliches Zunicken gehalten haben. Denn er richtete jetzt sein Wort an ihn:

»Seid willkommen, werter Neuankömmling! Auch Euch stehen alle Wege nach oben offen. Wenn Ihr mir folgen wollt!«

Und damit drehte er sich um und schritt ein paar

Stufen voran. Er führte Filip durch einen hohen Torbogen in eine hell erleuchtete Halle, an deren Wänden absonderliche Gegenstände hingen.

Bevor Filip fragen konnte, hatte der Mann schon eine Antwort parat:

»Das, werter Neuankömmling, ist unser Zeughaus. Hier erhaltet Ihr das Rüstzeug, um ganz nach oben zu kommen. Wenn Ihr so wollt, um vom Neuankömmling zum Emporkömmling aufzusteigen! Jedwede Waffe, die Ihr hier seht, könnt Ihr auswählen, Euch auf Eurem Weg zu begleiten. Schaut Euch nur um. Und fragt, wenn Ihr fragen wollt. Ich bin Euch gern zu Diensten.«

Und Filip schaute sich um!

An der Wand hing ein metallener Säbel in einer gläsernen Scheide. Der scharf geschliffene Stahl glitzerte durch das Glas. Und Filip fragte, was das sei.

Der Mann gab bereitwillig Auskunft:

»Das ist ein Phrasendrescher. Eine wundervolle Waffe für den, der sie zu handhaben versteht. Sehr zu empfehlen!«

»Und wie handhabt man sie?«, fragte Filip.

Der Mann lächelte:

»Das kann ich Euch erst verraten, wenn Ihr die Waffe gewählt habt. Wollt Ihr diesen Drescher oder nicht?«

»Dazu muss ich erst wissen, ob ich nur eine oder mehrere Waffen wählen darf!«

»So viele Ihr wollt! So viele Ihr tragen und zu benutzen versteht, werter Neuankömmling.«

Da erwiderte die Gier in Filip:

»Dann will ich alle haben, hörst du, alle!«

Der Mann lächelte wieder:

»Wie Ihr wollt. Nur einen Rat will ich Euch noch geben! Manch einer ist schon mit einer Waffe allein ganz nach oben gekommen. Manch anderer hingegen ist unter der Last seines Rüstzeugs zusammengebrochen. Nun aber genug der Worte. Schaut Euch weiter um. Es warten noch viele Waffen auf Euch.«

Filip ging weiter durch den Raum. Gleich neben dem Phrasendrescher lagen auf einem Regal ein paar silberne Patronen. Auf Filips Frage, um was es sich hierbei handle, erklärte der Mann:

»Worthülsen. Sehr effektiv. Aber nur wirksam, wenn sie gezielt eingesetzt werden.«

Neben den Patronen steckte in einem Holzblock ein spitzer eiserner Stachel. Filip erfuhr, dass diese Waffe ein so genannter Stichel sei. So lernte er nach und nach das ganze Arsenal kennen: Da gab es die Tratsche, den Mobber, den Mundtöter, einen Verschleier und einen Schleimer – alles Waffen, die von dem Mann in höchsten Tönen gepriesen wurden, ohne dass Filip verstand, wie er sie einzusetzen habe.

Schließlich entschied er sich, so viele Waffen wie nur irgend möglich an sich zu nehmen. Als Erstes griff er nach dem Phrasendrescher. Er schnallte ihn sich um. Doch erst als der Säbel an seinem Gürtel hing, merkte er, wie schwer er an der Last des stählernen Säbels zu tragen hatte und dass er noch nicht wieder im Vollbesitz seiner Kräfte war. Sein Körper war zwar gewachsen, hatte aber gerade mal die Statur eines Fünfzehnjährigen erreicht. Trotzdem griff Filip jetzt auch noch nach den Worthülsen und dem Stichel. Gebeugt von der Last seiner Waffen ging er noch zur Tratsche, doch er konnte sie nicht mehr heben.

»Eine noch, nur noch eine einzige Waffe!«, sprach die

Gier in ihm. Und der Mann schien seinen unausgesprochenen Wunsch zu erraten.

»Den Verschleier!«, sagte er. »Er ist leicht und höchst wirksam. Ihr werdet sehen!«

Filip nahm das hauchdünne, aus feiner Seide gesponnene Netz und legte es sich über den Arm. Dann endlich zeigte sich die Gier in ihm befriedigt und er erklärte, dass er seine Wahl beendet habe.

»Gut«, sagte der Mann und fügte hinzu: »Dann will ich Euch jetzt verraten, was es mit den Waffen auf sich hat.«

Er führte Filip aus dem Zeughaus. Als sie wieder auf der Straße standen, erklärte er:

»Viele Wege führen nach oben. Umwege, Auswege, Verwege. Ihr werdet sie kennen lernen. Alle Wege nämlich stehen Euch offen. Doch bedenkt: Auf allen diesen Wegen werden Wesen warten, die Euch hindern wollen an ihnen vorbeizuziehen. Denn alle diese Wesen wollen selbst nach oben. Und sie werden alle ihre Waffen einsetzen um Euch zu besiegen.«

Filip erinnerte sich des fröhlichen Stimmengesangs, der auch jetzt wieder durch die Straßen drang, und fragte:

»Aber alles hört sich so fröhlich, so freundlich an!«

Der Mann lächelte abermals. Und während sich Filip entsann, wo er dieses Lächeln schon einmal gesehen hatte – es war das gütige Lächeln seines Großvaters –, sagte der Alte:

»Der Weg nach oben ist kein gerader. Und er ist keiner, den man aufrecht geht. Ihr werdet lernen müssen, dass es der Unaufrichtigkeit bedarf, ihn zu bewältigen. Hört Ihr? Wahrheit macht wehrlos. Sagt immer nur das

Gegenteil von dem, was Ihr gerade denkt! Denn das Gesetz der Unwahrheit ist das Gesetz derer, die nach oben wollen. Vergesst das nie!«

»Und die Waffen sollen mir dabei helfen?«

Der Alte nickte.

»Aber sie können es nur, wenn Ihr sie zu gebrauchen versteht. Wenn Ihr die so genannte Schlagfertigkeit erlangt! Denn der Phrasendrescher gleitet nur aus der Scheide, wenn Ihr Euren Gegner mit falschem Geschwätz zu überwältigen versucht. Die Worthülse dient Euch nur, wenn Ihr Euren Gegner mit nutzlosen Worten von der Wahrheit ablenkt. Der Stichel springt nur dann in Eure Hand, wenn Ihr die Schwäche Eures Gegners erkennt und bereit seid, in seine Wunde zu stoßen. Und der Verschleier entfaltet sich nur dann, wenn Ihr Eure Absichten vor Euren Feinden verbergen könnt und das Gegenteil dessen tut, was man von Euch vermutet. Keine dieser Waffen aber dient Euch, wenn Ihr diese Anleitung nicht befolgt. Und mehr noch: Ihr müsst schnell entscheiden, mit welcher Waffe Ihr Euren Gegner überwinden wollt. Denkt Ihr zu lange nach, so kann es geschehen, dass Ihr selbst von einem Feind, der nur eine Waffe besitzt, überwältigt werdet. Denn er wird Euch in Schnelligkeit und Geübtheit weit voraus sein. Seid also auf der Hut. Und nun lebt wohl! Ich überlasse Euch Eurem Schicksal.«

Mit diesen Worten trat der Alte durch den Torbogen zurück in sein Zeughaus. Und Filip war mit seinen widerstreitenden Gefühlen allein. Er besann sich kurz, was er eben gehört hatte. Dann drängten ihn der Hass und die Gier voran, den bald schon immer lauter werdenden fröhlichen Stimmen entgegen.

Er war nur wenige Stufen gegangen, da erblickte er eine Gestalt, die, lässig an eine Hauswand gelehnt, schon auf ihn zu warten schien.

Eine Stufe unter der Gestalt blieb Filip stehen. Der Hass ließ ihn das seltsame Wesen grimmig ansehen.

Der Ranghöhere jedoch erwiderte Filips Blick mit entwaffnender Höflichkeit.

»Hallo, Fremder!«, grüßte das Wesen mit einem eigentümlichen Singsang. »Schön, hier unten ein neues Gesicht zu sehen. Wir freuen uns immer über hoffnungsvollen Nachwuchs.«

Und dabei lächelte er gewinnend.

Filip überlegte gerade, ob ihn der Alte im Zeughaus belogen hatte, da fuhr ein blitzender Säbel aus der gläsernen Scheide, die der Mann hinter seinem Rücken getragen hatte. Mit beiden Händen packte der Widersacher die Waffe, hob sie über den Kopf und holte mit einem breiten Lächeln aus zum vernichtenden Schlag.

Die Schneide senkte sich hinter den Kopf des Mannes, beschrieb dort einen wohlgeübten Schwung, um sogleich wieder nach vorne zu sausen und Filip den Scheitel zu spalten.

Im selben Moment geschah etwas Unerwartetes, Unglaubliches:

Filip lachte fröhlich und sprach:

»Angenehm. Wie schade, dass wir uns nicht öfter begegnen!«

Schneller, viel schneller, als das Auge beobachten konnte, sprang eine Worthülse in seine Faust, streckte er die Hand wie zum Gruß aus und feuerte das Geschoss auf seinen Gegner ab, noch bevor dieser selbst den vernichtenden Schlag ausführen konnte.

Mitten in die Brust getroffen stürzte der Widersacher auf die untere Stufe. Noch im Fallen lachte er laut:

»Gut pariert. Herzlichen Glückwunsch!«

Dann schlug er hart auf dem Boden auf. Doch sogleich stand er wieder. Und dort, wo eigentlich ein klaffendes, blutendes Loch in der Brust hätte sein müssen, war keine Spur mehr von Filips Geschoss zu erkennen. Das Wesen klopfte sich den Staub von den Kleidern und lächelte:

»Ich war einmal fast oben. Dann stürzte ich ab. Nun, ich werde mein Glück später noch einmal versuchen. Jetzt werde ich mich neu ausrüsten. Mir scheint, der Phrasendrescher ist nicht mehr die modernste Waffe. Es gibt inzwischen welche, die schneller schießen.«

Mit diesen Worten machte er kehrt und ging zurück – dorthin, woher Filip gekommen war.

Der aber stand wie versteinert da und überlegte, wie er sich aus dieser Lage hatte befreien können. Seine Gefühle hatten ihm nicht dabei geholfen. Im Gegenteil, der Hass und die Gier hatten seine Gesichtszüge so verstellt, dass seine Absichten leicht zu erraten gewesen waren.

»Ihr seid mir eine schöne Hilfe!«, schalt er seine Gefühle.

Doch er erhielt keine Antwort. Und Filip erkannte, was ihn errettet hatte:

»Wenn mir meine Wissheit nicht geholfen hätte, wenn sie mir nicht sofort eine Worthülse in den Mund gelegt hätte, dann wären wir verloren gewesen. Also haltet euch in Zukunft zurück, wenn es darum geht, klug zu handeln. Ich glaube, ihr seid für derlei Dinge nicht gut zu gebrauchen!«

Da meldete sich der Mut zu Wort:

»Mit Verlaub gesagt, Herr. Aber ohne mich hätte dir deine Wissheit gar nichts geholfen. Was glaubst du denn, wer dir den Mut gegeben hat, zum entscheidenden Schlag auszuholen? Mut ist nämlich etwas, das man sich mit Klugheit nicht erkaufen kann!«

Filip nickte. Er musste eingestehen, dass ihm der Mut gut zu Diensten gewesen war. Hoffentlich würden sich der Hass und die Gier ebenfalls auszahlen. Und kaum dachte er daran, da drängte ihn schon wieder eine innere Stimme voran, weiter die Stufen hinauf, einem neuen Widersacher entgegen.

Er war nur wenige Stufen hinaufgestiegen, da stellte sich eine weitere Hürde in Menschengestalt vor ihm auf. Filip erkannte seinen Widersacher sofort: Es war Gromek! Da er eine Stufe höher stand, wirkte der Hüne noch riesiger. Zu Filips Überraschung lachte er übers ganze Gesicht und streckte ihm die Hand aus.

»Da ja bist! Hohoho!« Mit diesen Worten zog er den Jungen zu sich hinauf, klopfte ihm ordentlich auf die Schulter und deutete ihm weiterzugehen:

»Nur vorbei gehst. Nicht dir im Wege stehen will!« Und dabei lachte er wieder. Doch während Filip den Schritt an dem Hünen vorbei machte, während er seinen Fuß auf die nächste Stufe setzte, warnte ihn eine innere Stimme, empfand er das Lachen als falsches, feindliches Grinsen. Aus den Augenwinkeln sah er noch, wie Gromek plötzlich einen grauen Gegenstand in der Hand hielt und von hinten auf ihn einstoßen wollte!

Für einen Gegenangriff war es zu spät! Schon meinte er den Hieb im Rücken zu spüren. Da riss ihn eine unheimliche Macht zur Seite, der vernichtende Stoß ging ins Leere. Gromek stürzte an ihm vorbei. Gleichzeitig wurde eine fremde Stimme in Filip laut:

»Gromek! Mit dir habe ich noch ein nettes Wörtchen zu reden!«

Schon flog Filip der Verschleier in die Hand. Er ließ ihn wie ein Lasso über dem Kopf kreisen und schleuderte ihn mit einem gezielten Wurf auf Gromek. Der Verschleier öffnete sich noch im Flug und senkte sich über den fallenden Hünen, der gefesselt auf dem Boden aufschlug.

Erschrocken über die eigene Tat sah Filip auf den regungslos daliegenden Riesen hinab. Zwischen den Maschen des Netzes blickten ihn zwei fröhliche Augen an. Filip mochte es nicht glauben. Aber Gromek schien sich zu freuen!

»Gut pariert, Kleiner!«, lachte er. »Ich schon dacht', der Rück-Grat auch diesmal wieder seine Diensts tun würde!«

»Der was?«, erkundigte sich Filip.

Gromek deutete auf den grauen Felsgrat, der vor ihm auf den Boden gefallen war.

»Der Rück-Grat. Täuschen und von hinten zustechen, mir der Mann im Zeughaus hat gesagt. Nun gut. Warst du schneller.«

Dann lachelte er wieder und strampelte vergnügt unter dem Verschleier, als wäre der ein Strampelhöschen.

Filip wunderte sich über die Welt in Morbit, wo die Menschen mit hinterhältigsten Waffen aufeinander einschlugen und noch ihren Spaß dabei hatten. Vorsichtig ging er weiter. Er musste auf der Hut sein, wenn er nicht einem weiteren heimtückischen Angriff zum Opfer fallen wollte. Denn hinter jeder Ecke, auf jeder Stufe konnte ein Gegner lauern.

Und wenn er ehrlich war, dann wäre er eben schon fast geschlagen worden. Er wusste immer noch nicht genau, wer oder was ihn errettet hatte.

Da meldete sich die innere Stimme, die ihn eben noch vor dem Angriff Gromeks gewarnt hatte:

»Siehst du wohl, ich dein Hass muss mich nicht zeigen, um da zu sein. Auch ich kann mich verschleiern.«

»Du hast mich gerettet!«, antwortete Flip atemlos.

»Uns gerettet!«, entgegnete der Hass. Dann zeigte er auf Gromek. »Und der da hat's verdient. Den hab ich schon in Knoho gehasst wie die Pest.«

»Woher weißt du? Ich habe dich doch erst hier getroffen!«

Da lachte der Hass und berichtigte:

»Hier? Das ich nicht lache! Ich war doch dein ganzes Leben bei dir. Du hast mich nur verloren. Erinnerst du dich nicht? Seit du in diesem Buch gelesen hast, bin ich aus dir gewichen. So langsam, dass du es nicht gemerkt hast. Hier, in deiner Verdrängnis, sind wir uns nur wieder begegnet. Und jetzt wirst du es wohl oder übel mit mir aushalten müssen!«

Filip merkte, wie etwas in ihm gegen den Hass rebellierte. Doch er hatte keine Zeit, sich zu fragen, was es war. Schon meldete sich wieder ein anderes Gefühl in ihm und drängte ihn weiter.

Gierig überwand er die nächsten Stufen. Je höher er kam, desto lauter wurde das lachende, lallende Stimmengewirr. Immer öfter traf Filip auf diese so gespenstisch fröhlichen Einwohner der schwarzen Stadt Morbit. Nicht immer musste er kämpfen. Oft waren die Wesen mit sich selbst beschäftigt. Auf einer Stufe warfen sich zwei Gestalten Handküsse zu und lachten sich ins Gesicht, während sie einander mit Worthülsen durchbohrten und zu Boden stürzten. Ein anderes Pärchen schien sich innig zu umarmen, doch hinter dem Rücken des anderen stießen sie sich gegenseitig den Rück-Grat ins Kreuz. Während sie langsam zu Boden sanken, klopften sie sich mit der anderen Hand unaufhörlich auf die Schultern.

An vielen Morbitern kam Filip vorbei. Manche musste er selbst überwinden, um auf den endlosen Treppen hinaufzusteigen. So lernte er nach und nach seine Waffen einzusetzen. Den Phrasendrescher zog er mit einer Schlagfertigkeit, die ihresgleichen suchte. Die Worthülsen hatte er so schnell zur Hand wie kein Zweiter. Der Stichel war ihm mit einer Treffsicherheit zu Diensten, die in Morbit noch nicht erreicht war. Denn weil Filip alle seine Widersacher kannte, weil sie ja alle aus seiner eigenen Verdrängnis stammten, war es ihm ein Leichtes, ihre Schwächen zu erkennen. So stieg er zielstrebig immer weiter zu den höchsten Höhen der Stadt auf. Die Kunde von seiner Gewandtheit mit den hiesigen Waffen breitete sich dabei wie ein Lauffeuer in der schwarzen Stadt aus. Bald wussten alle von dem unbesiegbaren Fremden, der mit undurchdringlicher Miene sich aufgemacht hatte Morbit zu erobern.

Und während Filip unaufhaltsam voranschritt, stärkte noch etwas seine Kraft: Er war wieder ein Stück gewachsen. Fast schon war er wieder zu alter Stärke gelangt. So war es für ihn ein Leichtes, die Waffen seiner besiegten Gegner an sich zu nehmen und damit noch vielseitiger, noch kampfeslustiger zu werden.

Er hatte gerade die Statur des achtzehnjährigen Filip wiedererlangt, als er den Gipfel der Stadt erreicht hatte. Schwer bewaffnet trat er auf das Hochplateau und sah sich um.

Er wurde bereits erwartet.

Mit versteinerter Miene trat er seinen Widersachern entgegen.

Maia!

Das Hochplateau war noch lange nicht der höchste Punkt der schwarzen Stadt.

Während seines Wegs nach oben hatte Filip nur nicht die Zeit gehabt, genauer hinzuschauen: Von der Mitte des Platzes aus ragte eine frei schwebende Wendeltreppe empor in die schwarze Aura der Stadt hinein. Der Treppengang hatte kein Geländer. Die einzelnen Stufen hingen völlig in der Luft, und woher die merkwürdige Konstruktion ihre Stabilität bekam, blieb Filip ein Rätsel.

Die Wendeltreppe wurde von drei schwer bewaffneten Gestalten bewacht.

»Schön, dass du da bist!«, wurde er von einer der Figuren begrüßt. Und während er sich noch daran erinnerte, dass es sich hierbei um seinen einstigen Knollegen Schaban handelte, der ihn so freundlich willkommen hieß, leitete dieser den Angriff ein.

Mit einer Bewegung, die für Filip im Ansatz nicht mehr zu erkennen war, schleuderte Schaban ihm eine Worthülse zu.

Das Geschoss raste schon auf seinen Kopf zu, als er die blitzende Hülse sah und den Kopf zur Seite riss.

Dann spürte er nur noch eines:

Den heißen Schweif, mit dem die Kugel an ihm vorbeischoss.

Filip lächelte ungerührt.

»Ich bin wirklich froh, dich wieder zu sehen!«, begrüßte er Schaban, der noch im selben Atemzug vom Phrasendrescher durchbohrt zu Boden sank.

Mit ungläubigem Staunen sahen die anderen zwei Gegner, dass Filip den Angriff Schabans pariert hatte.

Für einen Moment schienen sie zu überlegen, mit welcher Waffe sie ihrem Feind beikommen könnten.

Dieser Moment genügte Filip. Er wartete nicht ab, bis ihn die anderen zwei angriffen.

»Für euch beiden hab ich eine ganz besondere Überraschung!«, versprach er. Und schon lagen die zwei Gestalten vom Verschleier eingewickelt am Boden.

Doch Filip war sich nicht sicher, ob das Netz des Verschleiers für zwei Morbiter stark genug war. Deshalb schickte er noch schnell eine Stichelei hinterher:

»Du bist aber nicht der Schnellste!«, hänselte Filip. Und schon durchbohrte der Stichel die eine Gestalt. Seinem anderen Gegner erklärte er: »Kopf hoch, wird schon wieder werden!« Und sogleich wurde die Gestalt von einer Worthülse getroffen.

Wieder einmal war Filip Sieger geblieben. Diesmal hatte er sogar drei Morbiter das Fürchten gelehrt. Die jedoch schienen alles andere als am Boden zerstört zu sein. Im Gegenteil! Sie lachten Filip mit einem fröhlichen Singsang zu:

»Wie begonnen,
so gewonnen.
Mach dich auf
die Aufsteige rauf!
Durchs Treppenhaus
in Saus und Braus.
Treppauf, Treppab,
Glück oder Grab!«

Dann kicherten sie nur noch weiter und zeigten auf die Stufen der Wendeltreppe, die sie eben die »Aufsteige« genannt hatten.

Zögernd setzte Filip den Fuß auf die erste Stufe. Er wusste nicht, was er erwartet hatte: ein Schwanken, ein Schaukeln der frei schwebenden Stufen vielleicht?

Nichts dergleichen geschah.

Zu seiner Überraschung hatte er sofort festen Boden unter den Füßen. Und wenn er sich auch den ganzen Weg nach oben nie ganz sicher wurde, ob ihn die Stufen zuverlässig tragen würden, so trieb ihn doch die Gier immer weiter, immer höher, einem nicht sichtbaren Höhepunkt entgegen.

Viele Male hatte sich Filip im Kreis bewegt, war um die unsichtbare Achse des Treppengangs aufgestiegen, als sich ihm eine Gestalt in den Weg stellte.

Sie unterschied sich von allen anderen Wesen, denen er hier in Morbit begegnet war.

Die Gestalt lächelte nicht.

Mit ausdruckslosem Blick schaute sie ihm entgegen.

Sie stierte ihn aus zwei dunklen Höhlen an, in die sich die Augen zurückgezogen hatte, als wären sie über viele Jahre müde geworden zu sehen.

Mit ungläubigem Staunen erkannte Filip, um wen es sich handelte: Es war Janus!

»Schön, dich wieder zu sehen!«, sagte Filip. Und schon hatte er die Worthülse in der Hand, um seinen Gegner mit einem wohlgezielten Schuss niederzustrecken.

Doch Janus machte nur eine müde Handbewegung und schlug Filip die Worthülse aus der Hand, sodass sie über den Rand der Wendeltreppe nach unten fiel.

»Pah!«, gähnte Janus. »Da musst du dir schon etwas Besseres einfallen lassen. Eure Spielzeugwaffen bewirken hier oben nichts mehr. Hier sind andere Kaliber gefragt!«

Ein ohnmächtiger Hass stieg in Filip auf. So viele Kämpfe hatte er auf dem Weg nach oben gefochten und hier sollten seine Waffen nichts mehr nutz sein? Dieser Hänfling hier hatte sein Hülsengeschoss abgewehrt, als wäre es nichts. Mal sehen, ob sein Gegenüber auf den Stichel und den Verschleier eine ebenso gute Antwort wusste.

Und ob Janus wusste!

Schneller, als Filip denken konnte, hatte Janus ihm den Stichel, den Verschleier und sogar den Rück-Grat entrissen. Allein der Phrasendrescher hing noch in der Scheide.

Der Hass in Filip wurde immer stärker.

Sein Verstand gebot ihm, nicht auch noch seine letzte Waffe aufs Spiel zu setzen. Aber der Hass verlangte, nein, schrie immer lauter nach seinem Recht.

Mit bloßen Händen stürzte Filip auf Janus zu.

»Halt!«, mahnte Janus mit so gebieterischer Stimme, sodass Filip für einen Moment in seinem Angriff verharrte.

»Du kannst mich nicht von der Treppe stürzen«, erklärte Janus und zeigte hinter sich. »Sieh doch! Ich bin angeseilt.«

Filips Augen folgten dem Seil, das sich hinter Janus' Rücken den Treppengang nach oben wand.

»Ich werde von dem Nächsthöheren gesichert. Gewalt ist zwecklos!«

Augenblicklich hatte Filip verstanden, was ihm

Janus sagen wollte. Janus war mit einem weiteren Wesen auf der Aufsteige verbunden. Und das wieder mit einem weiteren Wesen und immer so fort, bis zum Ende der Aufsteige – wenn es überhaupt ein Ende gab, denn sosehr Filip auch nach oben schaute, sosehr er den Hals reckte, war kein Ende in Sicht.

Mutlos ließ der Hass in ihm nach. Selbst die Gier meldete sich nicht, denn wo kein Ziel vor Augen war, gab es nichts, worauf man gierig sein konnte.

Missmutig setzte sich Filip auf eine der Treppenstufen und stützte das Kinn auf die Hände.

Ein ganze Zeit sprachen er und Janus kein Wort.

Minuten reihten sich zu Stunden.

Nichts geschah.

Stunden reihten sich zu Tagen.

Sie saßen und schwiegen.

Tage reihten sich zu Wochen.

Und immer noch verharrte Filip in derselben Pose.

Doch während er so verharrte, spürte er ein merkwürdiges Kribbeln unter den Fingern. Befremdet tastete er sein Kinn, seine Wangen ab. Und da er keinen Spiegel hatte, in den er blicken konnte, brauchte er etwas länger, bis er den Grund für dieses Kribbeln herausgefunden hatte: Ihm war ein Bart gewachsen. Noch war es ein Flaum, doch der Flaum wurde fester, und so stellte Filip fest, dass er wohl wieder um einiges älter geworden war. Hatte er Morbit als Fünfzehnjähriger betreten, so mochte er jetzt fünfundzwanzig sein. Zehn Jahre seiner Lebenszeit in der Großen Verdrängnis hatte er damit verschwendet, nach oben zu gelangen. Und mindestens zwei oder gar drei Jahre hatte er damit verbracht, hier auf der Treppe zu sitzen.

Mit einem Schlag wurde ihm klar, was die wahre Herausforderung der Aufsteige war. Es war nicht der Kampf, sondern das Warten, das so gefährlich wurde. Denn hier blieb nichts anderes übrig als tatenlos zuzusehen, wie die Zeit nutzlos verstrich. Hier gab es keine andere Möglichkeit, als durch höhere Gnaden nach oben geholt zu werden.

Doch Filip hatte keine Zeit. Er alterte schneller als die anderen. Also hatte er keine einzige Minute mehr zu verschwenden.

Entschlossen sprang er auf.

»Worauf warten wir?«, fragte er.

Janus sah ihn befremdet an.

»Worauf wohl? Dass wir am Seil nach oben gezogen werden.«

Filip schüttelte den Kopf.

»Da können wir lange warten. Komm!«

Doch Janus stellte sich ihm in den Weg.

»Das dürfen wir nicht! Wenn wir auch nur einen Schritt machen, bringen wir alles durcheinander. So eine Seilschaft ist ein sensibles Gebilde. Da kann nicht einfach einer kommen und tun, was er will!«

»Wie lange bist du schon hier?«, fragte Filip.

»Ich weiß es nicht«, antwortete Janus.

»Warum bist du hier?«

»Ich weiß es nicht«, erwiderte Janus. Dann huschte ein Ausdruck unendlicher Anstrengung über sein Gesicht und er begann zu überlegen: »Höre, ich stehe zwar auf der untersten Stufe der Aufsteige, aber ich bin immer noch höher als alle anderen unter mir in der Stadt. Das will ich nicht aufs Spiel setzen. Lieber hier oben unten als da unten oben, verstehst du.«

Filip verstand nicht.

»Aber was ist denn hier oben besser als da unten? Hier sitzt du Tag für Tag auf deiner Stufe. Weißt du denn wenigstens, wo diese Treppe hinführt?«

Janus tat entsetzt.

»Mir ist es verboten, das Ziel zu kennen. Das Ziel kennen nur die ganz Oberen.«

»Aber wo sind die ganz Oberen? Weißt du, wie lang die Treppe ist?«

»Wozu soll ich das wissen, wenn ich nicht weiß, wo sie hinführt.«

»Warum bist du dann hier?«, versuchte es Filip noch einmal.

»Besser hier oben unten als da unten oben!«, wiederholte Janus.

Filip verlor langsam die Geduld.

»Wenn das so ist, dann werde ich mal nachsehen gehen!«

Mit diesen Worten drückte er Janus beiseite und drängte sich an ihm vorbei.

»Halt!«, rief Janus entsetzt. »Die Ordnung! Achte auf die Ordnung!«

Doch was scherte Filip die Ordnung? Zielstrebig, ohne ein Ziel zu sehen, erklomm er die Aufsteige.

Nur einmal sah er sich um. Und da bemerkte er, dass ihm Janus folgte. Mit einem verzweifelten Gesichtsausdruck kam ihm die kleine Gestalt hinterher. Wenn die Ordnung nicht hatte verhindern können, dass er einfach so überholt worden war, dann wollte er sie auch nicht mehr beachten.

So stiegen sie gemeinsam nach oben. Bald trafen sie auf einen nächsten Aufsteiger, der dieselben Argumente ins Feld führte wie Janus. Filip erklärte ihm kurz die Lage, dann ließ er ihn stehen, wie er es zuvor mit Janus getan hatte.

Und auch dieses Wesen folgte ihm.

Unzählige Stufen schritt Filip nach oben. An vielen Aufsteigern drängte er sich vorbei und alle stiegen ihm hinterher, als wüsste er als Einziger das Ziel. Ja, unter seinen Gefolgsleuten kam sogar das Gerücht auf, er, Filip, sei gekommen, sie zu führen, ihnen den Weg zum Ziel zu weisen. Doch Filip kannte es selbst nicht. Und so war er überrascht, als er es endlich erreicht zu haben schien.

Sie waren am Ende der Wendeltreppe angekommen!

Ganz oben saß ein skelettartiges Wesen auf der höchsten Stufe und sah mit einem selig lächelnden Blick auf die Schar, die zu ihm aufgestiegen war.

Es war Brâchos!

»Daseidjaendlich«, säuselte er mit sanfter Stimme.

»Hast du etwa auf uns gewartet?«, fragte Filip schnell.

Brâchos atmete gedankenschwer.

»Immergewundertweshalbkeinerkommtundallewartenwartenwarten.«

Filip musterte Brâchos mit einem durchdringenden Blick.

»Aber worauf wartest du?«

Brâchos blieb gleichmütig in sich gekehrt und ließ nur die Augen kreisen, bis sie schließlich auf einen Punkt über ihm fixiert blieben.

Filip folgte dem Blick und sah, dass das Tau, an dem Brâchos angeseilt war, straff gespannt nach oben führte und in einer dichten Nebelschicht verschwand.

»Höret!«, sang Brâchos sanft.

Filip und seine Gefolgsleute verharrten still und lauschten in das nebulöse Nichts hinein.

Zuerst hörten sie nur das Rauschen des Windes. Doch langsam nahmen sie wahr, dass sich unter dieses Rauschen ein feines Spiel der Töne mischte. Ein fröhlicher Singsang wurde vom Wind an ihre Ohren getragen. Wie ein böiger Wind wurde der Gesang mitunter lauter, dann wieder leiser, wieder lauter und immer so fort.

Weich waren die Töne, melodisch verspielt.

»Ooooh!«, staunte die ganze Seilschaft, die Filip bis hierher gefolgt war. Dann setzten sich alle auf die Stufen und lauschten den Tönen, die vom Wind so beschwingt und fröhlich an ihre Ohren getragen wurden.

Filip mochte nicht glauben, was er da sah oder besser: hörte.

»Ja wollt ihr denn nicht wissen, woher die Töne kommen? Wollt ihr nicht weiter mit mir aufsteigen, um zu sehen, was sich dahinter verbirgt?«

Aber die Gefolgsleute lachten nur selig.

»Nein, nein!«, widersprachen sie sanft.

»Wir sind am Ziel. Hörst du denn nicht? All unser Streben hat sich gelohnt. Es ist so schön, so schön!«

»Aber ihr seht es doch gar nicht. Ihr hört es doch nur. Und das auch nur vom Winde verweht. Vielleicht steckt etwas ganz anderes dahinter, hinter diesem Nebel. Etwas Hässliches, Böses, Gemeines.«

Und insgeheim hoffte Filip nichts Sehnlicheres, als dass er Recht behielte. Denn er hatte seine Reise nach Morbit angetreten, um seine Tränen wieder zu finden. Und wenn er auch nicht wusste, wie Tränen entstanden, so ahnte er doch allmählich, dass sie hier, unter dieser fröhlichen Glückseligkeit, nicht gut fließen würden.

»So schön, so schön!«, widersprachen die Aufsteiger und sogar Brâchos stimmte in den merkwürdigen Singsang mit ein. Mit gebanntem Blick schauten sie auf in den Nebel. Und so bemerkten sie nicht, wie sich Filips Gesichtszüge veränderten, wie der Hass in ihm stärker wurde und die Gier wuchs.

Espotisch bemächtigte sich der Hass Filips Willen und wandte sich gegen die glückseligen Wesen, die singend den Stimmen aus dem Nebel wie einer Götze huldigten. Und gleichzeitig meldete sich die Gier, denn endlich sah sie ein Ziel und wollte es erobern.

Leise, sodass keiner es hören konnte, sprach Filip: »Nun denn, jeder ist seines eigenen Glückes Schmied!«, und schon sprang der Phrasendrescher in seine Hand. Mit einem kurzen Schlag durchtrennte die Klinge das Seil, das straff gespannt hinauf in den Nebel führte. Und ehe Brâchos ahnen konnte, was Filip vorhatte, bekam er schon einen kräftigen Stoß in die Seite und kippte über den Rand der Wendeltreppe hinab. Bevor einer der anderen Aufsteiger reagieren konnte, hatte Filip schon dem zweiten, dritten und vierten von ihnen einen Stoß gegeben. Und so folgten sie Brâchos auf seinem Sturz in die Tiefe.

Es war ein gespenstischer Anblick: Ein Aufsteiger riss den nächsten mit hinab. Doch kein Ton der Angst, des Klagens oder Schreckens war zu hören. Keiner der fröhlichen Gesellen wehrte sich gegen den Absturz. Wie stumme Dominosteine kippten sie ins Nichts. Nach wenigen Sekunden war der Spuk vorbei. Die

Wendeltreppe war wie leer gefegt. Nur Filip blieb allein mit seinem Hass und seiner Gier auf der obersten Stufe der Aufsteige stehen.

An seine gefallenen Gefolgsleute verschwendete er keine Gedanken mehr. Gierig griff seine Hand nach dem gekappten Ende der Schnur. Und da er sich im besten Mannesalter befand, zog er sich mühelos am Seil nach oben. Schon tauchte sein Kopf in den dichten Nebel. Die singenden Stimmen wurden lauter, je höher er emporklomm. Wenige Züge noch und schon klärte sich der Nebel auf. Die Schwaden verschwanden und plötzlich fand sich Filip in einem hellen Raum wieder, der einer Seifenblase gleich, dünne durchsichtige Wände hatte, durch die man nach draußen sehen konnte.

»Hahhahaa, huhuhuuu!«, lachte eine zarte Stimme, die Filip von irgendwoher bekannt vorkam.

Sein Blick schweifte durch den Raum und so entdeckte er auf einem weißen Diwan sitzend eine zarte Gestalt in weißem Gewand mit blassem Gesicht und strohblondem Haar.

Es war Maia!

»Hahhahaa, huhuhuuu!«, lachte sie. Doch welch ein Gesicht machte sie dazu!

Ihre Mundwinkel hingen traurig nach unten, ihre Wangen waren eingefallen, die Augen ohne Glanz. Ihre ganze Gestalt war gebeugt; in sich zusammengesunken saß sie auf dem Diwan.

Filip wusste nicht, wie ihm geschah. Plötzlich erinnerte er sich seines Wegs zur schwarzen Stadt Morbit. Er erinnerte sich der weißen Espoten, die er getroffen hatte: der Zärtlichkeit, der Traurigkeit, der Liebenswürdigkeit. Warum hatte er diese Espoten nicht auserwählt? Er wusste es nicht. Er fragte nur:

»Maia! Warum lachst du denn so traurig?«

»Hahhahaa, huhuhuuu!«, klagte Maia. »Es ist das Schicksal derer in Morbit, zu lachen, ohne lustig zu sein. Sich zu freuen, ohne fröhlich zu sein. Glückselig zu tun, ohne das Glück zu kennen. Hast du das denn nicht bemerkt bei deinem Aufstieg nach oben? Huhuuuh?«

Filip schüttelte ratlos den Kopf. Er wusste nicht, wovon sie sprach. Zwar waren ihm draußen vor den Toren Morbits die Freude, die Lust und die Fröhlichkeit als weiße Espoten begegnet. Aber er hatte nichts mit ihnen anfangen können. Er konnte also gar nicht verstehen, was Maia meinte. Auch wenn er es so gern gewollt hätte.

Die Beherrscherin der Stadt aber fuhr fort:

»Hahhahaa, huhuhuuu! Es ist nun mal das Schicksal der Obersten von Morbit, dass sie im Grunde ihres Herzens traurig sind. Denn sie sind ganz allein. Trotzdem müssen sie den ganzen Tag lachen um zu zeigen, dass sie glücklich sind. Und so sind sie lächerlich traurig. Ist das nicht dumm?«

Filip war erschüttert.

»Kann man denn gar nichts dagegen tun?«

»O doch, man könnte!«, erklärte Maia. »Es wäre ganz einfach. Und ist doch so schwer. Denn es liegt ein Fluch über Morbit. Wenn endlich einmal ein Oberster über seine Traurigkeit weinen könnte, dann wäre der Fluch besiegt. Aber nie zuvor hat nur einer von ihnen eine Träne vergossen. Und selbst ich kann es nicht. Auch wenn ich es oft genug versucht habe. Weil es keine Tränen mehr gibt in unserer armen schwarzen Stadt. Irgendjemand hat sie uns gestohlen. So warte ich auf den Tag, an dem man sie mir wiederbringt. Bringst du sie mir wieder? Sprich!«

Filip schaute zu Boden.

»Wie kann ich dir etwas wiederbringen, von dem ich nicht weiß, wie es entsteht? Ich habe keine Ahnung, woher Tränen kommen und wie man sie erzeugt. Ich kann dir nicht helfen.«

»Hahhahaa, huhuhuuu!«, lachte Maia immer trauriger. »Aber was willst du dann hier, wenn du mir nicht die Tränen wiederbringst, wenn du mir nicht helfen kannst?«

»Wer sagt denn, dass ich dir helfen will?«, brachen plötzlich Worte aus Filip hervor, die er nie und nimmer sagen wollte.

Der Hass hatte sich seiner bemächtigt. Und sosehr er sich auch wehrte, sosehr er seine espotischen Gefühle unterdrücken wollte, so nahmen sie doch seinen Willen gefangen.

»Aber was willst du dann hier?«, wiederholte Maia zaghaft ihre Frage.

»Was wohl!«, brach nun die Gier aus Filip heraus. »Ich will Oberster von Morbit werden, was sonst?«

»Hahhahaa, huhuhuuu!«, lachte Maia. »Das kannst du nicht. Oberste von Morbit bin doch ich.«

»Na und?«, rief Filip hasserfüllt. »Öfter mal was Neues. Neue Besen kehren gut!«

Schon sprang der Phrasendrescher aus der Scheide.

»Nicht!«, schrie eine innere Stimme. Doch die zwei schwarzen Gefühle in Filips Brust waren stärker.

»Mut, hilf mir!«, flehte Filip.

Aber der Mut war hilflos.

»Erinnerst du dich nicht«, sprach er zu Filip, »dass ich dir gesagt habe, was passiert, wenn du mich mit zwei schwarzen Gefühlen mischst? Ich kann dir nicht helfen, jetzt nicht!«

Aber wann dann?, dachte Filip noch, bevor der Hass, die Gier und der Übermut ihn den Phrasendrescher hoch über dem Kopf erheben ließen und die Klinge zum vernichtenden Schlag auf Maia bereitmachten.

»Hahhahaa, huhuhuuu!«, lachte Maia ein letztes Mal, dann drang der kalte Stahl in ihren zierlichen Körper und sie sank zerschmettert zu Boden. Fassungslos beobachtete Filip, was er getan hatte. Doch sogleich wurde Maia von den weichen Wänden der Seifenblase empfangen. Und Filip sah nur noch, wie sie im dichten Neben unter ihm verschwand.

Er hatte es geschafft.

Endlich war er der Oberste von Morbit.

Musste er sich nicht freuen?

Warum freute er sich nur nicht?

»Seid ihr nicht zufrieden?«, fragte er den Hass und die Gier in ihm.

Doch sie konnten nicht antworten.

Sie waren fort. Denn sie waren befriedigt. Der Hass hatte niemanden mehr, den er hassen konnte. Die Gier hatte nichts mehr, das sie haben wollte. So blieb der neue Oberste von Morbit mit einem einzigen Gefühl allein. Und das war der Mut.

»Warum hast du mir nicht geholfen?«, fragte Filip den einzigen Espoten, der ihm geblieben war. Und gleichzeitig spürte er eine unheimliche Leere in sich aufsteigen.

»Ich helfe dir ja!«, antwortete der Mut. »Jetzt, wo die anderen zwei fort sind, kann ich dir endlich helfen!«

Und die Leere in Filip begann sich zu füllen. Ein längst vergessenes Gefühl ergriff ihn. Es fühlte sich an wie tiefe Trauer. Es war die Traurigkeit der Obersten von Morbit. Sie vermischte sich mit dem Mut. Und etwas anderes entstand: Filip wurde immer schwermütiger.

»O weh, was hab ich getan?«, klagte er. Denn langsam ahnte er, was ihm der Mut hatte sagen wollen, als er davon gesprochen hatte, wie er von schwarzen oder weißen Espoten abhängig war.

Und der Mut wurde zur Schwermut. Zur Schwermut aber gesellte sich die Wehmut. Und sie wurden zu den einzigen Gefühlen, die Filip beherrschten. Er konnte nichts dagegen tun. Seine Augen füllten sich mit Tränen. Und die Tränen rannen ihm übers Gesicht.

Er war der Oberste der schwarzen Stadt Morbit.

Er hatte die Tränen wieder gefunden.

Der Fluch der Tränenlosigkeit war besiegt.

Der König ohne Land

Die Traufe der Tränen war voll.

Unter Filip rauschte das Meer. Er selbst aber kauerte in seiner Blase und schaute durch die dünnen Wände wie durch eine verschleierte Netzhaut nach draußen.

Morbit war in Tränen versunken. Wie bei einer Sintflut waren die Mauern der schwarzen Stadt von Wassermassen überschwemmt worden. Unaufhörlich war der Wasserpegel gestiegen. Bis Filips Blase schließlich ganz sanft auf dem neu entstandenen Ozean aufgesetzt hatte. Jetzt schaukelte sie auf den Wellen auf und ab. Und ihr einziger Insasse ahnte nicht, dass er auf den eigenen Tränen zu unbekannten Zielen getragen wurde.

Tage vergingen.

Wenn man von Tagen überhaupt reden konnte. Denn in der Großen Verdrängnis gab es keine Tage, weil es keine Sonne gab. Hier war alles nur diffuses graues Licht. Doch je länger Filip auf dem Meer der Tränen dahinfuhr, umso trüber, dunkler wurde es. Das letzte bisschen Helligkeit wurde von den Wassermassen geschluckt. So war es bald immer währende Nacht. Wenn man von Nacht überhaupt reden konnte. Denn die Nacht setzt den Tag voraus. Und wo kein Tag ist, da gibt es auch keine Nacht.

Trotzdem wurde Filip älter. Er hatte jetzt ein Lebensstadium erreicht, in dem man längst nicht mehr von Wachsen spricht, sondern von Altern. Erste graue Haare zeichneten seine Schläfen. Er merkte es nicht. Erste Falten durchzogen seine Stirn. Es blieb ihm verborgen. Und da er zur Tatenlosigkeit verurteilt in dieser auf den Wellen tanzenden Blase saß, konnte er auch nicht am eigenen Leibe erfahren, dass seine Kräfte schwanden, dass er längst nicht mehr der starke Recke war, der Morbit im Sturm genommen hatte.

Wochen vergingen.

Wenn man von Wochen überhaupt reden konnte. Denn wo keine Tage sind, da gibt es auch keine Wochen.

Während all dieser maßlosen Zeit waren die Wehmut und die Schwermut nicht aus Filip gewichen. Im Gegenteil. Tief in seinem Innern nagten sie an ihm, warfen ihm vor, dass er am Schicksal Maias schuld sei. Betrübten seine Seele darüber, dass er allein wie ein Aussätziger über die Ozeane schiffen musste. Und Filip folgte diesen traurigen Gefühlen. Denn die Gier und der Hass waren mit einem Schlag aus ihm gewichen.

Wehmütig schaute er durch die Wände der Blase nach draußen aufs Meer. Die Wellen wogten auf und ab, auf und ab, schlugen an sein dünnhäutiges Gefährt, das, wie ein Spielball den Wassermassen ausgeliefert, scheinbar ziellos dahinschlingerte.

Aber die Reise durch die eigene Verdrängnis scheint oft ziellos. Doch nur wer sich auf sie einlässt, kann selbst dann ein Ziel entdecken, wenn er meint, es aus den Augen verloren zu haben.

So erging es auch Filip.

Zunächst war es nur ein kleiner leuchtender Punkt am Horizont. Ein Flackern. Wie das verglimmende Licht einer Kerze. Mehr nicht. Doch das Licht wurde größer. Nicht viel und nicht schnell. Aber immerhin so, dass Filip bemerkte, dass er genau auf diese Erhellung am Horizont zusteuerte. Je näher er kam, desto besser konnte er Konturen erkennen: Eine Felsspitze stach aus dem Meer hervor. Und wenig später konnte Filip auch die dunkle Gestalt ausmachen, die, als wäre sie mit dem Fels eins, auf dem Grat saß und – Filip mochte es zuerst nicht glauben – aus ihren eingefallenen Augenhöhlen zu leuchten schien.

Filip hatte diese Gestalt schon irgendwo einmal gesehen!

Nur wenige Wellen trennten die schwimmende Blase noch vom Felsen; und jetzt konnte Filip erkennen, dass ihm die Gestalt nicht von ungefähr bekannt vorgekommen war. Die Crimadonna!, war sein erster Gedanke. Doch er verwarf ihn gleich wieder. Das Wesen war zwar wie die Crimadonna halb Fisch, halb Mensch – doch alles, was an der Crimadonna Mensch gewesen war, die Arme und die Beine, war hier Fisch. Menschlich an diesem Wesen waren dagegen der Kopf, die Brust und der Unterleib geblieben.

Eine mächtige Woge ergriff die schwimmende Blase. Für einen Augenblick tanzte sie auf dem schäumenden Wellenkamm. Dann wurde sie gegen den Felsen geworfen und zerplatzte.

Filip klammerte sich mit aller Kraft, die ihm noch geblieben war, am Felsen fest. Jetzt erst merkte er, wie schwach er war. Es kostete ihn eine ungeheure Anstrengung, nicht ins Meer abzurutschen.

Nur mühsam zog er sich nach oben. Oh, wie schwach war er geworden! War es wirklich schon so lange her, dass er in Knoho die senkrechten Wände der Häuser in Windeseile emporgeklommen war? Was war davon geblieben? Nichts. Rein gar nichts! Jetzt ächzte und stöhnte er, um auch nur ein paar Millimeter Land zu gewinnen.

»Na, Alterchen!«, hörte er ein Stimme. »Kann dir leider auch nicht helfen. Sonst gibt's was auf die Flossen! Hah! Har! Hachrrh!«

Die Stimme versuchte zu lachen, wie man zu einem schlechten Witz lacht. Aber das Lachen blieb der merkwürdigen Person im Halse stecken.

Endlich hatte Filip sich ganz den Felsen hinaufgezogen. Endlich konnte er aus der Nähe sehen, wer da zu ihm sprach. Das Wesen streckte ihm die schuppenbedeckten Hände entgegen. Doch waren es wirklich Hände? Zwischen den Fingern hatten sich Schwimmhäute gebildet, die so dick geworden waren, dass die Hand eine einzige Flosse war – zum Zugreifen und Festhalten nicht mehr zu gebrauchen.

»Siehst du, wovon ich rede? Ich hätt dich kaum halten können. Wärst abgerutscht. Und in deinem Alter wär dir ein Bad im Meer der Tränen nicht mehr gut bekommen. Hätt dich ziemlich nass gemacht. Hah! Har! Hachrrh!« Wieder versuchte das Wesen zu lachen. Aber wieder war der Witz misslungen. Und anstelle der Lache war nur ein kratziges Röcheln zu hören.

Filip glaubte sich verhört zu haben.

»Meer der Tränen?«, vergewisserte er sich. »Mensch, weißt du, wovon du sprichst?«

»Na hör mal, Alterchen! Brauchst gar nicht so erstaunt zu tun. Sind schließlich deine Tränen, die du hier vergossen hast. Hättest halt der Crimadonna nicht so sehr zu Diensten sein müssen. Jetzt ist's zu spät. Für dich und für mich. Wir werden alle untergehen. Das hast du nun davon!«

Filip griff zur Ampulle, die ihm Brâchos mit auf den Weg gegeben hatte. Sie war zum Überlaufen voll. Unaufhörlich schwappten die Tränen aus ihr heraus.

»Halt ein! Halt ein!«, rief das Wesen. »Du machst mich ja immer mehr zum Fisch!«

Und Filip beobachtete, wie die Schuppen an den Armen der unglücklichen Gestalt immer weiter Raum griffen, an Schultern und am Hals hervorsprossen, wie kleine Knospen gingen sie auf und drohten den ganzen Körper des Wesens zu bedecken.

»Wer bist du?«, staunte Filip ungläubig.

»Ich? Nun, ich bin der glücklose Roy Soley. Einst war ich der stolze König des Landes des Lachens. Jetzt bin ich der König ohne Land. Denn mein ganzes Besitztum ist deinen Tränen zum Opfer gefallen. Untergegangen. Wie auch ich und du bald untergehen werden. Aber das hab ich schon gesagt, glaub ich, oder?«

Filip nickte. Er schaute dem glücklosen König in die traurigen Augen, in denen nur noch ein trübes Lichtlein flackerte. Die Lebenskraft des einst so stolzen Roy Soley schien zu erlöschen.

Der König fuhr fort:

»Früher einmal, ja, da konnt ich mit Fug und Recht behaupten, ein wahrer Sonnenkönig zu sein. Denn alles in meinem Reich war eitel Sonnenschein. Hah! Har! Hachrrh! Ein jeder lachte, frohlockte. Im Land des Lachens schien für jeden die Sonne. Doch dann war es damit vorbei. Aus und vorbei. Erst erlosch die Sonne. Dann kamen die Tränen. Und jetzt sitze ich hier. Das Lachen ist mir längst vergangen und mit ihm ist auch die Sonne fort. Unwiederbringlich.«

Da griff Filip an seinen Gürtel und holte die Lampe

hervor, die ihm Brâchos zusammen mit der Ampulle gegeben hatte. Damals hatte Filip noch nicht gewusst, dass die Ampulle in seiner Großen Verdrängnis die Traufe der Tränen war. Vielleicht, so dachte er, verbarg sich hinter der Lampe auch etwas anderes, Tiefgreifenders, als er bisher angenommen hatte.

Er hatte richtig vermutet.

Der Schein in den Augen des einstigen Sonnenkönigs flackerte auf. Wie ein Blitz stach er hervor und richtete sich auf die Lampe, die Filip ihm nun entgegenstreckte.

»Die Leuchte des Lachens!«, rief Roy Soley laut aus. Und das Licht in seinen Augen wurde so stark, dass die kleine felsige Insel für einen Moment taghell erleuchtet war. Und als würden ihm für das, was er nun sagen wollte, nur wenige Sekunden bleiben, stieß er hastig hervor: »Du musst sie zum Leuchten bringen, hörst du, zum Leuchten. Noch ist nicht alles verloren!«

Plötzlich übten die Augen des Königs eine magische Anziehungskraft auf Filip aus. Er musste einfach hineinsehen, auch wenn er Gefahr lief, für immer geblendet zu werden, so wie man geblendet wird, wenn man zu lange in den feurigen Ball der Sonne blickt.

»Aber wie bringe ich die Leuchte zum Leuchten?«, fragte Filip und sah in das Licht der Augen, das ihn, den Wehmütigen, den Schwermütigen, mit einer Wärme erfüllte, die er so lange nicht mehr gespürt hatte.

»Wie? Wie nur?«, wiederholte Roy Soley. »Es ist ganz leicht. Du musst lachen. Einfach nur lachen! Dann leuchtet das Licht wieder. Dann geht die Sonne wieder auf. Hah! Har! Hachrrh.«

Filip schaute ins Licht und sprach, vom warmen

Schein geblendet, den stärksten Zweifel ganz unbeschwert aus:

»Lachen? Du machst Witze! Wie soll ich denn lachen? Ich weiß ja nicht mal, was das ist.«

»Oh, ich vergaß!«, antwortete Roy. »In deinem Alter kann es schon mal sein, dass man das Lachen verlernt. Hah! Har! Hachrrh! Nun denn, so will ich es dir sagen. Du musst froh sein, vergnügt sein, glücklich sein. Überhaupt, wenn man glücklich ist, dann ist es ganz einfach, zu lachen.«

Endlich konnte Filip seinen Blick von Roy Soley losreißen und gleich spürte er, wie mutlos er über die Aussichtslosigkeit seiner Lage war.

»Glücklich!«, erwiderte er besorgt. »Vergnügt, froh? Ich weiß nicht, was das ist. Ich fühle mich nur so wehmütig, so schwermütig. Ist das vielleicht dasselbe?«

Das Licht in den Augen des Sonnenkönigs begann wieder gefährlich zu flackern.

»Es ist das Gegenteil, Alterchen, das Gegenteil. Du musst genau das Gegenteil von dem sein, was du bist!«

»Das kann ich nicht!«, stieß Filip aus. »Das ist unmöglich!«

Das Flackern in Roy Soleys Augen erlosch.

»Dann sind wir verloren! Du bist unsere letzte Hoffnung. Wenn du das Lachen nicht in deine Große Verdrängnis zurückbringen kannst, wer dann?«

Filip schluchzte:

»Aber wie kann ich denn das Lachen wieder finden nach alldem, was ich getan habe?«

Und die Traufe der Tränen begann immer mehr überzulaufen, sodass der Wasserspiegel des Meeres gefährlich zu steigen begann.

»Halt ein! Halt ein!«, rief der einstige Sonnenkönig. »Du setzt uns ja alle gänzlich unter Wasser. Hah! Har! Hachrrh! Sag mir lieber, was das ist, das dir so auf der Seele lastet, dass du glaubst, nie wieder lachen zu können.«

Filip schüttelte den Kopf.

»Es ist zu schlimm!«, klagte er.

»Raus mit der Sprache!«, mahnte Roy Soley. »Nur wer das Unglück kennt, kann das Glück finden!«

Und er sagte es so eindringlich, dass Filip nicht anders konnte als zu berichten:

»Es war in Morbit. Ich wollte ganz nach oben kommen. Die Gier und der Hass in mir waren so stark, dass ich auf dem Weg dorthin viele Menschen erschlagen habe.« Und reumütig fügte er hinzu: »Und ganz zuletzt habe ich auch noch Maia umgebracht!«

Das Licht in Roy Soleys Augen begann wieder hoffnungsvoll zu glimmen.

»Ist das alles?«, fragte er.

Filip schaute ihn erstaunt an.

»Ist das etwa nicht genug?«

Roy Soley schüttelte den Kopf.

»Es ist nicht genug, weil es nichts und nichtig ist. Du kannst Maia nicht umgebracht haben!«

»Aber ich habe doch den vernichtenden Schlag mit eigener Kraft ausgeübt. Ich habe sie doch vor mir zu Boden sinken sehen. Ich ...«

»Halt ein! Halt ein!«, wurde er unterbrochen. »Ich sage dir, du kannst sie nicht umgebracht haben, weil du deine Vergangenheit nicht töten kannst. Das haben schon viele vor dir versucht. Und es ist ihnen nicht gelungen. Seine Vergangenheit kann man nämlich nicht töten. Nur seine Zukunft. Da die Wesen deiner Verdrängnis jedoch allesamt deiner Vergangenheit entspringen, kannst du keinem von ihnen etwas zuleide tun. Ist dir denn noch nicht aufgefallen, dass alle Wesen in irgendeiner Form wieder kommen? Hast du denn nicht Gunde, Janus oder deinen Großvater, hast du nicht Brâchos oder Gromek mehr als einmal hier getroffen?«

Filip erblickte im flackernden Augenschein des Sonnenkönigs die Wahrheit. Natürlich hatte er alle Wesen seines Lebens hier mehr als nur einmal getroffen. Die wichtigsten von ihnen, jene, die sein Leben in und außerhalb von Knoho mitbestimmt hatten, begegneten ihm sogar immer wieder: Gunde oder den Großvater hatte er als versteinerte Figuren und als Wahrsager auf seinem Weg nach Morbit getroffen. Dort waren ihm auch Gromek, Brâchos und Janus begegnet, die sich ihm bei seinem Aufstieg in Morbit in den Weg gestellt hatten.

»Und Maia?«, fragte er. »Ihr bin ich nur einmal begegnet!«

»Du wirst sie wieder sehen, glaube mir!«, antwortete der einstige Sonnenkönig. Und das Licht in seinen Augen leuchtete nun mit einer Zuversicht wie schon lange nicht mehr.

»Aber wo? Wo nur?«, fragte Filip.

Roy Soley leuchtete mit seinem Augenlicht hinaus aufs Meer der Tränen.

»Dort hinten liegt die Graue Stadt im Meer. Dort musst du sie suchen.«

»Aber wie soll ich da nur jemals hinkommen?«

Der König musterte Filip von oben bis unten, erkannte die Schwäche seines Gegenübers und glitt mit einer geschmeidigen Bewegung von seiner Felsspitze ins Wasser.

»Es ist das erste Mal, dass ich froh darüber bin!«, sagte er und hielt seine Flossenhände in die Luft. Dann drehte er sich im Wasser auf den Bauch und rief Filip zu: »Nun mach schon. Steig auf! Wir haben keine Zeit mehr zu verlieren.«

Filip kletterte kraftlos den Felsen hinunter.

Er wollte erst mit der Hand prüfen, wie kalt das Wasser war. Aber Roy Soley konnte ihn beruhigen.

»Deine Tränen sind noch warm. Du wirst dich schon nicht erkälten.«

So setzte sich Filip auf den Rücken des Königs ohne Land, der sich auch gleich mit einem heftigen Ruck vom Felsen abstieß und mit kräftigen Zügen anfing zu schwimmen.

Seine Augen leuchteten den Weg zu Filips letztem Ziel in der Großen Verdrängnis: der Grauen Stadt im Meer.

Die Graue Stadt im Meer

Wieder hatte Filip jegliches Gefühl für Zeit verloren. Wieder war er gealtert ohne zu wissen, wie sehr. Im weit leuchtenden Augenschein des einstigen Sonnenkönigs tauchten die schemenhaften Umrisse eines Festungswalls aus den Fluten auf.

»Sieh nur«, rief Roy Soley voller Ehrfurcht aus, »dort hinten ist sie schon! Die Graue Stadt im Meer.«

Aber Filip sah nur den Schutzwall. Die Stadt sah er nicht. Bei den Städten, die er kannte, bei Knoho oder Morbit zum Beispiel, erhoben sich hinter den Mauern die Häuser. Hier aber erhob sich gar nichts. Hier war nur der schmale Streifen des Walls über dem Meer zu erkennen. Als Filip den Sonnenkönig darauf ansprach, erwiderte dieser nur:

»Deshalb heißt dieser Ort ja auch die Graue Stadt im Meer. Und nicht über dem Meer! Du wirst schon sehen.«

Doch je näher sie auch kamen: Filip hatte immer nur die Schutzmauer vor Augen. Welch merkwürdige Stadt mochte sie umschließen? Und wenn Roy Soley der König ohne Land war, war dann vielleicht die Graue Stadt im Meer eine Stadt ohne Häuser und ohne Einwohner?

Sie kamen der Antwort auf diese Fragen immer näher. Endlich hatten sie den Wall erreicht. Die Wellen klatschten gegen die von Seetang und Algen bewachsenen Mauern. Und Roy Soley tastete die glitschige Oberfläche ab, während er mit sanften Beinschlägen langsam um die Stadt herumschwamm.

Endlich schien er etwas gefunden zu haben.

»Wir sind da!«, sagte er nur und grabschte mit seiner Flossenhand nach einem rostigen Eisenring, der aus einer schleimigen Algenmasse herausguckte.

Ein paar Mal entglitt ihm der Ring, dann hatte er ihn endlich einmal ganz herumgedreht. Sogleich warnte er: »Halt dich gut fest!«

Mit aller Kraft zerrte er an dem Ring, der sogleich nachgab, sodass mit ihm eine schwere Eisenkette aus der Wand gezogen wurde. Mit einem dumpfen Quietschen glitt eine Falltür nach oben und das Wasser strömte durch die Öffnung in die Stadt hinein. Ein kräftiger Sog entstand, der Filip und den König mitzureißen drohte.

»Es ist so weit. Leb wohl!«, rief Roy Soley und warf Filip von seinem Rücken ins Wasser. Er selbst hielt sich mit aller Kraft am Ring fest.

»Hah! Har! Hachrrh!«, hörte Filip noch das Lachen des Königs, dann wurde er vom Sog erfasst und mit den Wassermassen durch das Loch in der Wand gespült.

Kaum hatte Filip das Tor zur Grauen Stadt passiert, da ließ der einstige Sonnenkönig den Ring los.

Mit einem dumpfen Aufschlag schloss sich die Falltür hinter Filip. Auf einer sanften Woge wurde er auf die Straßen der Grauen Stadt gespült. Er rutschte noch ein paar Meter. Dann blieb er Wasser spuckend auf dem Bauch liegen.

Er atmete schwer. Die Aufregung war fast zu viel für sein Alter. Andererseits war die Neugier zu groß. Mühsam hob er den Kopf und schaute nach oben.

Aber da oben war nichts.

Keine Häuser, keine Hütten, auch keine Menschen – nichts. Die Graue Stadt glich einer unbewohnten Betonschüssel, deren schiefe Ebene bis zum Mittelpunkt hin sanft abfiel.

Filip erhob sich vom Boden. Jetzt erst überblickte er die ganze Weite der Ebene, die sich da vor ihm auftat und ihm kein Ziel bot, außer einem imaginären Zentrum der Stadt, das er aber von hier noch nicht ausmachen konnte.

Er stand noch nicht lange, da spürte er ein bedrückendes Gefühl in sich aufsteigen. Er wusste nicht, woher es kam. War es sein Alter? Waren es die Wehmut und die Schwermut, die er in sich trug? Oder war es etwas anderes? Ein ungeheurer Druck hatte sich auf seine Schultern gelegt. Jeder Schritt fiel ihm schwer, jede Bewegung kostete ihn Überwindung. Schon allein der Gedanke daran zermürbte ihn. Filip versuchte sich zu erinnern. Hatte er nicht in Morbit gegen zahlreiche Gegner kämpfen müssen, um den Mittelpunkt der Stadt zu erreichen, hatte er nicht jeden besiegt, der sich ihm in den Weg gestellt hatte, der ihn daran hindern wollte, sein Ziel zu erreichen?

Und jetzt sollte er zu schwach sein, einen Schritt vor den anderen zu tun?

Aber die Erinnerungen an die eigene Stärke weckten nicht etwa neue Lebensgeister in ihm. Im Gegenteil, sie führten ihm nur die eigene Schwäche vor Augen. Damals, das war vorbei. Nie wieder würde es so sein. Er war unfähig, sein Ziel zu erreichen.

Zweifel stiegen in ihm auf: Hatte er überhaupt ein Ziel? Was in dieser Einöde konnte wert sein, Ziel genannt zu werden? Wo wollte er hin, wo sollte er hin?

Was sollte ihn veranlassen, auch nur einen Fuß vor den anderen zu setzen?

Während er sich all dies fragte, wurde der Druck auf seinen Schultern immer schwerer. Gleichzeitig spürte er alle Kraft aus seinem Körper weichen. Eine ungeheure Last drückte ihn zu Boden. Und mit der Kraft spürte er auch den Willen schwinden, sich zu widersetzen. Er sank auf die Knie. Kurz versuchte er noch, sich mit den Händen auf dem Boden abzustützen. Aber wozu eigentlich? Der Druck war doch stärker als er. Er war alt. Warum nicht sterben? Hier und jetzt. Sein Kopf schlug auf dem harten Beton auf. Ein metallener Gegenstand drückte sich in seine Wange. Was mochte das sein? War das nicht egal? Er schielte nach unten. Na so was! Eine Klinke. Was machte eine Klinke im Beton? Er wollte sie herunterdrücken. Wenigstens das noch, bevor er starb. Doch seine Hand war so schwer. Dennoch ertastete sie den kalten Griff. Die Muskeln zitterten. Nur mit einer allerletzten Anstrengung schafften sie es, die Klinke herunterzudrücken.

Plötzlich senkte sich der Boden unter Filip.

Eine Öffnung, eine Tür in der Ebene tat sich auf. Filip stürzte hinab. Hart schlug er auf. Er hörte noch, wie die Tür über ihm wieder zuschlug. Dann sank er in eine tiefe Ohnmacht.

Als er sein Bewusstsein wiedererlangte, sah er als Erstes in ein dünnes, flackerndes Licht. Vor der Flamme kauerte eine Gestalt, die ihm irgendwoher bekannt vorkam. Filip rückte näher an das Feuer heran und bemerkte, dass ihm hier, wo immer er auch sein mochte, die Bewegungen leichter fielen.

»Da bist du ja wieder, mein Junge«, sagte die Gestalt und wandte sich ihm zu. Filip sah in das gutmütige Gesicht seines alten Freundes Gunde.

Gunde nahm Filip beim Arm und sprach:

»Es ist gut, dass du endlich hier angekommen bist. Es wurde höchste Zeit, hörst du. Du hast nämlich noch einen weiten Weg vor dir.«

»Wo bin ich hier?«, fragte Filip.

»Du bist in der Grauen Stadt im Meer«, erwiderte Gunde, »deiner letzten Station in der Großen Verdrängnis.«

»Das hat mir Roy Soley auch schon gesagt«, berichtete Filip, »aber wo, wo in der Grauen Stadt? Ich weiß nur noch, dass ich in dieser großen Betonwüste zusammengebrochen bin. Und dann hat sich eine Tür geöffnet. Und dann …«

»Dann bist du in meine Wohnung gestürzt.«

»Wohnung?«, fragte Filip fassungslos. »Aber ich habe doch gar keine Häuser gesehen. Wo kann es da Wohnungen geben?«

»Das ist keine ganz so leichte Geschichte«, antwortete Gunde. »Ich will versuchen, dir alles so schnell wie möglich zu erklären. Denn du hast, wie schon gesagt, nur noch wenig Zeit, um den Mittelpunkt der Grauen Stadt zu erreichen.«

Und die zwei Greise, der alte und der junge, rückten nah am Feuer zusammen.

Gunde begann zu erzählen:

»Die Graue Stadt war einmal eine Stadt wie jede andere auch. Es gab Häuser, Straßen und viele Menschen, die in ihr wohnten. Die Stadt war eine glückliche Stadt, das kannst du mir glauben. Aber wie das so ist mit dem

Glück der Menschen: Wenn man in seinem Besitz ist, weiß man es nicht richtig zu schätzen. Und man tut nur wenig dafür, dass es bleibt. Wer aber nichts dafür tut, dass das Glück auch in schlechten Zeiten bleibt, dem geht es verloren, ehe er es sich versieht. Und so ging es auch den Menschen in der Grauen Stadt im Meer.«

Gunde schaute traurig in das dünne Flämmchen des Feuers, dann erzählte er weiter:

»Es begab sich also zu einer Zeit, da das Glück zu selbstverständlich geworden war, als sich ein böser Wind auf die Graue Stadt legte. Es war ein mächtiger Fallwind, der von oben kam und auf die Häuser, die Straßen und die Menschen drückte. Du hast ihn schon gespürt, denn auch du wirst dem ungeheuren Druck auf den Schultern nicht standgehalten haben, oder?«

Filip nickte wie gebannt und hörte weiter auf die Worte seines alten Freundes:

»Nun, anfangs dachten die Menschen, dass ihnen der gewaltige Druck nichts anhaben könne. Ja, sie merkten nicht einmal, dass es ein Fallwind war, der diesen Druck auf sie ausübte. Ich glaube sogar, sie merkten zunächst auch nicht, dass sie das Glück verlassen hatte. Denn der Druck sorgte dafür, dass alle Glücksgefühle unterdrückt wurden und dafür andere Gefühle in ihnen wuchsen. Einige von diesen Gefühlen hast du schon kennen gelernt. Es sind jene Gefühle, die dich traurig und unglücklich machen.«

»Du meinst die Wehmut und die Schwermut?«

»Zum Beispiel. Ebenso wie du konnten die Menschen mit diesen Gefühlen nicht umgehen, die in ihnen wuchsen, je stärker der Druck wurde. Und der Druck wurde stärker! In diesen Zeiten machten die

Menschen einen großen Fehler. Statt dass sie miteinander redeten, sagte keiner dem anderen ein Wort. Jeder von ihnen leugnete die Macht des Fallwindes und des Drucks, den er ausübte. Denn jeder schämte sich für die eigene Schwäche, dem Druck nicht standhalten zu können. Doch da die Menschen nicht miteinander redeten, vergaben sie die einzige Chance, die sie gehabt hätten. Und die war, gemeinsam gegen den Fallwind zu kämpfen. Lieber zogen sie sich in ihre Häuser zurück, dorthin, wo sie vor dem Wind geschützt waren. Denn in die Häuser konnte der Wind nicht eindringen. Noch nicht.«

»Aber wo sind sie, diese Häuser? Es gibt hier doch keine?«, fragte Filip entgeistert nach.

»Hab Geduld. Ich sagte ja, dass es keine ganz so leichte Geschichte ist. Also, immer weniger Menschen verließen zu jener Zeit ihre Wohnungen. Der Druck draußen war zu groß geworden. Doch wenn sie geglaubt hatten, sich so vor dem Unglück schützen zu können, so sahen sie sich getäuscht. Denn zwei Dinge begaben sich gleichzeitig. Erstens wurde der Fallwind immer stärker. Und zweitens nahmen die Abwehrkräfte der Menschen gegen das Unglück ab. Denn dadurch, dass sie allein in ihren Wohnungen saßen, wurden sie nur noch trübseliger und trauriger.«

»Die Häuser, wo aber sind die Häuser?«, unterbrach Filip seinen alten Freund ungeduldig. Denn er spürte, dass seine Zeit immer knapper wurde.

»Nun denn, da der Druck immer stärker auf den Dächern der Häuser lastete, zogen sich die Menschen zunächst in die tiefer liegenden Räume zurück. Zuerst wurde den Bewohnern der Dachgeschosse der Druck zu groß. Sie bekamen allerlei Ängste: Höhenangst und Hellophobie zum Beispiel. Also zogen sie in den Keller. Danach kamen die Nächsthöheren an die Reihe. Da der Keller jedoch vergeben war, trugen sie das oberste Geschoss ab und bauten es unter dem ersten Kellergeschoss wieder an. Viele Bewohner machten es ihnen nach. Die ganze Bevölkerung war im Abstieg begriffen. Denn sie trug mit der Zeit alle ihre Häuser ab und baute sie als Kellergebäude wieder auf. Und deshalb sind heute die Häuser nach unten gebaut. So sind die Menschen zwar dem mächtigen Druck der Fallwinde entgangen, aber nicht der Trübseligkeit, der Traurigkeit – mit einem Wort: dem Unglück.«

»Und wenn irgendjemand heute nach draußen gehen würde? Was würde mit ihm passieren?«

Gunde schaute betreten ins Feuer.

»Er würde zugrunde gehen. Er würde den Druck nicht aushalten. Er würde vor Angst und Traurigkeit sterben.«

»Gibt es denn nichts, was ihn vor diesem unheimlichen Druck schützen würde?«

Gunde zuckte die Schultern.

»Schon. Aber nichts, was einer von uns hier sein Eigen nennen könnte.«

»Und was ist das? Sag doch schon!«

»Nun«, erwiderte Gunde, »es wäre so leicht. Er müsste nur eines können. Und das ist lachen. Lachen aus ganzem Herzen über die eigene Dummheit, die uns in den Abgrund getrieben hat. Wir können es nicht. Aber du, Filip, wirst es uns wieder bringen!«

So schnell es seine alten Knochen zuließen, sprang Filip vom Feuer auf.

»Das Lachen?«, rief er aufgebracht. »Ausgerechnet das? Ist es das, was du meinst? Wie soll ich euch etwas wiederbringen, von dem ich nicht weiß, was es ist?«

Auch Gunde hatte sich von seinem Platz erhoben.

»Wusstest du auch in Morbit nicht, was Tränen sind? Und hast du sie nicht trotzdem vergossen?«

»Aber da hatte ich wenigstens einen Feind, den ich sehen und besiegen konnte!«, entgegnete Filip.

»Ja, ja. Diesmal ist dein Feind unsichtbar. Dennoch ist er da. Und wieder kannst du ihn bezwingen.«

Filip gab nicht nach:

»Aber in Morbit, da hatte ich ein Ziel. Wo bitte ist hier das Ziel? Hier ist doch nur Beton.«

Auch diesmal erwiderte Gunde besonnen:

»Dein Ziel führt dich diesmal hinab, nicht hinauf. Dennoch ist es ein erstrebenswertes Ziel. Du musst nur zum Mittelpunkt der Grauen Stadt gelangen. Dann wirst du sehen!«

Filip sank in sich zusammen. Er hockte sich wieder neben die kleine Flamme und sprach:

»Ja, aber der Weg ist weit. Und wenn mir da draußen nur das Lachen hilft, dann bin ich verloren!«

Da legte Gunde seinen Arm um den Freund und flüsterte:

»Es gibt noch eine andere Waffe. Ich weiß nicht, wie lange sie dir da draußen hilft. Aber es ist die einzige, die dir bleibt.«

Dann begann er zu erklären.

Und als Filip hörte, welche Waffe Gunde meinte, da wusste er, dass nur er und kein anderer diesen Weg gehen konnte.

Gedächtnislücken!

Die Tür zu Gundes Wohnung schloss sich unter Filip.

Er war wieder an die Oberfläche der Grauen Stadt im Meer geklettert. Sofort spürte er die Bedrückung, die sich auf ihn legte. Doch diesmal wusste er, woher der Druck kam. Und dass er es wusste, machte ihn für eine Zeit immun gegen die Fallwinde, deren Rauschen er jetzt bewusst wahrnahm.

So schnell es seine Kräfte zuließen, machte er sich auf den Weg zum Mittelpunkt der Stadt. Immer tiefer stieg er in die Niederungen hinab. Je weiter er kam, umso stärker wurden die Fallwinde. Als würden sie sich zum Zentrum der Stadt zu ungeahnter Kraft bündeln, legte sich ihre luftige Last immer drückender auf Filips Schultern und sein Gemüt.

Die Wehmut wurde immer stärker, die Schwermut wuchs.

Doch diesmal wehrte sich Filip. Diesmal wollte er nicht so leicht aufgeben.

Was hatte Gunde ihn gelehrt?

»Du musst deinen Verstand gebrauchen!«, hatte er gesagt. »Du musst deine Wissheit dafür einsetzen, dem Druck zu widerstehen. Eine Weile«, so hatte er Filip erklärt, »wird die Wissheit die Traurigkeit und alle anderen Gefühle überlisten können, welche die Weisheit aufbietet, um dich zu besiegen.«

»Und dann?«, hatte Filip gefragt.

Darauf hatte ihm Gunde keine Antwort mehr geben können:

»Niemand«, hatte er gesagt, »ist je so weit in die

Tiefen der Traurigkeit vorgedrungen, um darauf eine Antwort zu wissen. Nur eines kann ich dir sagen: Die Wissheit und die Weisheit in dir werden einen Kampf vollführen, bei dem sich dein und unser Schicksal entscheidet. Doch wie er ausgeht – niemand kann es auch nur erahnen.«

So also hatte Gunde gesprochen.

Aber das war Vergangenheit. Und die Gegenwart wurde für Filip immer unerträglicher.

Mit unheimlicher Kraft nahmen die Fallwinde zu.

Filip drängte mit gebeugtem Oberkörper weiter.

Diesmal wehrte er sich. Diesmal würde er nicht so leicht nachgeben:

»Ich weiß, dass du da bist, Wind!«, brüllte er. »Nicht ich bin bedrückt! Du bist die Bedrückung. Du!«

Als wollte der Wind auf seinen Ruf antworten, presste er seine Luftmassen nur noch stärker auf Filip hernieder.

Der hingegen versuchte sich selbst zu beruhigen, indem er in einem fort vor sich hin sprach:

»Ich bin nicht bedrückt. Ich nicht. Der Wind ist schuld. Der Wind, der Wind, der bedrückende Wind!«

Wie der einsame Rufer im dunklen Wald kämpfte er sich immer weiter voran, immer tiefer drang er in die Graue Stadt ein. Schon lange musste der Wasserspiegel des Meeres der Tränen viele hundert Meter über ihm sein. Und immer noch führte der Weg tief und tiefer hinab.

Mit jedem Schritt wurde der Druck stärker.

»Ich bin nicht bedrückt!«, stöhnte Filip. »Ich nicht. Der Wind ist bedrückt, verrückt. Nein, bedrückt, verrückt bin ich nicht. Noch nicht!«

Aber der Wind wurde zu stark. Und Filip musste erkennen, dass es irgendwann nicht mehr wichtig war, zu wissen, woher der Druck kam, wenn er nur da war. Es half ihm nicht mehr weiter, zu wissen, dass nicht er schuld an seiner Bedrückung war. Es half ihm nur noch weiter, ihr zu widerstehen.

Nur: wie sollte er widerstehen, wenn der Druck immer mehr Gefühle in ihm auslöste, derer er sich nicht erwehren konnte? Plötzlich schienen all jene Espoten in ihn zu dringen, die er auf seinem Weg nach Morbit abgewiesen hatte: der Argwohn und die Angst, die Trauer und die Traurigkeit, das Leid und die Leidenschaft, der Kummer und die Sorge.

»Es sind die Winde, nicht ich!«, brüllte Filip in seiner Not.

Doch hatte er vorhin noch eine innere Beruhigung bei diesen Worten empfunden, so antwortete jetzt der Argwohn in ihm: »Na und? Egal woher es kommt, Hauptsache, es ist da.«

Und schon stieg eine grausame Angst in Filip auf, dass der Druck noch schlimmer würde. Schützend hielt er die Hände über seinen Kopf. Was hatte ihm Gunde gesagt? Er müsse seine ganze Wissheit einsetzen um zu bestehen. Denn solange die Wissheit in ihm die Oberhand behielt, konnte er die Weisheit unterdrücken. Laut brüllte er den sich nahenden espotischen Gestalten zu:

»Weiß einer hier, wie die Wurzel aus einhundertneunundsechzig lautet?«

Keines seiner espotischen Gefühle antwortete.

»Ha! Niemand?«, brüllte Filip weiter. »Aber ich. Die Wurzel lautet dreizehn. Hah!«

Für wenige Schritte fühlte er sich beruhigt, gewann die Wissheit in ihm tatsächlich die Oberhand zurück, bot ihm Schutz und Orientierung. Doch bald war die Angst wieder da, diese zermürbende Angst, die ihn bedrückte und ihn leiden ließ wie nie zuvor in seinem Leben.

Filip versuchte sie abzuschütteln. Noch gab er sich nicht geschlagen. Wieder rief er eine Aufgabe in das Nichts hinein. Und wieder antwortete er selbst:

»Die Lösung lautet Kn ist gleich 7352. Hah. Ich hab's gewusst. Hah!«

»Aber was hast du davon?«, meldete sich jetzt die Sorge in ihm zu Wort. Und der Kummer fügte hinzu: »Nichts. Oh, gar nichts. Wie schlimm. Wie schlimm!«

Schon dachte sich Filip die nächste Aufgabe aus. Schon fand er die nächste Antwort. Da klagte das Leid: »Er weiß so viel und ist doch so dumm, dass es wehtut. Es ist zum Heulen!«

So ging der Schlagabtausch immer weiter. Innerlich zerrissen stürmte Filip vorwärts. Und während er langsam die Kontrolle über sich verlor, während die Wissheit und die Weisheit in ihm einen vernichtenden Kampf vollführten, tauchte endlich ein Ziel vor seinen Augen auf. Ein kleines Licht flackerte dort hinten. Es schien bald zu verlöschen und war noch weit entfernt. Er würde noch weit in die Tiefen hinuntersteigen müssen. Aber immerhin, es war da. Er sah es klar und deutlich.

Zum ersten Mal regte sich in ihm eine Hoffnung, dass er diesen Kampf bestehen würde. Sogleich rief er eine weitere Aufgabe aus und beantwortete sie in einem Atemzug. Und auch wenn sich die Trauer und die

Traurigkeit in ihm meldeten, auch wenn der Druck der Winde immer stärker wurde – endlich glaubte er, dass er sein Ziel erreichen würde, dass er den Weg in die Tiefen der Traurigkeit finden würde. Gunde sollte Recht behalten: Seine Wissheit würde ihn den Druck standhalten lassen.

Wie hätten er und Gunde auch ahnen können, welch weiter Weg Filip noch bevorstand?

Filip beschleunigte seinen Schritt. So schnell ihn die Füße trugen, hastete er voran. Auch wenn der Druck noch einmal stärker geworden war, immer wusste er eine Frage, immer kannte er die Antwort.

Die Wissheit in ihm schien zu siegen!

Er war der Tiefe der Traurigkeit schon so nahe gekommen, dass er die zarte Gestalt erkennen konnte, die ruhig und in sich gekehrt vor dem Licht saß. Filip spähte hinunter. Da bemerkte er, dass die Gestalt samt dem Licht von einem runden Schachbrett umrahmt wurde, dessen einzelne Felder sich im Kreis um den Mittelpunkt der Stadt anordneten.

Als Filip das schachbrettähnliche Gebilde erreicht hatte, erkannte er, dass die einzelnen Felder nicht nur zwei Farben hatten, sondern unzählig viele Spektralfarben, von denen sich, über das ganze Brett verteilt, manche zu wiederholen schienen.

Wenn er das Zentrum der Grauen Stadt im Meer erreichen wollte, musste er wohl oder übel dieses merkwürdige Gebilde durchqueren.

Und er musste es schnell tun. Denn wieder einmal merkte er, dass er noch älter geworden war. Also setzte er ohne zu zögern den Fuß auf das erste Feld.

Sogleich spürte er den Druck des mächtigen Fallwinds mit doppelter Kraft auf ihm lasten. Angst stieg in ihm auf, dass er sein Ziel nicht erreichen werde. Er schien unfähig, nur einen Schritt weiter auf das nächste Feld tun zu können. Eine unsichtbare Macht hinderte ihn, der er nur widerstehen konnte, wenn er ihr mit seiner ganzen Wissheit begegnete. Schon hatte er sich eine neue Frage ausgedacht, rief sie laut aus und schickte sich an sie zu beantworten:

»Was ist die Wurzel aus zwölftausenddreihunderteinundzwanzig?«, brüllte er und fügte die Antwort gleich hinzu: »Einhundertundelf, was sonst. Ha!«

Im selben Augenblick begann das Schachbrett zu beben. Und alle Felder, die dieselbe Farbe dessen hatten, auf dem Filip gerade stand, verschwanden eins nach dem anderen.

Vom Zentrum bewegte sich dieser lautlose Schwund der Felder fort, immer rasender, immer schneller kam er auf Filip zu.

Zu spät erkannte er, dass auch sein Feld erlöschen würde.

Mit einer verzweifelten Kraftanstrengung wollte er sich vom Boden abstoßen. Doch seine Bewegung stieß ins Nichts, sein ganzer Körper stürzte ab in das schwarze Loch, das sich unter ihm aufgetan hatte.

Nie würde er herausfinden, wie er die nächsten Sekunden überstanden hatte. Sein Kopf war schon im Dunkel verschwunden, da ergriffen seine Hände einen scharfen Mauervorsprung.

Er spürte einen mächtigen Ruck in den Armen. Seine Schultern drohten ihm auszukugeln. Aber sein Fall war gestoppt!

Ein scharfer Grat schnitt sich ihm ins Fleisch. Instinktiv musste er sich an der Kante des nächsten Feldes festgehalten haben. Als würden zentnerschwere Gewichte an seinen Beinen hängen, wurde er nach unten gezogen.

Nie würde er wissen, woher er die Kraft genommen hatte.

Ein unheimlicher Wille bündelte noch einmal seine ganze Energie, wie in einem letzten Aufglimmen einer Glühbirne ging ein Strom durch seinen Körper und mit zitternden Muskeln zog er sich über den Rand nach oben, hinauf auf das rettende Feld.

Tief atmend lag er dort, wälzte sich langsam auf die Seite und schaute über die Kante zurück hinab in die Tiefen, wo ein Vakuum entstanden war – ein beängstigendes Nichts, in dem er fast verschwunden wäre, wenn ihn nicht eine unerfindliche Kraft gerettet hätte.

Schlagartig wurde ihm klar, in welcher Lage er sich befand: Jedes Mal, wenn er eine Frage beantwortete, verschwanden all jene Felder, deren Farbe mit jenem identisch waren, auf dem er gerade stand.

Filip schauderte. Nach wie vielen Fragen und Antworten mochte das Schachbrett nur noch ein löchriges Netz von wenigen begehbaren Feldern sein? Die Angst in ihm steigerte sich zur Panik. Aber es blieb ihm nichts anderes übrig. Er musste das todbringende Spiel mitmachen, er musste das Zentrum erreichen.

So stellte er die nächste Frage, gab die nächste Antwort, das Schachbrett erbebte und wieder näherte sich ihm vom Mittelpunkt aus dieses letzte Aufflackern der gleich darauf ausgelöschten Felder.

Diesmal schaffte es Filip, rechtzeitig zu springen. Mit

wackligen Knien fand er sich auf dem nächsten Feld wieder. Taumelnd stellte er die nächste Frage und mit seiner Antwort begann das Spiel von neuem. Auf keinem der Felder konnte er es länger als wenige Sekunden aushalten. Sobald er es betreten hatte, wurde der Druck immer größer. Wie ein gehetztes Tier sprang Filip von einem Feld zum anderen. Und je öfter er sprang, umso näher kam er dem Zentrum der Stadt. Umso mehr spürte er jedoch auch eine Leere in sich aufsteigen, die, wie die ausgelöschten Felder des Schachbretts, ein Vakuum in seinem Kopf zurückließ.

Gerade war Filip wieder auf ein neues Feld gesprungen, da geschah es zum ersten Mal.

Ihm wollte keine Frage mehr einfallen!

Viele Fragen, die er einmal gewusst hatte, waren ihm entfallen. Vorbei die Zeiten, da er aus jeder x-beliebigen Zahl die Wurzel ziehen konnte. Jetzt wusste er nicht einmal mehr, was eine Wurzel war! Vorbei die Zeiten, da Sinus und Cosinus seine engsten Verbündeten im Kampf gegen die unaufhörlichen Angriffe der Fallwinde waren. Jetzt wusste er nicht einmal mehr, dass es diese Wissheit einmal gegeben hatte.

Riesige Gedächtnislücken waren in seinem Kopf entstanden. Und auch wenn er nicht wusste, dass sie da waren, bestimmten sie doch seine Wahrnehmung und damit alles, was er sah. So waren die ausgelöschten Felder, die sich vor ihm auftaten, nichts anderes als Wissheitslöcher, die er nicht mehr betreten konnte.

Immer öfter musste er auf einem der Felder ausharren und in seiner verblassenden Erinnerung nach Fragen suchen, die er noch stellen konnte. Doch so viele Fragen waren fort! Und nur mühsam fand er noch eine, die ihm den Weg auf das nächste Feld freigab. Denn eines hatte er längst bemerkt: Ohne Frage war der Druck zu stark, der ihn jedes Mal daran hindern wollte, auch nur einen Schritt voranzukommen.

Filip war erfüllt von Gedächtnislücken und umgeben von Wissheitslöchern, als er endlich vor dem unmenschlichen Druck in die Knie gehen musste.

Würde hier sein Weg zu Ende sein? Nur wenige Felder vor dem Ziel? Wie ein Kleinkind krabbelte er, der doch im Körper eines Greises steckte, vorwärts.

»Eine Frage noch, o lass mich eine Frage noch wissen!«, flehte er. Aber ihm wollte keine einfallen. Und der Druck, der unmenschliche Druck, presste ihn zu Boden. Die espotischen Gefühle hatten immer größere Macht über ihn gewonnen, je mehr Wissheit aus ihm gewichen war. Die Angst ließ sein Herz klopfen, dass ihm die Brust fast zersprang. Die Verzweiflung drückte ihm die Kehle zusammen, dass er mit flachem Atem nach Luft rang.

Oh, es waren nur noch so wenige Meter! Fast alle Felder waren ausgelöscht. Nur schwarze und weiße Felder lagen noch vor ihm! Auf einem davon befand er sich selbst. Und das war so auf dem Schachbrett angeordnet, dass er das folgende schwarze auch kriechend gut erreichen konnte.

Für einen Moment der Aufhellung zuckte ein Geistesblitz durch Filips Kopf. Er plärrte eine Frage hinaus, die er sich selbst kaum mehr erklären konnte:

»Was ist eins plus eins?«

Kraftlos stieß er die Antwort hervor:

»Zwei!«

Kaum hatte er die Antwort gesprochen, da verschwanden alle weißen Felder und waren alle Zahlen, die er je gewusst hatte, in Wissheitslöchern verschwunden.

Mühsam robbte Filip voran. Die Gedächtnislücken hatten fast seine letzte Wissheit aufgesogen. Umgeben von Wissheitslöchern befand er sich auf dem letzten, schwarzen Feld des Schachbretts. Vor ihm lag das Zentrum der Stadt, die Tiefe der Traurigkeit. Er spürte schon die Wärme des Lichts. Er versuchte aufzuschauen. Doch der Druck war zu stark. Sein Kopf wurde von der unsichtbaren Kraft des Fallwindes zu Boden gepresst. Die Macht der Gefühle war unerträglich. Ohne es zu merken, jammerte, weinte und winselte Filip vor sich hin. Und mitten hinein in dieses Wehklagen, mehr wie ein Reflex, ein unkontrollierbares, unbewusstes Stammeln, stieß er die letzte der Fragen hervor:

»Was ist ABC?«

Kaum hatte er die Antwort auch nur gedacht, nämlich, dass das Alphabet die Grundlage aller Wörter war, da hatte er auch schon die Sprache verloren.

Gleichzeitig strauchelte er und fiel vornüber. Das letzte Feld war erloschen und mit einem sprachlosen Lallen erreichte Filip die Tiefe der Traurigkeit.

Hinter ihm aber war seine ganze Wissheit im Nichts der Wissheitslöcher verschwunden und hatte nur eine große Gedächtnislücke in seinem Kopf zurückgelassen.

Oh, wie war die Gestalt, die da vor dem allmählich verlöschenden Flämmlein saß, schön!

Filip hatte sie schon irgendwo einmal gesehen. Sie war ihm so vertraut, so nah. Doch er konnte sich nicht erinnern. Und selbst wenn er es gekonnt hätte, dann wäre er unfähig gewesen, es zu sagen. Denn er hatte ja die Sprache verloren. So krabbelte er nur als glucksender, gurgelnder Greis auf das wunderbare Wesen zu, das ihn mit einem liebevollen Lächeln empfing.

Filip spürte ein Gefühl, als würde er nach Hause kommen. Nur als wäre das Zuhause kein Ort, sondern ein Mensch. So vertraut war ihm alles. Und wie warmherzig war das Lächeln dieses Wesens, das er nicht als Maia erkannte, die es aber trotzdem war, die ihn da so sehnsüchtig erwartet hatte.

»Da bist du ja, lieber Filip!«, sagte sie.

Aber er konnte sie nicht verstehen.

»Schön, dass du da bist. Wie schön!«

Er saugte den Klang ihrer Stimme in sich auf. Wie eine alte, vertraute Melodie spendete sie ihm ein Gefühl von Güte und Liebe, ohne dass er freilich wusste, was das war.

»Mein Filip. Endlich bist du bei mir. Ganz nah bei mir. Du erkennst mich doch sicher, nicht?«

O ja. Er erkannte sie. Nicht wie man jemanden erkennt, dessen Namen man weiß und buchstabieren kann. Tief in seinem Inneren erkannte er sie als jenes Wesen, das er am Ende einer langen Suche gefunden hatte. Und das, was er für sie empfand, war ebenfalls nicht etwas, das man buchstabieren kann. Es war ursprünglich, echt und ungetrübt von einer in Worte fassbaren Bedeutung.

Und es war gut so.

Denn auch die Liebe und das Glück sind mehr als fünf Buchstaben und mehr, als alle Buchstaben aller Alphabete aller Welten je auszudrücken und zu beschreiben vermögen. So fühlte er, der Greis, nur eine kindliche, sprachlose Zuneigung zu diesem Wesen, ein Urvertrauen, das ihm den Druck nahm, der so lange und so schwer auf ihm gelastet hatte.

Hier bei diesem Wesen fühlte er sich geborgen. Und weil sie unaufhörlich lächelte, lächelte er zurück. Sein Herz wollte vor Freude zerspringen, als sie ihm die Hände entgegenstreckte, ihn bei den gebrechlichen Schultern fasste und ihn zu sich herzog. Ganz sanft nahm sie seinen Kopf und gab ihm einen Kuss auf die Stirn. Dann bettete sie ihn an ihre Brust.

»Huhihihiu!«, lallte der Greis säuglingshafte Laute. Er fühlte sich so wohl, so wohlig wohl. Und während die letzte Kraft aus seinem Körper wich, streichelte Maia unaufhörlich seinen Kopf, bedeckte ihn mit Küssen und liebkoste ihn.

Und dabei summte sie mit ihrer lieblichen Stimme Lieder, die so schön waren wie nichts, das er je zuvor gehört hatte.

Längst hatte die Leuchte des Lachens zu glimmen begonnen.

Alles in Filip war nur noch Freude, Liebe, Glück.

Strahlend schaute er zu Maia auf, sein lallendes Lachen ertönte immer lauter und erschütterte die Tiefen der Traurigkeit.

Und wäre er nur etwas weniger schwach gewesen, dann hätte er erleben können, wie die Graue Stadt im Meer zu neuem Leben erwachte.

Der mächtige Fallwind, der so lange auf der Stadt gelegen hatte, war fort. Wie auf ein geheimes Zeichen öffneten sich die Türen zu den Kellerwohnungen. Die Menschen drängten hinaus und sahen das neue Licht, das mit Filips Lächeln in der Großen Verdrängnis aufgegangen war. Wie der über dem Horizont aufgehende Sonnenball wurde das Flämmlein, vor dem Maia gesessen hatte, immer größer, immer heller und stieg auf über der Grauen Stadt im Meer.

Von alledem sah Filip nichts mehr.

Lallend und gurgelnd vor Glückseligkeit lag er in Maias Armen und tat die letzten Atemzüge, die ihm in der Großen Verdrängnis vergönnt sein sollten.

Seine Lunge rasselte. Seine Augenlider wurden immer schwerer.

Wie schön war das alles!

Wie schön dieses Glück, dieser Frieden, dieser Tod.

Filips Augen brachen.

Und als Maia ihm einen letzten Kuss auf die Stirn gab und sanft über seine Augenlider strich, da hatte Filip die Große Verdrängnis, seine Große Verdrängnis, schon verlassen.

Rückkehr nach Knobo

Die Sonne stand hoch am Himmel, als Filip endlich erwachte.

Ihm war, als hätte er ein ganzes Leben lang geschlafen.

Nur langsam kam die Erinnerung zurück. Mit einem Ruck setzte er sich auf und sah als Erstes in die gutmütigen Augen eines alten Mannes, der vor ihm kauerte und ihm die Stirn mit kühlem Wasser benetzte.

Der Mann war niemand anderer als Eremias!

Filip freute sich, dass er hier, wo immer er auch war, ein vertrautes Gesicht sah.

»Wo bin ich?«, erkundigte er sich mit weicher Stimme. »Mir war so wohlig warm ums Herz. Ich glaube gar, mir war, als wäre ich gestorben!«

Im selben Moment zuckte er zusammen.

Er konnte sprechen! Die Worte, die er auf seinem Weg zum Mittelpunkt des Schachbretts verloren hatte, sie waren wieder da!

Eremias blickte ihn ratlos an. Er versuchte zu lächeln, schnitt Grimassen, bewegte den Mund zu Worten. Doch die Worte, auch das wurde Filip schlagartig klar, waren Eremias nicht gegeben. Er konnte nicht spechen!

Filip sah den alten Freund ergriffen an, so als müsste er lange überlegen, was diese Sprachlosigkeit zu bedeuten hatte. Aber erst als er den Blick von dem alten Mann wandte, sollte er der Lösung des Rätsels näher kommen.

Filip senkte den Kopf.

Seine Augen schauten an seiner eigenen Gestalt hinunter, die wieder die Statur eines Neunzehnjährigen hatte. Seine Brust, sein Bauch, seine Beine strotzten vor Kraft. Erstaunt hob er die Hände vors Gesicht, erkannte die altvertrauten sehnigen Hände und die von feinen Muskeln durchzogenen Arme.

Langsam, ganz langsam kam ihm die Erkenntnis, was das zu bedeuten hatte.

»Ich kann sprechen«, überlegte er, »und ich bin wieder derselbe wie damals, als ich noch in Knoho lebte.« Sein Herzschlag stockte, als er weiterdachte: »Und du kannst nicht sprechen. Genauso wie damals, als ich an dir vorbei in die Große Verdrängnis eingedrungen bin. Sag, dass das wahr ist, bitte sag, dass ich nicht träume!«, schrie er den Einsiedler an.

Doch es war zwecklos. Eremias konnte ihn nicht verstehen.

Filip sprang auf.

»Nur so kann es sein, so muss es sein!«, brüllte er. »Und das bedeutet, ja, das heißt, ich bin wieder da. Endlich bin ich wieder hier. Ich habe die Große Verdrängnis verlassen!«

Eremias zuckte verständnislos mit den Schultern. Er konnte Filip nicht antworten. Und als würde der noch einen Beweis brauchen, blickte er an sich hinunter. Seine Arme, sein Oberkörper, seine Beine schienen ihm so kräftig wie eh und je. Er hatte sein altes Alter wieder. Er war wieder jung! Schnell schaute er zurück – dorthin, wo sich das Tor zur Großen Verdrängnis befinden musste.

Doch das Tor war nicht mehr da!

Jetzt erst schien Filip zu bemerken, dass um sie herum die Finsternis einer Erleuchtung gewichen war, die ihren Umkreis mit hellem Licht erfüllte.

Die Große Verdrängnis mit ihrer undurchdringlichen Finsternis war fort!

Als würden sie sich auf einer Insel der Glückseligen befinden, begann das Land um sie herum in fröhlichen, bunten Farben zu schimmern. Blumen sprossen aus dem Boden, der Duft von saftigem Gras machte sich breit. Die alten verdorrten Bäume bekamen Blätter. Vögel zwitscherten auf den grünen Ästen und putzten ihr buntes Gefieder. Ausgetrocknete Flussbetten füllten sich mit sprudelnd klarem Wasser. Seen taten sich auf, aus deren Gewässer wilde Rosen erblühten und an deren Ufern das Schilf im warmen Wind zu rauschen begann.

Eremias klatschte freudestrahlend in die Hände. Mit breitem Lachen stieß er immer nur verzückte Laute hervor. Immer wieder zeigte er mit ungläubigem Staunen auf das, was der Junge da mit festem Griff umklammert hielt.

Es war die Traufe der Tränen, die mit klarem Wasser bis zum Rand gefüllt war, aus der das Wasser herausschwappte, als wäre sie eine unerschöpfliche Quelle. Und es war die Leuchte des Lachens, aus der das Licht in Tausenden von Farben flutete, dass der Einsiedler geblendet wegschauen musste.

Filips Gedanken überschlugen sich: Waren es etwa seine Tränen und sein Lachen, die diese Veränderungen bewirken konnten? War es seine Weisheit, die er aus der Großen Verdrängnis mitgebracht hatte, die der Sonne ihre Kraft zurückgab und den Flüssen das Wasser?

Er wusste keine Antwort.

Aber er ahnte, welcher der einzige Ort war, wo er diese Antwort finden könnte:

Knoho!

Ohne zu zögern machte er sich auf den Weg. Eremias folgte ihm wie ein kleines Kind, lachte, lallte vor sich hin und freute sich über jede Blume, die im Schein der Leuchte des Lachens erblühte, über jedes Wässerchen, das aus dem munteren Quell der Traufe der Tränen zu sprudeln begann. Denn als sie sich auf die gläserne Stadt zubewegten, da entstanden überall blühende Landschaften, wo Filip seinen Fuß hinsetzte. Und während vor ihnen tiefe Dunkelheit war, so hinterließen sie eitel Sonnenschein, dort, wo sie gegangen waren.

Es war, als würden sie mit einem Leben spendenden Feuer eine tiefe Höhle betreten. Doch das Licht, mit dem sie die Höhle erleuchteten, wanderte zwar mit ihnen mit, doch blieb auch dort erhalten, wo es einmal geleuchtet hatte.

So kamen sie der gläsernen Stadt immer näher, deren Umrisse, in tiefe Dunkelheit getaucht, allmählich erkennbar wurden. Diesmal wählte Filip nicht den Weg durch die Kanalisation. Diesmal wollte er durchs Tor schreiten und sehen, wie es den Knohonen in seiner Abwesenheit ergangen war.

Bald waren sie nur noch wenige Schritte von Knoho entfernt. Schon fiel der Schein von Filips Erleuchtung auch auf die gläserne Stadt. Doch wie überall dort, wo er seinen Fuß hinsetzte, war es nicht nur das Licht allein, das zu einem wundersamen Wandel führte. Auch jetzt taten sich neue Welten auf. Vor ihnen begann der mächtige Schutzwall, der Knoho umgab, lautlos in sich zusammenzusinken. Als würde er in heißer Glut dahinschmelzen, löste er sich in seine Bestandteile auf. Sogleich brandete eine Welle auf, löschte das lavaähnliche Gestein und spülte die Asche davon. Filip aber schritt durch dieses Loch im Wall hindurch und betrat das gläserne Parkett der Stadt.

Und auch hier wurden sogleich alle Wege erhellt, die er durchwanderte. Bäume sprossen aus den gläsernen Böden und säumten die Straßen, die so zu blühenden Alleen wurden. Aus allen dunklen Seitengassen kamen Knohonen gelaufen, sahen, welche Prachtstraße dort entstanden war, und reihten sich hinter Filip ein.

Schnell wurde die Reihe derer, die an Filips Seite im Licht wandeln wollten, größer. Ein fröhliches Stimmengewirr schallte durch die Straßen. Doch auch diese fröhlichen Menschen konnten nicht sprechen. Alles war gerade so wie zu jener Zeit, als Filip mit der gesamten weggelesenen Wissheit Knoho verlassen hatte.

Wie die Kinder jauchzten und frohlockten die Knohonen, die so lange schon kein Licht mehr gesehen hatten – und schon gar nicht ein solches, das Filip entfacht hatte.

Als sie endlich den Mittelpunkt der Stadt erreichten, als sie vor dem Knolleg standen, da hatte sich über der Kegelspitze der runden Pyramide ein gelber Sonnenball erhoben. Die dichten Wolken, die einst über dem Land geschwebt hatten, waren fort. Und das Licht, das nun Knoho erleuchtete, war keine Grelligkeit mehr, war kein kaltes, künstliches Licht mehr, sondern die wärmenden Strahlen der Sonne.

Mit entschlossenem Schritt betrat Filip das Knolleg.

Die Knohonen blieben draußen. Jetzt, wo sie das Sonnenlicht einmal wieder entdeckt hatten, wollten sie es so lange wie möglich in Freiheit genießen.

Auch Eremias folgte Filip nicht. Diesen Weg, diesen letzten Weg, musste er allein gehen.

So durchschritt Filip das Knolleg und betrat den kreisrunden Vorhof der Pyramide. Im Eingang zum Kegelturm wartete eine zierliche Gestalt mit weißblonden Haaren auf ihn: Janus!

Der einstige Wahlvater sah Filip mit ausdruckslosem Blick an und sagte mit seiner tonlosen Stimme:

»Ich habe geahnt, dass es falsch war, dich zu einem der Unsrigen zu machen! Siehe, was du angerichtet hast!«

Dabei zeigte er mit seinem dünnen Ärmchen auf den gelben Sonnenball, der jetzt senkrecht über ihnen stand.

»Du kannst sprechen?«, gab Filip erschrocken zurück.

»Klar kann ich sprechen!«, entgegnete Janus. »Wissheit macht stark. Und die Wissheit ist zu uns zurückgekehrt.«

»Wie das?«, fragte Filip entsetzt. Draußen in den Straßen von Knoho hatte er nichts davon bemerkt.

Janus winkte ab.

»Du wirst schon sehen. Hier im Tempel der Gewissheit herrschen andere Gesetze.«

Und als wollte er Filip die Wahrheit seiner Worte beweisen, drehte er sich um und schritt voran – den Weg durch das Wabengeflecht hinauf in die runde Pyramide.

Die Verwandlung

Wieder stieg Filip durch das Wirrwarr der Waben nach oben. Die Traufe der Tränen und die Leuchte des Lachens fest umklammert, kletterte er aufwärts. Doch während überall seine Gegenwart für eine Veränderung seiner Umwelt gesorgt hatte, kam hier, hinter den dunkel getönten Glaswänden, alles ganz anders, als er es erwartet hätte.

Denn im Tempel der GeWissheit schienen wirklich andere Gesetze zu gelten als in den Straßen von Knoho.

Überall dort, wo Filip vorbeikam, in jeder Wabe, die er betrat, musste er erkennen, dass die Leuchtdioden wieder zu glimmen begonnen hatten, dass wie einst Formeln und Zahlen über die Bildschirme flimmerten. Alles schien, als wäre tatsächlich die GeWissheit in die Pyramide zurückgekehrt. Ohnmächtig blieb Filip stehen und versuchte zu verstehen, was da über die Monitore huschte.

Aber keine der Formeln, keines der Ergebnisse schien ihm mehr bekannt. Alle Wissheit, die er weggelesen hatte, war ausradiert aus seinem Gedächtnis. Er schien geradewegs so schlau zu sein wie zu jenem Zeitpunkt, als er Knoho zum ersten Mal betreten hatte.

»Gib's auf!«, herrschte ihn Janus an und grinste hämisch: »Du hast die Macht über die Wissheit verloren! Also gib's auf!«

Und dann lachte er so heftig, wie es seine dünne Stimme gerade eben zuließ.

Filip sah Janus erstaunt an. Zu einer solchen Regung

hätte sich der einstige Wahlvater zu jener Zeit, als Filip ihn kennen gelernt hatte, nicht hinreißen lassen. Irgendetwas musste mit Janus hier hinter den schützenden Glasfronten der Pyramide geschehen sein, das ihn so etwas wie ein menschliches Gefühl zeigen ließ.

Lachend drehte sich Janus um und stieg weiter die Stufen der Pyramide hinauf. Atemlos vor Spannung folgte Filip dem einstigen Wahlvater. Und bei jeder Wabe, an der er vorbeikam, versuchte er sich erneut zu erklären, was sich ereignet haben mochte. Aber er konnte einfach nicht begreifen, wie die ganzen Zahlen und Formeln, die ganzen Wörter und Worte, wie all die Wissheit zurück in den Tempel der GeWissheit gelangt sein konnten.

So erreichten sie schließlich die obersten zwei Waben. Sie kletterten durch den Eingang in die kugelförmige Kuppel der Pyramide, die der Sonne so nah und den gleißenden Strahlen, die ungefiltert durch die Panoramafenster drangen, ungeschützt ausgeliefert war, dass Filip sich zuerst die Hände vor die Augen halten musste, um nicht ganz geblendet zu sein.

»Daendlichbist!«, hörte er aus dem Nichts des Lichts eine tonlose Buchstabenbreistimme sagen, die keine Hebungen und Senkungen kannte und aus der man sich die einzelnen Wörter immer erst zusammensuchen musste.

Filip erschrak. So sprach nur einer!

Er spähte geblendet in den Sonnenschein hinein. Und als sich langsam, ganz langsam, seine Augen an die Helligkeit gewöhnten, bildeten sich aus dem gleißenden Lichtkegel erste Konturen heraus, erkannte er einen zuerst geometrischen, flächigen Körper, der sich bald schon in Einzelteile untergliederte und allmählich wesenhafte Formen annahm.

Dann hatten sich Filips Augen an das Licht gewöhnt.

Wieder erblickte er diesen riesig wirkenden, massigen Schädel, der auf einem hilflosen skelettartigen, eingefallenen Körper saß. Wieder flößte Filip die Gestalt, die da vor ihm kauerte, so viel Respekt ein, dass er zwei Schritte zurücktrat.

Er brauchte ein paar Sekunden, bis er sich gesammelt hatte. Um sich Mut zu machen, dachte er daran, wie er Brâchos in der Großen Verdrängnis besiegt hatte. Doch das war in ihm selbst gewesen. Hier im Tempel der GeWissheit galten andere Gesetze. Hier würde der Kampf ein anderes Ende nehmen!

Aber dem Beherrscher der GeWissheit schien es nicht auf einen Kampf anzukommen.

»Kannstruhignäherkommen!«, lud ihn Brâchos ein. »Bistweitgereist. Hastvielgelerntundmitgebrachtzeigher!«

Mit seiner Skeletthand deutete Brâchos auf die Traufe der Tränen und die Leuchte des Lachens.

Filip presste beide Gegenstände an seine Brust.

»Zeigher!«, wiederholte Brâchos geduldig.

Filip schüttelte den Kopf.

Zwar hatte er die Ampulle und die Lampe von Brâchos erhalten. Zwar ahnte er, dass er nur hierher zurückgekommen war, um sie ihm wiederzubringen. Aber noch hatte er zu viele Fragen. Und bevor die nicht beantwortet waren, würde er Brâchos die beiden Gegenstände nicht ausliefern.

Janus trat energisch auf Filip zu.

»Stehenbleibst!«, herrschte ihn Brâchos an ohne etwas an der Gelassenheit seiner Stimme zu verändern.

»Waswillst?«, fragte er Filip.

»Es ist so viel passiert«, antwortete Filip, »aber ich verstehe so wenig. Vielleicht kannst du mir helfen?«

»Fragnur!«, sagte Brâchos fast gutmütig. Und Filip war, als würde etwas wie ein Lächeln über die sonst undurchdringlichen Gesichtszüge des Wesens huschen.

Filip holte tief Luft. »Wie kommt es, dass die Wisseit hierher in die runde Pyramide zurückgekehrt ist?«, war die erste Frage, die er stellte.

»Weilsieverlorenhast. InGroßerVerdrängnissieverlorenhast.«

»Aber da habe ich doch auch die Sprache verloren. Und trotzdem kann ich hier wieder sprechen und verstehen!«

Brâchos erklärte, so ausführlich es seine verkürzte Sprache zuließ:

»NurWissheitdortgelassenhastdienichtdirgehörteweil unrechtmäßigsieerworbenhast. DennnurdasausGroßer-Verdrängnishinaustragenkannstwasdirgehört.«

Filip dachte nach. Ein kleiner Funke der Erleuchtung hatte begonnen in ihm zu glimmen. Und wie man der Glut Luft zupustet, um sie zur Flamme zu entzünden, fragte er schnell:

»Also musste ich nur das zurückgeben, was ich weggelesen habe? Und alles, was mir zuvor gehörte, durfte ich behalten?«

Diesmal nickte Brâchos nur.

Der Funke in Filip wurde größer.

»Aber was ist dann mit meinen Tränen und meinem Lachen? Das hat mir doch zuvor auch nicht gehört!«

Da aber schüttelte Brâchos seinen massigen Kopf:

»Sehrwohldirgehörte. Nuresverlorenhattestundwiederfindenmusstest. Weisheitwohntinjedemvonuns. Nichtjedersiezusuchenvermag.«

Das Feuer der Erleuchtung war entfacht. Endlich hatte Filip verstanden. Er hatte in der Großen Verdrängnis zu sich selbst gefunden, hatte das Weinen und das Lachen wieder gelernt und dafür alle nutzlose Wissheit dort zurückgelassen. Und wenn er sich Brâchos so ansah, der nur von Wissheit erfüllt zu sein schien, dann wollte er um nichts in der Welt mit diesem Wesen tauschen. Im Gegenteil, die eigentlich so Furcht erregende Gestalt tat ihm nur unendlich Leid.

Sie hatten eine ganze Zeit geschwiegen. Filip beobachtete den einstigen Beherrscher der Gläsernen Stadt. Mit traurigen, sehnsüchtigen Augen schaute Brâchos auf die Ampulle und die Lampe.

Doch Traurigkeit und Sehnsucht konnten eigentlich nicht in ihm wohnen!

Sollte Filips Gegenwart doch nicht ohne Wirkung bleiben – selbst hier im Tempel der GeWissheit?

Draußen war schließlich auch alles wieder zum Leben erweckt worden! Warum also sollte seine Weisheit hier drinnen nicht auch zu einem Wandel dieses Wesens der Wissheit führen?

Brâchos fragte leise:

»MirdieTraufederTränengibst?«

Filip stand wie versteinert da. Seine Fragen waren beantwortet. Zumindest jene, auf die es eine Antwort gab. Nur woher sollte er wissen, ob es gut war, Brâchos die Ampulle zu geben? Schließlich waren es seine eigenen Tränen – und niemand konnte ihm sagen, ob er sie so einfach hergeben durfte.

»Bittebittebitte!«, flehte Brâchos.

Filip zögerte und zauderte.

»Bittebittebitte!«, flehte Brâchos, so eindringlich es seine leblose Stimme zuließ. Sein Schädel schien immer sorgenschwerer auf dem gebrechlichen Körper zu lasten, als er, der Gefühllose, um Mitgefühl bettelte.

Und das Unglaubliche geschah!

Während das abstoßende Wesen bettelte, übte es eine Anziehung auf Filip aus, regte es ein Gefühl in ihm, das ihn handeln ließ ohne weiter nachzudenken.

Es war, als würden sich sämtliche weiße Espoten, die er auf seinem Weg zur schwarzen Stadt Morbit abgewiesen hatte, in ihm regen: alle Gefühle und Mitgefühle, die er verloren hatte, waren in ihn zurückgekehrt. So trat er mutig an Brâchos heran und reichte ihm die Traufe der Tränen.

Wie ein Verdurstender streckte Brâchos seine zittrige Hand nach der Ampulle aus.

Doch verzweifelt musste er sie sinken lassen.

»Binzuschwach!«, sagte er nur und sein mächtiger Kopf sank ihm auf die Brust.

Oh, wie tat auf einmal dieses Wesen Filip Leid! Es bedrückte seine Seele, diese hilfose Gestalt so verzweifelt zu sehen. Und ohne dass er nachdachte, was er eigentlich tat, ohne die Gefahr seines Tuns zu bedenken, streichelte er Brâchos über den Kopf, diesen haarlosen fleischigen Schädel, und gab ihm aus der Traufe der Tränen zu trinken.

Gierig trank der einstige Beherrscher Knohos.

Er trank und trank.

Doch die Traufe der Tränen konnte er nie ganz austrinken. Denn in ihr befand sich ein ganzes Meer der Tränen – Filips Meer der Tränen.

Endlich hatte Brâchos seinen Durst gestillt.

Für Sekunden war Stille in der Kuppel der runden Pyramide eingekehrt.

Dann geschah es: ein heftiges, hemmungsloses Schluchzen erfüllte den Raum. Brâchos sah aus verschleiertem Blick auf. Und die Tränen – diesmal seine Tränen – rannen ihm über das Gesicht. Sein skelettartiger Körper wurde von einer Woge des Wehleids nach der anderen gerüttelt. Nichts schien ihn halten zu können. Und Filip bekam es mit der Angst zu tun, dass es dieses wunderliche Wesen zerbrechen könnte.

»Oooooh! Ooooohooooh!«, jammerte Brâchos, als würde ihm bei vollem Bewusstsein die Seele aus dem Leib gerissen. Und dabei war es genau umgekehrt: Es war die Seele, die in ihn drang.

Doch all das wusste Filip nicht. Er sah nur den einstigen Beherrscher der GeWissheit, sah, wie er litt, und rief verzweifelt aus:

»Ich hätte dir nie von meinen Tränen zu trinken geben dürfen!« Gleichzeitig schossen ihm die Gedankenfetzen wie Blitze durch den Kopf, was zu tun war um Brâchos zu retten. Doch nichts, rein gar nichts wollte ihm einfallen.

Da meldete sich die Leuchte des Lachens in seiner Hand. Und wieder trat Filip ohne weiter nachzudenken an Brâchos heran und hielt ihm die Leuchte genau vor die tränengetränkten Augen.

Und Brâchos schaute direkt in das Licht hinein.

Er schaute und schaute.

Seine Tränen trockneten, seine Gesichtszüge hellten sich auf. Anstatt des Jammerns schallte ein lautes Lachen durch den Raum. Und während er lachte, vollzog sich mit ihm eine wunderbare Wandlung. Seine Arme und Beine erstarkten, sein Kopf und sein Gesicht nahmen menschliche Züge an, seine Brust schwoll.

Noch wundersamer war jedoch das, was man nicht sah. Denn während der körperlichen Verwandlung waren Tausende Espoten in ihn eingedrungen und hatten von ihm Besitz ergriffen. Und als Brâchos endlich aufhörte zu lachen, da war auch diese geistige Metamorphose abgeschlossen. Ein ganz normaler Mensch stand vor Filip und sah ihm dankbar in die Augen.

»Es ist vollbracht!«, sagte er leise und erschöpft, denn er musste sich erst daran gewöhnen, dass er sprach wie ein gewöhnlicher Mensch.

Da trat aus dem Hintergrund Janus hervor. Er hatte die ganze Zeit argwöhnisch zugesehen. Jetzt konnte er sich nicht mehr zurückhalten:

»Was ist vollbracht?«, fragte er.

Brâchos antwortete höflich:

»Nun, die Weisheit ist in mich zurückgekehrt. Zu lange war sie fort. Zu lange habe ich sie verdammt. Zu lange habe ich mich vor ihr gefürchtet. Jetzt ist sie wieder da. Oh, wie gut das tut! Wenn du wüsstest! Wissheit allein macht nämlich nicht gücklich.«

Inzwischen war Filip an eines der großen Panoramafenster getreten und sah hinaus. Fassungslos beobachtete er, was sich vor dem Knolleg abspielte:

Lauter lallende und lachende Knohonen tanzten durch die Gegend. Sprachlos glücklich hoben sie die Hände zum Himmel und huldigten ihrem Retter, den sie oben in der Pyramide vermuteten.

Mit kaltem Schaudern winkte Filip Brâchos zu sich heran.

»Weisheit allein macht auch nicht glücklich!«, sagte er traurig und zeigte nach unten. Am liebsten wäre er hinuntergesprungen und hätte jedem Einzelnen selbst das Sprechen beigebracht.

Da lächelte Brâchos weise und breitete gütig die Arme aus. Mit feierlicher Stimme sagte er:

»Du hast schon so viel für uns getan, mein Freund. Mir scheint, dies ist dann wohl meine letzte Aufgabe als Herrscher von Knoho.«

»Haaalt!«, rief Janus mit seiner dünnen Stimme.

Aber niemand hörte mehr auf ihn. Mit einer entschlossenen Bewegung legte Brâchos einen kleinen Hebel um und schaltete den Tempel der GeWissheit mitsamt seinen Leuchtdioden und Bildschirmen einfach ab.

Ein letztes Surren erklang und verklang wieder. Die runde Pyramide hatte ihren Dienst getan.

Brâchos und Filip schauten hinab auf den Vorplatz des Knollegs.

Die Menschen schienen wie aus einem fantastischen Traum zu erwachen. Der Tempel der GeWissheit hatte die Macht über sie verloren. Sie reckten und streckten die Glieder, fassten sich an den Kopf und schienen ihre Gedanken zu sammeln.

Immer mehr von ihnen fanden die Sprache wieder. Manche fragten, andere antworteten. Ihre Stimmen waren bis in die Kuppel der Pyramide zu hören. Dann gingen sie auseinander und suchten ihre Wohnungen auf. Nach langer, langer Zeit erinnerten sie sich endlich wieder daran, wo in diesem Labyrinth der Stadt sie wohnten.

Selbst Janus war wie verwandelt. Er rieb sich verstört

die Augen, als wüsste er plötzlich nicht, wo er eigentlich war.

»Es ist vollbracht!«, sagte Brâchos noch einmal und reichte Filip gerührt die Hand.

»Viel Glück!«, sagte Filip zum Abschied und wandte sich zum Gehen. Denn jetzt, wo all seine Fragen beantwortet waren, drängte ihn eine Macht, die stärker war als jedes espotische Gefühl, das er in der Großen Verdrängnis kennen gelernt hatte, hinaus auf die Straßen Knohos.

»Das werde ich haben!«, lächelte Brâchos. »Dafür hast du ja gesorgt.« Und damit entließ er Filip, der, so schnell ihn seine Füße trugen, die Stufen durch das Wabengeflecht hinabeilte.

Der einstige Beherrscher der GeWissheit sah ihm gerührt nach. Er schien sich kurz zu besinnen, drehte sich noch einmal um und entdeckte Janus.

»Komm!«, sagte er und reichte seinem ehemaligen Wahlvater die Hand. »Wir haben hier lang genug unser Unwesen getrieben!«

Guten Mutes

Als Filip aus dem Knolleg trat, war der Vorplatz wie leer gefegt. Gierig sog er die Luft ein, die hier in Knoho mit einem Mal so klar und rein war, dass er sich, nachdem er kräftig durchgeatmet hatte, wie neugeboren fühlte.

Er lächelte. Denn es hatte schon etwas von Neugeborenwerden, was er erlebt hatte. Langsam schlenderte er über den Platz. So viele Gedanken gingen ihm durch den Kopf, dass er gar nicht bemerkte, wie ihm jemand folgte.

Immer weiter ging er durch die Alleen der Stadt, vorbei an den Häusern, an deren Glasfronten wilder Efeu rankte und vielfarbige Blüten wie aus dem Nichts hervorsprossen.

Jedes Gebäude bekam eine eigene Ansicht, unterschied sich vom anderen und ließ so eigene Straßenzüge, eigene Stadtviertel entstehen, in denen sich Filip vor lauter Neuartigkeit gar nicht mehr zurechtfinden wollte.

Mit immer schnelleren Schritten eilte er durch die Straßen. Längst war eine Unruhe in ihm entstanden, die ihn vorantrieb, weitertrieb, ohne dass er so recht wusste, warum und wohin.

Erst als er eine sanfte Berührung auf seiner Schulter spürte, als er stehen blieb und sich umsah, erkannte der den Grund dieser Unruhe:

Es war Maia!

Sie schaute ihn mit ihren tiefblauen Augen vorwurfsvoll an.

»Wolltest du denn gar nicht auf mich warten?«, fragte sie mit zarter Stimme.

Filip war viel zu perplex, um etwas Vernünftiges zu sagen.

Sie aber lächelte nur und nahm seine Hand.

Und während ihre zarten Finger mit den seinen spielten, sie streichelten, dann wieder sanft umgriffen, da merkte Filip, dass in diesem Augenblick alles, nur nicht vernünftig sein gefragt war.

»Ich bin so froh, dass du da bist!«, sagte er und wunderte sich dabei über sich selbst.

»Wirklich?«, fragte sie zweifelnd und erfreut zugleich, während sie zu ihm aufschaute.

Und in ihren Augen erkannte er den Zweifel jener Maia, die er in Morbit geschlagen hatte. Aber er erkannte auch die Liebe jener Maia, die ihn in der Grauen Stadt im Meer in den Armen gehalten hatte.

Er dachte an die Tränen, die er für sie vergossen, und an das Lachen, das er durch sie gelernt hatte.

Wie gerne hätte er sie jetzt in den Arm genommen. Er fühlte sich ihr so nah, hatte so viel mit ihr erlebt – doch alles nur in der Großen Verdrängnis, von der sie nichts wusste.

Er spürte den sanften Druck ihrer Hand und dennoch verließ ihn der Mut, plötzlich hatte er Angst, einen Schritt zu weit zu gehen und sie dadurch wieder zu verlieren.

Im selben Moment merkte er, wie abweisend er wirken musste.

Schon sah er in ihr enttäuschtes Gesicht und hörte wie aus einer anderen Welt ihre Stimme:

»Was hast du denn? Stimmt etwas nicht?«

Der Druck ihrer Hand ließ nach, ihre Finger lösten sich voneinander, ihr Arm sank hinab.

Hatte er seine Große Verdrängnis durchdrungen, um sie jetzt zu verlieren?

»Ich weiß nicht …«, antwortete er mutlos.

»Nun sag schon!«, vernahm er fast schroff ihre Stimme.

Filip ließ den Kopf sinken. Doch da stieg plötzlich etwas in ihm auf, das ihm seit seiner Reise in die Große Verdrängnis gut vertraut war und das er jetzt so dringend brauchte wie nichts anderes auf dieser Welt.

Noch einmal sah er – und nur er –, wie die graue Gestalt eines Espoten neben ihn trat.

Da bist du ja wieder!, dachte Filip erleichtert.

Und der Mut antwortete:

Nun mach schon! Trau dich endlich!

Und zum letzten Mal drang ein Espot in ihn ein. Wie verwandelt machte Filip einen Schritt auf Maia zu, hob den Arm und strich ihr zärtlich die blonden Haare von der Stirn.

Dann nahm er seinen Mut zusammen und gab ihr einen schüchternen Kuss auf die Wange. Ihre Haut roch süß und er hätte Jahrhunderte mit seinen Lippen an dieser Stelle verweilen mögen. Doch schon drehte sie ganz sacht ihren Kopf, ihr Mund öffnete sich leicht, ganz leicht, nur so viel, dass sie seine Lippen umspielen konnten, die sich nun zu ihren fanden, als hätten sie einander ein Leben lang gesucht.

Die Leuchte des Lachens strahlte hell, so hell und warm in diesen Sekunden, dass sie jede Träne, die sich unsichtbar im Glück dieses Augenblicks verbarg, schon jetzt zu trocknen versprach.

Inhalt

Mitten in Europa gibt es eine Stadt.
Oder gab es sie? Oder wird es sie einmal geben? NIEMAND WEISS ES.